講談社文庫

新装版

蜜と毒

瀬戸内寂聴

講談社

目次

蜜と毒

砂の城

　改札から走りつづけ、階段は二段跳びにして駈け上り、ようやくプラットフォームに出た時は、構内時計が発車一分前を指していた。

　阪田雅夫《さかたまさお》は息つく閑《ひま》もなく一番間近の入口から、止っている新幹線に飛び乗った。安心すると同時に、汗が軀《からだ》じゅうにふきだし、膝をつきたいほど脚《あし》が萎《な》えているのが感じられる。こんな激しい運動をここしばらくしたこともないから、胸の動悸が強く、あえぎが早急には静まりそうもない。がくがくする膝頭をいたわりながら、阪田雅夫はグリーン車の10号車へ歩いていった。列車はその間に動きだしたらしく、車窓の外のプラットフォームの人々が糸にひかれる凧のようにす早く遠のいていく。

　通りすぎる9号車も満席に近い。連休明けだというのに、列車のこみ様は一向に減ったふうでもなかった。10号車も9号車に劣らずこんでいた。

阪田雅夫が自分のキップの指定席にたどりつくと、窓際のその席は、女客に占領されていた。

阪田雅夫はキップをとりだして念のためあらためてみた。窓ぎわに頭を押しつけるようにして、女は目を閉ざしている。化粧の薄い清潔な感じの女の顔は、目を閉じているせいか、顔立ちがやさしく和んで見える。無造作に青いハンカチで髪を首筋に束ねている。ニットの白いスーツの下から形のいい脚がすんなり伸ばされ、足台にきちんと靴先《くつ》を揃えて置かれている。女が若く美しかったので、阪田は自分の席を奪われていることにも腹がたたず、眠っているならさまたげまいとして、通路側の隣の席に腰をおろそうとした。

その気配で女は目をあけ、あわてて何かいいかけて口ごもり、さっと首筋から頬へ血を上らせていった。同時にす早く脚をひき、腰を浮かせようとする。

「いいんですよ、どうぞそのままで」

阪田は女の肩の上を押えるような掌のしぐさを見せていった。

「すみません……あの……発車までいらっしゃらないものですから、空席だと思って」

「いや、いいんです。どっちだって同じですから」

阪田は鷹揚《おうよう》なところを見せ、そのまま腰をおろした。ボストンバッグから週刊誌をとりだす時、一番上にのっている黒革の洗面バッグの上に投げこんだ黒のネクタイがよじれているのが目についた。手をいれ、よじれを直して畳み直してから、チャックをひいた。今朝出発間際になってはじめた妻とのけんかが思いだされ、口中に苦い唾《つば》が湧くような気分になる。あれさえなければ、時間がたっぷりあって、あんなに駈け通さなくてもよかったのだ。すんでのことに乗りおくれるところだった。

臨月の腹を突きだした妻の醜い姿が、その姿勢のせいで、横柄に構えているように瞼《まぶた》によみがえる。阪田はふたたびその時の苛立《いらだ》ちや腹立たしさを如実に思いだし、舌打ちしたいような気持になった。

あの腹でさえなかったら、ぶんなぐってやるところだったのに、そしたら少しは今頃、胸がせいせいしていたかもしれない。

週刊誌を開けてみる。自然に開いたカラーグラビヤからヌードの若い女性が肩ごしに片目で笑いかけてくる。女は全裸で脚を開げて後向きに立ち、腰をひねって肩ごしに目をのぞかせている。両腕をあげ首の後ろで掌を組んでいるので、片方の乳房がぷりんと脇からいたずらっこのようにのぞき、何とも可愛らしい。乳房は白い柔毛《にこげ》が金色に光り、熟れた水蜜桃《すいみつとう》のようにまぶしく、薄くれないの小さな乳首が上向きにすねたような表情をしている。妻の佐紀子《さきこ》の桑の実のように黒ずんだ中指の先ほどもある大きな乳首が反射的に思い出されてくる。黒さは乳首の周囲にも巾広く滲《にじ》みだしている。娘の頃の佐紀子の乳首はあんな色ではなかったし、妊娠していない時はも少し黒みが去ってはいたが、乳首はもともと大きい方だったように思う。長男の誠一《せいいち》が生れてから、力いっぱいに吸いたてたから、こんなに大きく突出してしまったと、佐紀子は口先ではなげいてみせたこともあったが、もう軀の変化を夫に恥じたり、かくしたりする神経はとうに失っている。

娘の頃は、むしろほっそり病身そうに見えたのに、誠一を産んでからは腰廻りも胸廻りも見ちがえるようにたくましく張り、肩にも腕にも肉がたっぷりついて、今では肥《ふと》えたという印象が強くなっている。

軀が鈍重に肥ってくると、神経まで変るのか、万事につけ反応が鈍くなったような気がする。純情で疑いをしらないといえば聞えはいいが、阪田は妻の太平楽な表情を見ると、この盤石の自信はいったいどこから来るのだろうと苛々してくることがあった。

今朝のけんかも、最初はごくささいなことから始まったのだ。

目が覚めてすぐ新聞を持ってトイレに入った阪田は、出てくるなり台所に向って声を張りあげてしまった。

「おいっ、かえろといっただろう、何度いったらわかるんだ。何だあのタオルは」

台所からは薬缶《やかん》がピーッと鋭い笛のような音をあげている。始終薬缶をかけ忘れ空だきしてしまうので、最近、湯がわけば自然に音をあげるしかけの薬缶に買いかえたばかりなのだ。

阪田は台所へ入り、また声をあらげてしまった。

「何で薬缶が鳴っているのにとめないんだ。何のためのピーだ」

「うるさいわね、鳴ってるのは聞えてるわよ」

佐紀子は米をといでいる手をとめず、ふりかえりもせずにいった。

「何だそのいい種、口返事する前にガスをとめろっ」

阪田の噛《か》みつくような権幕に、はじめて佐紀子はふりかえり、只ならぬ夫の表情を見て、あわてて濡れた手でガスをとめた。

「どうしたのよ、何怒ってるのよ、朝っぱらから」

「トイレのタオルをかえろといったじゃないか。俺があんな汚れたのや、しめったのは何より嫌いだといってるのがまだわからないのか」

佐紀子は何とか口返事したそうに唇をとがらせたが、それだけは言い訳のしようもない自分の非と認めたのか、阪田の横をすりぬけるようにして洗面所に行き、洗ったタオルをとってトイレに入っていった。

最初の出だしがまずかったせいか、今朝は何もかもうまくいかなかった。服をつける時になってまた一悶着《ひともんちゃく》おこった。大伯父の葬式で、休みをとり京都まで出かける阪田は、ついでに一泊して奈美《なみ》と久々の逢引《あいびき》をしてくる計画だった。佐紀子には大阪で仕事をひとつ片づけてくるといってある。奈美とホテルに入ったり、レストランへ入るのに、大げさなダークスーツでは気分が引きたたない。新しいチェックの背広とピンクと紺《こん》の縞のワイシャツに着かえたいところだが、一泊旅行にそんな大荷物を持つのもはばかられる。

おしゃれの阪田は、服やネクタイは妻に選ばせたことがなかった。自分でボストンバッグに必要なものを投げこみ、最後に喪服用の黒ネクタイを入れようとしたら、それが旧《ふる》いのしか出ていない。新しいのがある筈《はず》じゃないかと、妻を責めたのが、けんかの第二回戦のきっかけになった。

「どこかへしまいこんでしまって、みつからないのよ。今日はそれにしておいて」

事もなげにいう佐紀子を、阪田は憎悪をむきだしの目で睨《にら》みつけた。

「こんな旧くさい細いネクタイが出来るものか、それにこれは皺《しわ》くちゃじゃないか」

「喪服のネクタイなんか細いも太いも大してかまわないじゃない。大体あなたは男のくせにおしゃれすぎるわよ。どうせみんなネクタイなんかに目をつけやしないでしょう」

佐紀子はぬけぬけと言いかえす。

阪田は妻をなぐりつけるかわりに、流しの水切り籠《かご》に山のように入っていた食器を籠ごとつかんで台所の床にしたたかに叩《たた》きつけた。

おびただしい皿やコップが賑やかな音をたててこわれ、その音におびやかされ、座敷に寝ていた誠一が目をさまし、火のついたような泣き声をはりあげた。

「何てことをするの」

佐紀子も愕《おどろ》きを通りこした恐怖と怒りのないまじった表情で立ちすくみ、怪物でも見るような目つきで夫を見つめた。その目にみるみる涙がもりあがりあふれてくる。娘の頃はその目の美しさで阪田の心をとらえた人一倍大きなくっきりした二重瞼は、今でも佐紀子の顔から、ある華やかさと豊かさを失わせてはいない。けれども今では、寝起きの黄色い素顔に髪もときつけない佐紀子が、涙であふれさせた瞳で怨じてみせても、阪田の心は針でついたほどの痛みも感じないのだ。

「本気で探せ」

どなりつけておいて、阪田は書斎にひきこんでしまった。

漸《よう》くみつけたネクタイがどこから出てきたかとも聞かず、ひったくるようにしてボストンバッグに投げこみ、家を出た時は、もう車をとばしてもギリギリの時間になっていたのだ。

阪田は肩をあえがせながら、台所のこわれ物を片づけている妻の姿を思いやって、今頃かすかに心がとがめてきたが、ここまで追っかけてくる妻のうっとうしさを払いのけるように首をふり、改めてヌードに目をやった。女のまるい愛らしい尻が、つま先だっているせいか、きりきりと持ち上っている。のばした脚の膝の裏のくぼみが貝の内側のように青白く光っている。そこを愛撫《あいぶ》されるのを殊の外好む奈美の、あえぐ息づかいが聞えてくるような気がする。

隣の女が窓のカーテンをひいた。

阪田は長くこの頁《ページ》を見つめすぎたように思い、いそいで頁をとばしてめくり、見たくもない株式相場の囲み記事に目をあてた。女がゆっくりシートの背を倒し、阪田の方に背をむけるようにして眠る支度に入っている。

新幹線に乗るなり眠らなきゃ損だというように、すぐシートを倒し目を閉じる客は、いかにも旅馴《たびな》れているように見えるが、本当に新幹線に乗りつけた客は、車掌《しやしよう》がキップの点検に廻って来た後で、はじめて本格的に寝る支度にかかるのだ。

案の定、車掌が入ってきて、キップの点検が始まった。

阪田のところへ廻ってきた車掌が、阪田のキップに鋏《はさみ》をいれてから、隣の女を目で示していった。

「おつれさまですか」

「いや」

阪田は短くすげなくいう。

「すみません、お客さん、キップの点検させていただきます」

女は車掌の声に愕いたように身をおこし、あわてて、ハンドバッグにうつむきこみ、中からキップをとりだした。

「京都までですね」

車掌がキップをかえした。

阪田はおやと目を疑った。何気なく見た女の頰に涙のあとが光っていたからだ。

女はふたたび阪田に背をむけたが、今度は阪田も女が決して眠っているのではないことを感じた。女はひっそりと身動きもひかえているが、あきらかに泣いている。さとられまいと必死に息をつめているものの、こらえかね小きざみに肩が震えている。

阪田はその時、女の足許に光るものが落ちているのが目についた。

さっき女がハンドバッグをかきまわした時、落ちたものだろう。それは金色のケースに入った口紅だった。

取ろうか取るまいかと阪田は迷った。取るためにはうんと身をかがめ、女の脚に顔を近づけ痴漢じみた姿勢にならざるを得ない。女は口紅の一本くらい拾ってもらうより、泣き顔を見られない方が有難いだろう。

阪田は気になる口紅をそのままにして、自分もシートを倒した。椅子に軀をそわせていくと、女と並んで寝ているような感じになる。女は阪田に背をむけているからいいものの、もし女がこちらをむいたら、あわてて椅子をおこすのではないかと思われる。

阪田はその姿勢で目を閉ざした。瞼の裏に女の泪《なみだ》のあとのついた頰がひろがっていく。女は肉親の死にむかって駈けつけようとするのだろうか。いや、こんなふうに人目もはばからず、泣くほどのことは、男との問題にちがいない。女の若さから見れば、恋人に裏切られたか、飽《あ》きも飽かれもしない男女の仲を何かの理由であきらめねばならない事情にでも立ち至っているのだろう。

口紅をとろうかどうしようかと思った時、とっくり眺めてしまった女のひきしまった足首が瞼の裏にあらわれる。

白い靴につつまれた足は小さく、足首は思いきって細くしぼったようにひきしまっていた。足の小さな、足首のしまった女は阪田の好みだった。そんな足の女はたいてい感度が強く、全身いたるところが、敏感に反応を示す。

奈美のよく撓《しな》う軀が二本の足首を追い払い白く浮び上ってくる。

浅いくぼみをつくってうつぶした背中、そのくぼみに口にふくんだ冷いビールをそそいでやったら、奈美は何をされているのかわからず、冷さとくすぐったさに身をよじり顔を伏せたまま訊く。

「何をしたの」

「あててごらん」

「わからない――つめたくって……何か流れてるでしょう」

「ぼくのおしっこだ」

「ほんと？」

奈美の背が笑いでうねった。

「ほら、わかるだろう、こうだ」

阪田は濡れている背のくぼみを細腰から上へゆっくり固い自分のもので撫《な》で上げていった。

奈美はいっそう背を震わせ、波立たせたがそれは笑いでなく、内部からわきおこる痙攣《けいれん》だった。

「いいわ、もっとして、もっとかけて」

声があえぎ、切なそうに請い、同時にそそのかしていた。


隣の女がふいに唐突な身の起し方をして立ち上った。何か阪田にいいかけようとして、あわてて、両掌で口を押え、ううっと低く呻《うめ》いた。

阪田は自分もとっさに軀を起し、脚をひいた。女はその阪田の膝に脚をうちつけながら、軀をえびのように曲げ、通路を走っていく。愕いて女のあわただしい動きを目で追う乗客もあったが、ほとんどは、目を閉じていたり、うつむいて見ている雑誌や新聞に心を奪われて女の行動に目もくれなかった。

女はなかなか座席へもどらない。阪田は女の今の様子は、女が嘔吐《おうと》に襲われたのだろうと察した。悪阻《つわり》のひどい佐紀子の妊娠三ヵ月ほどの状態が自然に思い出されてきた。あんな虫も殺さぬようなやさしい清純そうな様子をしているけれど、女は妊娠しているのかもしれないと思う。

阪田は空になった女の座席ごしに窓外に目をやった。目にまぶしい新緑が光り輝きながら、窓硝子《ガラス》を拭いていく。

去年の今頃、奈美と見た高雄の新緑が思い出されてくる。はじけるような生命をみなぎらせ、一枚々々の樹の葉が鮮やかなエメラルドグリーンの炎を燃えたたせていた。谷間の宿で、奈美は窓からさしこむ新緑に全身を染めながら、深海の魚のように、阪田の腕の中でひっそりと身を泳がせた。

なぜこの頃、しきりに奈美に逢いたくてならないのだろうか。もう四年もつづいている間柄は決して短いとはいえない。

「情事というのは、まず互いにかっかと燃えていて、寝ても覚めても逢いたがるのは半年だね、それから一年くらいはまだあつあつがつづかないでもないけれど、二年すぎればどんな女だって鼻についてくる。せいぜい、よほどがまん強くて、三年持てばいい方かね。四年もつづくのはどっちも無神経か馬鹿じゃないか」

女蕩《た》らしと自他共に認めている男が、酔った時、得々としていったのを覚えている。その頃、阪田は奈美との仲がすでに半年はすぎていたが、まだ一年には達していない頃だった。寝ても覚めても逢いたがる状態のつづきの中にいたので、口先では全く同感だなどとばつを合わせながら、心の中では、奈美さえ承知すれば、佐紀子と本気で別れることを考えてもいいなど思っていた。

それから一年たち、更に一年たつうちには、どうやら阪田の心境は、くだんの女蕩らしの予言通りに動いたようだ。ただひとつ違う点は、全く奈美との仲が倦怠期《けんたいき》に入った頃、奈美の方から突然別れ話を持ちだされ、ことの意外さに、萎えきっていた恋情がふいに生彩をとりもどしたことだった。

女を捨てることはあっても、女から捨てられるなど阪田の経験の中にも考えの中にも入っていなかった。

自分で働いて、コピーライターの仕事で男とはりあえる経済力を持った奈美は、日頃、平凡な結婚など全く無視しきった口吻《くちぶり》だったし、アパートの一人暮しの自由と快楽を充分愉《たの》しんで生きているふうだった。当然、阪田との関係がはじめてではなかったし、それをかくそうとしたこともない。

「女の二十九歳まで恋愛の二つや三つしたことのないなんて方が気味が悪いでしょう」

などぬけぬけといいもした。

「同棲だってしてたんじゃないのか」

阪田がさぐりをいれてみると、

「あたしは男と一週間と同じ部屋で暮せないわ。何といっても男って嵩《かさ》ばる生き物だものね、場所ふさぎされるし、こんなせまくるしいアパートでは、空気まで男に吸われて稀薄になるような気がするのよ」

などいってのける。しかし阪田はそれを額面通り信じてきたわけでもない。

たしかに奈美は東京にいた頃から、自分の部屋へ男を迎えたがるということは少なかった。何度めかの時、

「ホテル代をけちるわけじゃないけど、落ちつかないなあ、ホテルってのは」

阪田がそれとなく水をむけてみても、けろりという。

「あら、そうかしら、あたしは、ホテルとかモーテルとかって方が、アパートでなんかするよりずっと気持が解放されて好き。情事なんて、どうせ生活とは別の次元に置いてこそ愉しいんでしょ。所帯の匂いのするちゃちな部屋でなんか気分を損ねちゃう」

「へえ、きみはそんなに情事ってものを割り切ってるのかい、大体、女ってのは、自分と男の関係を恋愛とは認めても情事といったりいわれたりするのは嫌うもんじゃないの」

「人のことは知らないわ。あたしは情事っていう方がさばさばしてて好きよ。恋愛っていうと、妙にべちゃりんこんで気味が悪い。男の方からも、惚《ほ》れたはれたっていわれるより、スマートに遊んでるつもりでいられた方が性に合うわ」

「変ってるなあ、それは男の感覚だし、男のいい分だよ」

阪田は呆《あき》れたふりをしてみせたが、こんなにさばさばした女も珍しいと、それが奈美に、より一層惹《ひ》かれていった原因のひとつだったことは確かだ。

そんなことを平気でいう奈美は、性愛の場に臨んでも、大っぴらに、過去の男の痕《こん》跡《せき》を示してはばからない。

「あたしはこうした方が工合がいい筈よ」

阪田が、好きな位置を決めようとして自由にならない奈美の脚をあつかいあぐねていると、自分から腰に柔らかな枕を二つ折りにしてあてがい、阪田の予想もしなかった奇怪な位置に、自分の脚を飴細工のようにねじ曲げてみせるのだった。

佐紀子にはいくらそれとなく教えてもそそのかしても、一向に全うしない体位で、奈美との時は楽々と果すことが出来るのだった。

そんな奈美だけに、阪田は奈美が突然、別れ話を持ちだした時は愕いた。

「何が気にいらないんだい」

「気にいらないってわけでもないんだけど、飽いちゃったのよ」

「飽いたって俺にかい？」

「そうねえ、だってあたしたち、何時逢っても、同じことするだけでしょう。話ははじめっからお互いの生活がちがって合う筈ないし、合わそうなんてあたしもあなたも考えたことないしね、あのことだって、もうこの頃じゃ馴れっこになって情熱のかけらも伴ってないってわかってるでしょう。こういうのでこれ以上つづけたって意味ないし、お互いここらでもう一度フレッシュになりたいと思わない？　こういうことは相対的だから、あたしが退屈してるのをがまんしてるように、あなただってがまんしてくれてるんだと思うの」

「退屈だって？　がまんしてるって？　そんなこと、俺の方は夢にも考えていないよ」

阪田は反論してみせたが奈美は薄く笑ったまま取り合おうとしない。

逃げられかけると、阪田ははじめて、確かに奈美のいうように、もうこの一年余り、奈美と逢うことがいささか重荷になっていたのを悟らないわけにいかなかった。

何よりの証拠に、半年くらい前から銀座《ぎんざ》に新しく通いだした小さいながら、自前のバーの、年上のマダムと通じていて、至れりつくせりのサービスにすっかり鼻の下をのばしていたのが事実だった。

「あなたが浮気してるとか、どうとかっていうのが別れる理由じゃないのよ。あなたが何人女をつくっても、ちっとも退屈しないで、かえっていきいき挑戦的になることもあれば、あなたのいうのが本当とすれば、相手がちっとも飽きも退屈もしてないのに、どうしようもなく倦怠することもあるのね」

「男が出来たんだな、俺以外に」

それしか考えられないという意気ごみで阪田が突っこむと、奈美は声をあげて笑った。

「そんなことないっていったって信じないなら、そう思ってもいいわ」

どちらともとれる奈美の返事の曖昧さが、いっそう阪田を逆上させてきた。どこまで自分の新しい浮気の相手について、奈美が情報を握っているかわからないだけに薄気味が悪い。

三度、四度、阪田から連絡してもたてつづけにすっぽかされてみると、阪田は今更のように奈美が得難い女だったように思われて、逃がすのが惜しくなった。

そうなってみると、新しい年上の女など、ありふれた手練手管の、何の新鮮味もない女に思えてきた。それが好きだといって、いつもつけるため、もう肌にも下着にもしみついてしまったようなフランスの香水の匂いが、むかむかするほど鼻についてくる。

　奈美のレモンの切り口のようなさわやかな汗の匂いと、どこか薄荷《はっか》の匂いのする性液の味が得難いものに思われてくる。

　阪田はまるで初恋の男のようにそわそわして、奈美の心の回復に努力しはじめた。ようやく奈美の心が以前のように柔かくほとびはじめたかと思われた矢先、奈美は、自分の軀から下りたばかりの阪田の背にむかってつげた。

「あたし、大阪へ転任するのよ」

「何だって？」

　阪田は素裸のどこか痛々しい姿のままで、訊きかえした。

　奈美は大阪に本社のある化粧品会社と専属契約を結んで下阪することに決めたという。

「それじゃ、俺たちの間はどうなるんだい」

「その気になれば、大阪と東京なんて一またぎじゃないの、あたしだってしょっちゅう上京するし、たまにはあなたも関西へ逢いに来れば？」

「そう出来ればいいけれど」

男女の仲は距離と共に離れるという持論の阪田は、こんなことをあっさりひとりで決めてしまう奈美から一向に頼られてもいなければ、なつかしがられてもいないのだなとひがんだ。

それでも奈美は大阪へ行ってしまってからかえって、まめに連絡して、上京の際は阪田との時間を持つように努力しはじめている。東京の頃より瑞々《みずみず》しくなり、逢った時間は、惜しみなく燃えつくそうとする。

阪田は奈美のいうように、東京で始終、逢っていた頃の惰性的な感じや義理感から解放され、確かにこの程度の距離をおいて、かえって消えかけた蠟燭《ろうそく》に、もう一本の蠟燭がつぎたされたような感じがしていた。

この前の別れぎわに、奈美は阪田が服をつけ終ってもまだブラジャーもとりあげず、ベッドに横たわったまましげしげと自分の軀を見つめながらつぶやいた。

「まだ大丈夫かな」

「何が？」

「女も三十近くなると老化現象が顕著になりますからね、買手のついた間に売っておこうかなと思って」

「奈美が結婚するのかい？」

「余程条件がよければね」

「そんな平凡なことを奈美の口から聞くとは思わなかったな」

「あたしは一度だって、自分が平凡じゃないなんていったことはなかった筈だけどなあ」

「そんなに、俺とのことは魅力がなくなったのかい」

阪田は奈美の上にもう一度かがみこんで囁《ささや》いた。しめっている茂みの上から軽く息を吹きつけながら、その声をいっそう低くしてつづける。

「あんまりなめた真似をすると只じゃおかないからな」

奈美は突然、白い腹を波うたせて笑った。茂みが阪田の唇をくすぐり、阪田は服をつけたまま、もう一度奈美を抱きたくなった。

「馬鹿ねえ、そんな凄みは、あなたには全然似合わないわ。それに本気でもないくせに」

「本気だよ」

「じゃ、いっぺんくらい、奥さんと別れるくらいいってみたら」

「ああ、いいよ、いつでも別れていいよ。きみがそれを望んでいなかったから、そうしないだけだ、いつだってこっちはいいんだ」

むきになっていいながら、阪田は自分のことばの空々しさに白けきっていく。

「大丈夫、大丈夫、気にしない、気にしない」

奈美は阪田の顔を両掌ではさみつけ、子供をあやすようにゆすった。

「もみあげ、も少しのばしたら、いっそ、もっと思いきって気障《きざ》にすれば似合うのに」

「どうせ気障だよ」

「あら、それがいけないっていってるわけじゃないのに、なかなか日本人って気障が身につかないものよ、あなたはそのすれすれの線で気障が身についてる人よ」

「何とでもいうさ」

いつものことで、あの時も後になって考えれば、体よく奈美にはぐらかされてしまったような気がする。

奈美は確かに魅力のある女にはちがいない。情婦としては最高かもしれない。適当にチャーミングで、かといって気のはるような美人ではないし、何といっても金がかからないのが最高に都合がいい。話は面白くて、ユーモアもウイットもある。家庭に電話をかけてよこしたり、妻をいたぶったりはしようともしない。子供を産みたいなどと馬鹿げたことは寝言にもいう気づかいはない。

しかし、阪田はそれほど魅力的な奈美を女房の座に置いて考えてみたことはないのだった。奈美の魅力のすべてが、妻という生き物にとってはマイナスになって思われてくる。

生れついた時からあいつは情婦なのだ。

阪田は列車が京都に近づく比例で奈美への情熱がかきたてられてくるいつもの現象をじっくり味っていた。

「すみません」

細い小さな声がして、隣の女が阪田の横に立った。阪田は腰をうかせ、女に自分の膝の前を通させてやった。

洗面所で顔でも洗ってきたのか、女の化粧がさっきより濃くなり、さっきまで気づかなかった唇の上のほくろがくっきりと描きこんだように鮮やかだった。化粧すればするほど女の顔は淋しく見えるのを発見し、阪田は意外に思った。

「気分が悪かったんじゃなかったですか」

阪田は、女が聞きとれなければそれでもいいと思い、囁くような低い声をだしてみた。

女は阪田の囁きを耳にとめたらしく、ふりむいて阪田の顔を見た。大きな棗《なつめ》型の一重瞼の瞳《ひとみ》が正面から阪田の目を見つめている。

面長《おもなが》な顎《あご》の細い顔に鼻筋が長く、一重の目は逆光のせいか底なしの埴輪《はにわ》の目のように見える。淋しい顔立なので、まともに見ると老けて見えた。どこかで見たことがあるような気がする。

女は見つめかえす阪田の顔から視線を外さず、自分も声を低くしていった。

「疲れてるものですから……酔ったのかもしれません」

「大丈夫ですか、車掌にいえば薬くらいくれる筈ですよ」

「もういいと思います」

「吐《は》きましたか」

女はふいに阪田がどきっとするほど首筋から頬に血を上らせた。ええと、うなずいた顔は恥《はず》かしさに震えている。

阪田は娘の初々しい恥らいぶりに感動した。近頃、こんな美しい素直な恥らいをみせる娘などお目にかかったことがないと思う。

会社の休み時間や、喫茶店で交わしている娘たちの会話のどぎつさを思いだすと、こんな娘の美しいはにかみは得難いものに思われる。

「それならいい、吐けばさっぱりするから」

阪田は、それだけいうと、また週刊誌をひろげ、娘にかかわるまいとするような態度を見せた。娘はひっそりと息をひそめたような様子で、窓ぎわに肩をよせ、窓外に目をやっている。

阪田はそれとなく見て見ぬふりをしてすごした。

チャイムが鳴り、車掌のアナウンスで京都駅の近づいたことを告げられた。阪田は荷台のボストンバッグをおろすついでに、やはり隣の娘が立つ身じまいをしているのを見て、

「荷物は？」

と聞いてやった。

「すみません……その赤の……」

「ああ、これね」

阪田は赤のビニール製のボストンバッグをとり下してやった。見かけの大きさは阪田のものの倍もあるのに、拍子ぬけするほど軽い。

手渡してやると、娘は丁寧に頭を下げて礼をいった。育ちのいい、躾《しつけ》のいい娘だなと、阪田はまた感心した。

列車が鴨《かも》川を渡る頃、阪田は席を立ち扉口へ歩いていく。出口の扉の前には、もう

人が数人並んでいた。ふりむくと、娘が阪田の背にぴったりくっつくようにして立っている。

プラットフォームに降りてからも、阪田のすぐ背後に娘がついてくるので、他所目《よそめ》

には連れのように見えそうだった。

阪田がふりむくと、娘はまた頬を染め、はにかんで立ち止った。

「あの……すみません……あたし、京都はじめてなんです」

阪田は娘と並んで歩きだした。

「どうもそうじゃないかと思ったけれど」

娘がすがりつくような目をして阪田を見た。

「宿は？　きまってるんですか」

「……いいえ……」

「だれか友だちでも……」

「いないんです」

「何日くらいいるつもり？」

阪田の口調は次第に保護者的になっていく。

娘は、その答えをせず、だまりこんでただ歩きつづける。

エスカレーターに娘を押しだすようにして乗せ、阪田はその背後に立った。目のすぐ下に、娘の髪が光っている。やわらかな黒髪は染めていず、パーマもあたっていない。清潔で、指につかみたいような爽《さわ》やかさだった。

この髪を自由にし、この黒髪に顔を埋めたであろう男を想像すると、阪田はわけもなく嫉妬がわいてきた。

どうせ、生娘《きむすめ》じゃないんだもの、一回くらい誘ってやろうか。これじゃまるで向うから据え膳って形じゃないか。心の内によぎるそんな想いはみじんもみせず、阪田は生真面目な表情で、ゆっくりエスカレーターで降りていった。今日、京都駅へ奈美を来させていなくてよかったと思う。

改札口でも、娘はまるで親にはぐれまいとする幼児のように阪田の後ろにぴったりくっついている。

駅の外にはタクシー待ちの人々がすでに列をつくっている。

阪田と娘は、ここでも並んで列に加わった。

時間を見ると、葬式の時間までには二時間はたっぷりある。まっ直《すぐ》大伯父の家にいって親類の誰彼に肩の凝《こ》る挨拶をするより、どこかで休んで、時間丁度に直接寺へ行った方が気がきいている。そう思ったとたん、阪田は思いだして、あっと口の中でいった。

ふりかえって、娘に話しかけようとして阪田は口ごもった。名前もしらないので呼びかけ難い。

「あんた、さっき、新幹線の中で口紅落してたよ、それいってあげようと思っていて、つい忘れてしまった」

娘はあらっとつぶやいて、あわててハンドバッグを胸の上でひらいてみた。

「ほんと……ないわ」

「そうだろう？　きみの足許に落ちてたんだ」

娘は曖昧な微笑をして阪田を見上げた。こうして並んでみると、娘は見かけより小柄で、長身の阪田を見上げるような形になる。

「女の子ひとりでは、宿は泊めたがらないから、ホテルの方がいいだろうな」

他の人間に聞かれると何と思われるだろうと考えながら阪田は娘の上にかがみこむようにして囁いた。

「あたしもそれ心配してたんです」

「ぼくの行くホテルにいっしょにいって、部屋とりますか」

「お願いします。すみません」

娘は渡りに舟のようにすがりついてくる。阪田はふと、娘は純情そうで世間知らずのように見せているけれど、何もかも演技の、すご腕の女かもしれないと思ったりする。

どっちにしても、これが旅の面白さだ。ふと気がつくと、今、出てきた人群の中にまじって一きわ人目をひく白のパンタロンスーツに、しゃれた帽子をかぶり、サングラスをかけた女がいる。おやと見直すと、阪田の社の専務の女として、社内では誰でも知っている銀座のバーのホステスだった。腕を組まんばかりにしている男は、これもバーで時々見かける建築会社の社長で、これはそのバーのマダムの何人かいるパトロンの一人として有名な男だ。

二人はタクシー待ちの列に加わらず、離れて立つと、迎えに来ていたらしい大型の車がすうっと寄ってきて、それに乗りこんでしまった。ママの旦那を横取りするくらい腕次第なのだから、珍しい現象ではないのかもしれない。しかし、これであの女が間もなくあのバーをやめ、別に店出しをする日も遠くあるまいと思うと、阪田は自分のサラリーを思ってうんざりした。

結局、女の方がこの世では得な生き方をしているのかもしれない。女房の佐紀子といい、奈美といい、それぞれ、自分から金や精力をしぼりとって、彼女たちは肥えふとったり、若さの滋養分にしているのではないか。

車に娘と並んで乗りこんでから、阪田は新しく出来た河原町《かわらまち》のホテルの名をあげた。

この前一度、奈美と泊ったことがあったので勝手がわかっている。

車窓に走り去る京都の町はやはり東京に比べるとおだやかで、屋並の低いせいか、しっとりと落ちついている。

「連休は大変だっただろう」

阪田は運転手の背に話しかけてみた。

「へえ、もう、殺人的な人の出でした。みなえろう遊んではりまんなあ、これで週休二日制になったら、週末から京都は人間のごった煮でっせ」

中年の運転手は話しずきらしく快活にいう。人間のごった煮か、自分たちもその一人かもしれないと、阪田は苦笑した。

娘は、眉をひらいて安心しきった表情で窓の外を見ている。さっきから、誰かに似ていると気にかかっていたことがふいに阪田にはその時謎がとけた。

「きみ、モジリアニの絵に似ているっていわれたことないかい？」

娘が長い睫毛《まつげ》をびっくりしたように押しひらき、怯《おび》えた表情をした。

「どうしたの、そういわれたことよくあるでしょう」

「よくもないけど……いわれました」

「ほんとに似てるんだな、はじめて見た時、誰かに似てると思ったから、前に逢ったことがあるのかと思ったんだけど、今気がついたら、モジリアニの女そっくりなんだな」

「あたし、あまりその絵みたことないんです」

「いい絵だよ、軀は濃いオレンジ色で、瞳は紫色で塗りつぶしたりしてるけど、なかなかいい女ですよ」

阪田は娘を裸にして、モジリアニの女の大胆なポーズをつけた姿を頭に描いてみた。

「ちょっと……」

女が低くいって、急に軀を前に倒した。

「あ、きみ、ちょっと、とめてくれ」

阪田は運転手に車をとめさせた。女は転がるように外に出て、露地にかけこみ道端にしゃがみこんではいている。

「工合が悪いんですか」

運転手が訊いた。

「新幹線の中でも酔ってね」

「奥さんおめでたやないですか」

わざとさっきの会話を聞いていないふりをしているのか、実際聞いていなかったのか、運転手はすましている。

「さあ、そうかもわからん、ぼくの女房じゃないからよくわからないんだよ」

「へえ、そうですか、そら失礼しました」

運転手はぬけぬけいう。

娘がもどってきたが、シートに坐るなり大きく肩で息をして、真青になり脂汗《あぶらあせ》をにじませている。

「車で大丈夫ですか」

阪田が他人行儀にきいてやった。

娘はものうそうに首をふり、目を軽くとじた。三人ともだんまりのまま、やがてホテルについた。

シングルの部屋を二つとり、阪田はロビーの椅子にぐったりしている娘を手まねいて呼んだ。

「このカードに必要なこと書きこんで」

「はい」

娘は素直にうなずき、備えつけのペンですらすらと住所氏名を書いていく。住所は荻窪《おぎくぼ》で、姓名は三輪淳子《みわじゅんこ》と書いている。

ボーイに案内されて行くと、二人とも八階だが、間に三部屋あって離れていた。

三輪淳子を部屋に送りこんでから、阪田は自分の部屋にいった。夕方、奈美と逢えば、ツインかダブルの部屋にきりかえればいいのだと考える。

洗面所で顔を洗っていると、ノックが聞えた。ボーイかと思ってドアをあけると、淳子が立っていた。

阪田はまくりあげていたワイシャツの袖を下しながら、

「どうしたの」

と聞いた。

「あの、こんなにお世話になって申しわけないんですけど、もうひとつだけ、お願いしていいでしょうか」

「何ですか、まあ入んなさい。もし気になるなら、ドアをあけておきなさい」

淳子は阪田に背姿を見せ、ドアを閉めてから入ってきた。さっきよりもっと血の気のない顔をして、目が熱っぽくうるんでいる。

「きみ、病気じゃないの、よほど苦しいんじゃないの」

「いいんですあたし、死んでもいいんです」

淳子はいうなり、その場に崩れるように坐りこんで両掌で顔をおおって泣きだした。

阪田はなかばの好奇心と半ばうんざりした気分で、そんな淳子の姿を見つめていた。女の涙が男にとって魅力的に見えるのはよほど稀有《けう》な場合だ。たいてい男は女の涙に前世から恐怖感を植えつけられているのではないか。

「泣くのはよして下さい。困るよ、ぼくは」

阪田はわれながら冷淡と思われる声でいった。

淳子は打たれでもしたようにぴたっと泣きやんだ。ひろげた指のかげから阪田の表情をうかがいおずおずと手をおろした。

涙で汚れた顔が子供のように無邪気に見えた。まだ滲みでてくる涙をこらえた瞳がうるみ、モジリアニの女の紫色の空洞のような目そっくりになった。

阪田はふいに淳子を抱きたいという欲望に捕われた。

「さ、涙をふいて」

大きなハンカチをだして、淳子に近づき、その肩を押え、顔をふいてやると、淳子は子供のように阪田にされるままになっている。

阪田が濡れたハンカチを落し、両手で娘の肩を押えて、自分の欲望をどう扱ったものかと、相手の目の中を覗《のぞ》きこんでいると、ふいに電気がかかったように全身を震わせて、阪田の手を払いのけとびすさった。

阪田は急に白けて、自分も窓ぎわの椅子に遠のき、煙草《たばこ》に火をつけた。

「何ですか、頼みって、早くしてほしいな、ぼくは出かけるんだから」

「すみません。あの、お願いだから電話かけて下さいませんか。あたしの声じゃかけられないところなんです」

「きみのおなかの子の父親のところなの」

淳子がふたたび、まぶしいほどの鮮やかさで、首から頬、耳まで匂うような紅いにみるみる染めあげていった。

止った時間

「また……」

松崎良夫《まつざきよしお》がいった。小林《こばやし》奈美は派手な濃いサングラスで顔の三分の一はかくれている松崎の方に時計から目を移した。

「もう四度めだよ」

奈美が時計に目を走らせた回数をいっている。

「そうだったかな」

「そんなに気になるなら、もう放してあげるよ」

「止められたって行かなくちゃ」

「怪しいもんだ」

「何が？」

「仕事の打ちあわせで待ちあわせるにしては、そわそわしすぎてる」

奈美はもう松崎の言葉を笑ってとりあわない。すっとハンドバッグをひきよせた。奈美にしては珍しいイタリアンプリントの絹のワンピースが、いつもよりやさしくみせ、さっきの情事の名残りの疲れがまだ瞼や唇のまわりにほのかにただよっているのが、いっそう奈美を女らしくみせていた。

はじめて軀を許した直後、こんなに時計を気にする女も珍しいと、松崎は思った。すると、あと、五分でも十分でも女を去らせたくない気持が湧いてくる。気がついてみると、まだ次の逢引の日も時間も打ちあわせてはいなかった。さっきの奈美が見せた反応を思えば、自分の技巧や体力に奈美が充分満足したと考えてよさそうだった。今度いつと訊くのは、絶対女でなければならない。まさか男の口からそんなみっともないことがいえるものか。

奈美は立ち上ると、窓ぎわへ行って、障子《しようじ》を押し開いた。

すぐ家の下は鴨川が流れている。木屋町《きやまち》の露地の奥のこの家は、夏になれば河原にむかって床《ゆか》をはりだすのだろう。川向うに、東山がなだらかに横たわっている。あの山懐《やまふところ》の寺で阪田が大伯父の葬式に参列して、もう河原町に最近できたロイヤルホテルに帰りついてくる時刻なのだ。約束の時間まではまだ三十分はあったが、奈美は早くこの部屋から出たくなっていた。

仕事をして来た習慣で、奈美は逢引の時間に対して割合神経質だし、几帳面《きちょうめん》だった。ここからホテルまで歩いて七分とかからない近さなので、まだ十分や二十分の余裕はあったが、もう松崎とこれ以上長くいる気はしない。

奈美の経験では、男も、寝る前は興味があっても、寝てみて二度と、同じことを繰りかえしたくない相手とか、寝ることは繰りかえしてもいいが、およそ、話らしい話をしたくなくなる相手だとか、寝ることはまあまあ事の成行にまかせても、ぜひ、友人として、いつまでもつきあってみたい相手とか、いろいろあることに気づいている。

松崎は、そのうち、また寝てもいいが、およそ話相手としては退屈な男に当っていた。彼の自信たっぷりの技巧も、そそのかされて軀は誘われるとおりに動き、押えきれない声もわれにもあらずあげてしまうのだけれど、どうのたうち廻りながらも、神経のどこか一部が覚めていて、そこに風が吹き通るような白々しい感じが残る。

どうせ、こういうことは一度ではわかりっこないんだから、奈美がそう思った時、松崎が偶然なのか、何か感じたのか卓の前から奈美の背にむけていった。

「たぶん、この次の方がもっとよくなると思うよ。そう思わない？」

京都生れで京都育ち、大学だけは東京ですごした松崎は、奈美との時は標準語を使うけれど、アクセントが関西ふうなので、会話はどこかまのびして、そこがまた如何にも秘密に昼下りの情事を愉しんでいるという情景にふさわしく、妙になまめいた情緒が生れるのだった。

「そうね……」

奈美はちょっと興味を感じてふりむいた。

「男は、いつでも、はじめての女と、百パーセントうまくいくものなの」

「さあ、そうやね、男は何しろ単純な感覚だから、上りつめてしまえばどの女も同じだと思うよ。だけどやっぱり、こういう問題はファックしたらいいってもんじゃないだろう、男にだって、相手次第ってことがあるからな」

松崎はそれから、どう説明していいかわからないという表情になった。奈美は、こんな時、阪田なら、納得のいくような話し方が出来るのにと思うと、急に、もう一ヵ月以上逢っていない阪田に一刻も早く逢いたくなってきた。

「あっ、もうおくれるわ、相手はドイツ人なの、時間にうるさいからあたし行くわ」

松崎がもうとめるすきも与えないす早さで、さっと、部屋を横切り、襖《ふすま》の外へ出てしまった。

松崎はその後を追っては来ない。

初老の女がどこで見ていたのか、玄関に出るとすぐ、どこからともなくあらわれて、

「お帰りどすか」

といって、靴を揃えてくれた。松崎のことは何も訊《き》かない。たぶん、松崎の馴染の家で、こんな女の帰り方には馴れているのだろう。細い露地は一日中陽《ひ》がささないのでひんやりしている。木屋町通りに出ると、急に夕陽がまぶしかった。

高瀬《たかせ》川は、見る度、水が浅くなっているように思う。夜になれば灯《あかり》が映り、水が美しく見えるけれど、この夕暮れの明るさの中では、さまざまなごみが底に沈んでいるのが見えて汚い。京都も次第に醜くなると思いながら、奈美は高瀬川にかかった土橋を渡り、ホテルの方へ足早に歩いていった。

その頃、松崎は奈美のいなくなった部屋から自分の会社に電話していた。

「あ、社長、十二時前、三輪いう人から電話がかかってます」

秘書の安川《やすかわ》がまず告げる。松崎はぎくっとしたがわざと無造作にいってみた。

「三輪って、男か女か」

「へえ、それがおかしなことに、最初は男で、後の方は二度とも女の声でんねん」

「えっ、最初は男？　それどういうことや」

「へえ、そやから、同じ三輪と名乗る電話が昼から三べんかかってるいうことです。その最初は男の声で、あと二へんは同じ女の声なんです」

「どこの三輪や」

松崎はますます狼狽《ろうばい》しながら、声はあくまで平静らしく訊いた。

「それがどうしてもいわんのです。社長さんはいつ帰るかと、それればっかりです。でも最後にこっちから電話するからといいましたら、ようようホテルの部屋番号まで教えました。どんなにおそくても今夜じゅうに連絡してほしいといってはりましたけど」

「わかった」

松崎はつとめて不機嫌な声をだし、どこかおもねるような物わかりのよさを押しつけてくる秘書の声を封じるようにいった。

「それから、ほかの電話は」

「へえ……」

秘書はひきつづき、十件くらいの電話の内容をつげる。それはどれも、業務用の電話ばかりだった。

三百年つづいた京都の菓子屋として古い老舗《しにせ》を誇《ほこ》る亀屋《かめや》は、「賀茂川」という家伝の京名菓で、全国に名がひびいている。山芋と小豆《あずき》を材料にした蒸し菓子で、茶席にもよく用いられるし、京土産《みやげ》としては最もポピュラーで、しかも並の菓子より値がはり、そこがかえって自称食道楽や、気どった階級にうけるらしく、年々需要は増大していく。事業家だった先代は、その他に、茶席用の干菓子の「東山」というのも考案し、これがまた「賀茂川」に負けないくらいの人気を呼んで京土産として珍重されていた。河原町にビルも建ち、「賀茂川」と「東山」は、全国的に売り出され、今では一介の菓子商でなく、大々的な会社組織の事業となっている。

松崎の先代は、松崎が大学在学中、脳溢血《のういっけつ》で倒れたが、半身は不自由のまま、頭は一向に衰えず、寝床から指図して、事業にはいささかの停滞も来たさなかった。

松崎はこの老父の存命中は、ほとんど仕事にもタッチさせられず、大学を出るなり菓子職人にまじって、菓子づくりの基礎から勉強させられている。その反動のように、老父が病死してからの松崎は、祇園《ぎおん》にも先斗町《ぽんとちょう》にも上七軒《かみしちけん》にも、それぞれに女がいるほど派手に遊んで、家に寝る夜が週に二日もあればいい方だった。

事業の方は父の代にしっかりした基礎が固っており、昔からの老番頭や番頭が、それぞれ、専務や常務でお家大事に店を守っているので、松崎の放蕩《ほうとう》ぐらいでゆらぐような屋台骨ではない。

その遊びも、十年もつづけば、飽きがきたのか、ここ、二、三年来、ぴたりとおさまり、事業熱心な社長として、次第に世間の信用も増してきていた。

いつでも収拾がつかなくなっては、番頭がこっそり尻ぬぐいをして歩いた女関係も、不思議なほどぴたっと、なりをひそめてしまった。

松崎の遊びが、玄人《くろうと》から素人筋へ移り、始末がかえって面倒になっているのを知っているのは、今では腹心の秘書の安川くらいのものだった。妻の千尋《ちひろ》は、長崎の菓子屋から嫁いで来たが、ミス長崎とうたわれた美人だけに、結婚後十二年たった今も、華やかな美貌は衰えをみせず、今でも、京都の美人として、婦人雑誌のグラビヤなどに始終写真が載せられている。

娘時代から日本画が好きで、京都の日本画の巨匠来島泰山《きじまたいざん》に師事し、内弟子に来ていたのを、松崎に見そめられたのだった。結婚後も絵は描かせるという条件つきで貰ったただけに、千尋は子供が二人出来た今でも、まだ絵筆は捨てず、毎年のようにその絵は展覧会で受賞もしていた。

「あんなきれいな奥さんがあんなはって、何でまあさんは、ああ、悪食《あくじき》しやはりますのやろなあ」

花街《はなまち》でよくそんなことをいわれたが、その度、松崎はおどけた三枚目の顔をして、さも情けなさそうにいってのけ、人を笑わせる。

「まあ、な、うちとこの嫁はんみたいな天才のおばはんを女房にしてみなはれ。そらもうえらいこっちゃ、これだけは才女を嫁はんにしたことのない男にはわからへんやろなあ、この受難こそは、聞くも泪、語るも泪や」

松崎がおどけてみせて、妻の悪口をいえばいうほど、松崎が千尋にだけは、ぞっこん惚れこんでいて、頭の上らないのが想像されて、松崎はとどのつまり、花街の妓《おんな》たちからはなめられてしまう。

「ほんまや、それにうちの嫁はん美人やけど不感症や、一生の不作やで、儂に同情してえな」

松崎はこりずにまた酒に酔うたび、大声でどなってみる。それでも一人として、松崎の話を本気で聞く者は色町にはもうなかった。

「何いうてはりまんねん。美人で才女の奥さんに、ちいっとも頭上らへんくせしとおして」

秘書は最後に、千尋からつい今しがた電話があり、連絡がついたら、すぐ家へ電話するようにと伝言があったと伝えた。

千尋は日頃けじめのいい女で、よくよくのことでなければ、会社に電話をいれたりすることはしなかった。

松崎は電話を切ると、思わずふうっとため息をもらした。急に奈美との時間の激しすぎた消耗が、一時にどっと全身に滲みでてきた。

三輪淳子が、今頃何をいってきたのか、それにしても最初男の声だったというのがおかしい。まさかあんなやさしい顔していて悪い男がついているとも思えないが、父親が小学校の校長で、今時珍しいほど堅い人間だといっていたから、もしかしたら、ばれたのでは……。いやいや、たといばれたにしても、もう三月も前に別れてるのやないか。知らぬ存ぜぬで通せばいい。それなら、今、突然の淳子の電話を無視してしまうべきか。

楚々《そそ》としている外見のくせに、そこはあっと、身をひくほどの猛々しさで茂りに茂って、黒い焔《ほのお》をふきあげたようにたくましく燃えている淳子の草むらが目の中いっぱいにひろがってくる。

少し吸えば、たちまち血を凝《こ》らせて、一週間たっても、パンジーのようなキスのあとが消えないでいたチーズ色のぼってりした肌も浮んでくる。

耐えに耐えているせいか、こらえきれずにあげる最後の声は、思いがけない獣の咆《ほう》哮《こう》に似て、思わずその口に枕を押しあてたことも何度あったかしれない。

デパートの地下の名店街の亀屋の支店のレジにいたのを見つけて、手なずけ、最後はホテルの食堂で葡萄酒に酔わせ、そのまま、そのホテルで介抱する段どりに運び、手にいれた。

その時、シーツにほとばしった鮮やかな血の色と、その多量さにど肝をぬかれ、けがでもさせたかと、あわてふためいたのはわれながら滑稽だった。

千尋は初夜に出血しなかったし、色町の女ではまだ処女にはひとりもお目にかかっていない。あの鮮やかな血の色を見なかったら、一度きりの浮気のつもりだったのに、つい、度を重ねてしまって、二年も秘密の仲がつづいたのだ。

口数の少いおとなしい娘だったが、芯は強いのか、父にも兄にも洩らさず、同輩にも全く気どられることもなく、二年の歳月の秘密を守り通した。

松崎は、およそ藁人形をころがしたように反応もなかった淳子が、三月もたつと、これが同一の女かと信じられないくらい敏感に応えるようになったのが珍しく、新鮮で、それからは上京することが待ち遠しくなり、日によれば日帰りで二時間くらいの逢瀬《おうせ》を盗みに来ることさえあった。

淳子は何ひとつねだらず、誓わせず、ひたすら一方的に与えられる二人の時間だけを待ちのぞみ、逢えば飢えた児が乳に吸いつくように、ひたすら松崎の胸にしがみつき、性愛に溺《おぼ》れこんできた。

そんな淳子になぜ別れ話を切りだすはめになったのか。松崎はさすがにその時を思いだすと心に針をさしたような一瞬の痛みが走るのを認めないわけにはいかない。

松崎は一つずつ片づけることやと口の中でつぶやきながら、まず、千尋に電話をいれてみた。

「今、外やけど、社へ電話いれたら、お前からかかったいうから」

「ええ、突然でびっくりしたけど、広島の叔父さんが、今日、うちへ見えるっていうんです」

「えっ、何でまた、急に」

「何でもどこかのお葬式に来られて、そのついでにあなたに話があるからよりたいいわはるんです」

「ふうん、それで……」

「どうせなら、今夜、うちで御馳走《ごちそう》するよりあなた、久しぶりだから、祇園にでも案内したらどないですか」

「そうやなあ」

「その都合伺っとこう思うて、悪いけどさっき電話いれました」

「わかった。そんなら、そういうふうにやってみるわ。とにかく、また電話いれるから」

妻との電話を切ってから、松崎はまた迷った。淳子に電話をすれば、とんでもないことになりそうな予感もする。叔父と今夜祇園にいけるかどうか。

迷う間に、松崎の指は祇園のお茶屋の電話番号を廻していた。今夜の席と、舞妓《まいこ》と芸者の手配を頼むと、ほっとした。

久しぶりでふく奴の可愛いらしい鼻をつまめると思うと、気分が浮き浮きしてくる。その気分にのって、思いきって、ホテルの電話番号を廻し、淳子の部屋番号をつげた。すぐ淳子が出た。

「はい、淳子です」

といっただけで、淳子が受話器の中へ、く、くっと、こもった声を伝えてくる。しのび笑いをしているのかと思ったら、それは泣き声だった。声は次第に高まってきて、受話器の中いっぱいに嗚咽《おえつ》がひろがってくる。

「ど、どうしたんです」

松崎はあわてて訊いた。淳子は泣きつづけて声も出せない。

「何でまた急に来たんです」

松崎は自分が置かれた状態が知りたくて訊いた。もうわれわれは別れているじゃないかといいたいのは、さすがにのみ下した。

「どうしても逢ってお話しなければならないことがあって……すみません……あの、逢って下さい」

「どういうことなの」

松崎は用心して更に訊いた。女のこんな泣き声や、声の調子の時、話は快適な内容でないことは経験で教えられている。

「逢わなければ」

淳子の声が次第に落ちついてきた。

「電話ではいえないんです」

松崎がだまっていると、淳子の声が追いすがった。

「逢って下さらないと、あたし死にます」

脅迫しに来たのかと、ぞっとしたが、淳子のどこを押しても脅迫などとは縁遠い可憐さにみちみちていた記憶がよみがえってくる。

とにかく今から行くといっておいて電話を切った。何でも物事というのはいっぺんに重ってやってくるものだと、松崎は舌打ちしたい気分になった。

約束の時間を五分すぎたがまだ阪田はあらわれない。阪田の時間のルーズさには馴らされているので奈美はあわてない。松崎の匂いが首のあたりからたちのぼるようで、フィリップモーリスを吸いつづける。

おやと奈美は腰を浮かしそうになった。今、入口から足早に入って来た客がさっき別れたばかりの松崎良夫だったからだ。とっさに、自分をつけてきたのかと思ったが、それにしては時間がたちすぎている。松崎良夫はロビーを見廻すでもなく、最初から目的が決っているように真直、エレベーターへ歩いていく。

その後姿がエレベーターに消えるのを見送ってから、奈美は煙草に新しく火をつけた。

京都はせまいと思う。もしかしたら、松崎も自分と同じように、自分との情事の後で、誰かともう一度同じことを繰りかえす目的で、ここへ来たのではないだろうか。

「何をにやにやしてるの、ひとりで」

肩を叩かれて奈美は目をあげた。いつのまにか阪田雅夫が横に立っていた。ダークスーツに身を固め、改まった雰囲気のせいか、阪田がいつもの阪田より老けて見え、それは頼もしい落ちついた男らしさに映る。やはり、松崎なんかより数等好もしいと奈美は思い、顔が柔いできた。

「待った？」

「うん、ちょっと」

「部屋へ行こうか」

奈美はすぐ立ち上った。

「いいねその服」

エレベーターに向いながら、阪田は軽く奈美の腕をとっていう。

「ありがとう」

奈美は素直な声で応じた。

「今日はとてもきれいだよ」

阪田が首をすっと奈美の顔に近づけて囁いた。奈美はふっと笑っただけで顎をひいた。

男と寝た後の女は誰でも美しくなるものだ。顔色はよくなるし、瞳は輝くし、表情は柔ぐし、軀は匂う。本当に好きな男と逢うために、美しい自分を見せたければ、その直前、他の男と寝ておくのもひとつの方法かもしれない。そんな大胆な妄想を奈美が抱いているとも知らず、阪田は久しぶりの逢いびきに心身を弾ませきっている。

さっき松崎が乗ったエレベーターだなと奈美は思い、だまって阪田に寄り添っていた。

部屋に入るなり、阪田が強く奈美を抱きしめにきた。

「待って、服をぬぐわ。これ皺になりやすいの、あなたもそれ早くぬげば、何かお線香の匂いがしてる」

阪田はいわれた通り服を脱ぎにかかる。奈美は阪田より早く裸になると、バスに湯をみたしはじめた。

「ね、抹香《まっこう》臭い匂い落しなさい」

阪田はバスルームからの奈美の声に素直に従った。

「洗ったげる」

奈美はざぶざぶ両掌で洗って水滴をしたたらせた少女のような顔をしてやさしくいった。

「いいよ、ぼくが洗ってやる」

「まあ、あたしに洗わせなさい、久しぶりだから」

奈美は湯舟の中に阪田を坐らせ、背や腕を丁寧に洗った。

「さ、腰をかけて」

湯舟のふちに腰かけさせ、阪田の茂みの中もくまなく洗う。妻の佐紀子はどうしてこの女の何分の一も、こんな心づかいがないのだろうと阪田はぼんやり考える。奈美は余念もないさまで格別念入りにそこを洗いあげ、子供が飴ん棒をしゃぶるように、さも美味《おい》しそうに飽くこともなく、なめる。

ようやく顔をあげた奈美の目のふちが酔ったように上気していた。阪田はそのまま、奈美をすくいあげ、バスタオルにくるんでベッドへ運んでいった。

「こら、浮気しなかったか」

阪田は奈美のそこに顔を埋めこみながらいう。

「しないわ、その子に訊いてみて」

「この子はしましたといってるよ」

「あら、いやだ、裏切り者ね」

奈美が全身を波うたせて笑うので、阪田は顔じゅうに奈美の愛液をかぶった。

奈美はその日、これまでにもなかった甘美な声をたてつづけにあげた。

阪田はそんな奈美の情熱にまきこまれ、それに励まされ、せがまれて、際限もなく自分が応えてやれるのを感じた。

さすがに全身が霞《かすみ》にただよっているように頼りなくなって、阪田は奈美の傍《そば》に横たわった。

奈美も死んだ魚のようにひっそりとおとなしい。つい今しがたまで、あれほど跳《は》ね、踊り、すすり哭いた同じ人間とも思えない。

阪田はふと、不安になって奈美の顔の上に掌を浮ばせてみた。掌に奈美の息がなまあたたかくかかる。

「死んだと思うじゃないか」

阪田がかすれた声でつぶやきながら、奈美の腕をつかみ、そっと持ちあげてみる。人形の手のように、それはされるままに何の抵抗もなく上ってくるが、阪田が離すと、物が落ちるように他愛ないあっけなさで、すとんとシーツの上にころがった。

奈美の魂が今、このなめらかな軀のどこにも留っていないことが阪田にはわかる。

——女という動物は何と得なようにつくられているのだろう。——

阪田はつくづくそう考えて、奈美の顔を見つづける。媾《まじわ》りを通して、その度死を味い、死からよみがえり、また媾りを需《もと》める女という動物こそ、不死の秘密の鍵を、生れながらにしてさずけられているもののように思われる。

所詮、男は、女のはかりしれない快楽と法悦の醍醐味《だいごみ》へ導くための忠実な道具にすぎないのでないかと思う。しかし、これほど満足してくれる女を見つめていると、こと新しいいとしさがこみあげてこずにはいられない。

何というこの放恣《ほうし》な姿。

何というこの無防禦な姿。

阪田は、奈美の薄いピンク色の乳首を指の腹で微風のように撫でてみた。どんな時でもそうすれば、奈美の軀に電流が走るような反応があるのだった。すべての扱いを柔かくされることを奈美は需める。

「乱暴な男ほど女の軀や心を知らないひとりよがりはいないわ。粗暴を精力の強さとか男らしさと勘ちがいしているのよ。セックスの場での男らしさっていうのは、どこまでがまん強く、どこまでソフトに女を扱えるかってことだと思うわ」

いつかひどく、真面目な表情で奈美がいったのを忘れない。いつ、どういう時にいったか阪田は思いだせないのだが、奈美のことばは一句もたがわず覚えている。

「よっぽど手荒に扱われた経験があるみたいじゃないか」

阪田はその後に自分のいったことばも思いだす。しかしその後、奈美がどう答えたかは思いださない。

奈美の死んだような軀が、底にさざなみがたつ池のように、かすかに、ゆるやかに目ざめてくるのがわかる。

阪田は息をつめ、指先をこの上ない精巧な白金の触手のように震わせつづける。

奈美の鼻腔《びくう》がふくれ、唇がふっと開き、そのあわいから白い大きな前歯の端がのぞく。

奈美はまだ目をあけない。とじたままで睫毛がふるえはじめている。乳首が固く、ゆすらうめのように張りきり、阪田の指を持ちあげてくる。阪田の指が逃れてみせると、追いかけるように乳房ごと盛り上ってくる。

阪田は掌をずらせ、奈美の腹を撫で下していった。掌の道につれ、奈美の腹が陽にあたためられた砂丘のようにふくれ上り、たちまち崩れおちる。

奈美がくるっと軀を廻してしっかりとしがみついてきた。

「もうだめだよ、いくらなんでも一休みだ」

「あなたが、眠った子をまた起したんじゃない。どうかしてよ」

奈美が目をとじたままいう。声がかすれてハスキーに低い。奈美は性愛に疲れた時だけこんな声を出す。

それでもさすがに自分も、口ほどではなく休みたいのか、あとはおとなしく阪田の肩に頭をあずけてきた。

　奈美と寝る度思うのだが、どうしてこの女はベッドの中でこんなに小さく可愛らしく感じられるのだろうと不思議になる。

　起きた時の奈美は、すらりとして背も低い方ではなく、夏、袖無しのワンピースなんか着た時は、おやっと思うほど腕など肉づいているのに、ベッドの中では、まるで小娘のように小さくなり、すっぽりと、男の軀のくぼみにおさまりきってしまう。まるで飴のような軀だと阪田は奈美に逢う度思う。

「何だか、前より、潑剌《はつらつ》としてきたんじゃない、また若がえったみたいだよ」

「そうかしら、自分じゃわからないわ、あなただって、ずいぶん元気よ」

「そりゃ、ずっと禁欲中だもの、精進潔斎《しょうじんけっさい》もいいところさ」

「どうして？　何でそんな無理しやはるの」

　奈美が板につかない大阪弁でいう。

「どうしてって、お前さんへの心中だてじゃないか、このいじらしいこと」

「信じないわ」

　ちょっとだまっていた奈美が、ああというように上体を乗りだしてきいた。

「あなたんとこ、赤ちゃんできたの？」

「いや、もうすぐだ」

「そう」

それっきり黙りこんでしまう。阪田は奈美に家庭のことを口にされると全く弱くなる。

はじめから、妻子のあるのをかくしたことはないが、やはり奈美が独身なのでひけ目はぬぐえない。決して、結婚したいとか、妻子と別れてくれとかいわないだけに、いつでも阪田は奈美にどこか借金しているような心の負担を感じているのだ。


その頃、同じ廊下の並びの三つ隔てた部屋の中で、松崎は淳子と向いあっていた。しばらく逢わない間に淳子は、前よりいくらか肥ったように見える。泣きはらした瞼が色っぽく染っている。松崎はやはり、なかなかざらにはない女だと目の前の淳子が惜しくなった。

「ほんとにびっくりしたよ、でも、どうして男なんか使って電話よこしたんだ」

淳子は松崎に問われると、いっそう肩を落し、頼りなげにうつむいていく。

「すみません」

「すみませんってことないけど、淳子が男なんか使って脅迫がましいことを」

「いいえ、ちがうんです。知らない人なんです。使ったなんて、脅迫なんて、そんな……」

「知らない人に電話させたの」

「自分でかけると、出て下さるかどうかわからないと思って」

「誰なの、その人は」

松崎は急に要心深くなった。

「新幹線に乗りあわせた人です。とても親切だったし、旅の人だからまた逢うこともないと思って」

「大胆やねえ、無茶苦茶やないか」

松崎は思わず、京都弁でなじった。

「すみません」

淳子はまた、首を垂れ、あやまる。

「話はついてる筈なのに」

淳子がしおれると、なぜか松崎は威丈高になりたがる自分が不思議だった。

「でも……」

淳子が涙のいっぱいたまった目でいう。

松崎はつとめて思いだすまいとした淳子との三ヵ月前の別れを思いだした。

「淳子、落ちついて終りまで聞くんだよ。実はねえ……」

そこまでいった時、淳子はもう、松崎のいいたいことのすべてを聞いてしまったように真青になったものだ。

その後、松崎が、淳子に飽きもせず、嫌にもなったわけでもないが、このまま、ずるずる関係をつづけていけば、淳子は婚期を逸してしまう。それでは淳子の青春を犠牲にさせるし、自分は家庭を捨てられない。妻はともかく、子供を片親にすることは出来ない。妻より淳子の方を愛していることはわかっているだろう。だからこそ、淳子の将来の幸福のために今のうちに別れて、淳子に人並な結婚生活をさせなければすまないと思う。そこまで一気に喋《しゃべ》り終った時、淳子は顔を蒼白にし、口をぽかんとあけて、放心したような表情をしていた。

「ね、わかったかい、ぼくのこの辛い気持が」

松崎が窺うように淳子の顔を見、肩に手を置くと、淳子は、はじめて松崎に抱きよせられた時に示したように、全身に電気でもかけられたように軀を震わせ、とびすさった。

「わかりません……あたし、わかりません」

淳子は目を大きく見開いたまま、唇をわななかせていう。

実際、淳子がわからないという方が尤《もっと》もだと松崎も思った。つい一週間前、逢った時は、松崎は、淳子さえ黙っていてくれればこの関係は十年はおろか、死ぬまでつづけてもいいといい、淳子が生活していけるように、小さな喫茶店でも開かせようと、店を物色中だとまでいったのだ。

わずか一週間の間に松崎の心境がなぜ、急転したのか、淳子にとっては、全く寝耳に水の別れ話なのだ。

松崎は出来れば何とか本当のことはいわず、ごまかしたかったが、淳子の涙に負けて、真実をほのめかしてしまった。

怪電話がかかってきたのは、松崎が東京から帰った夜だった。

旅行から帰った夜は、たいてい千尋は、松崎の好きな料理をつくり、夫婦水いらずの食事をゆっくりとるよう準備している。

松崎は京都にいると、宴会や会合がほとんど連日のようにつづき、夕食を家でとることが少ないからである。

千尋は、松崎といっしょに、酒ものみ、ほんのり瞼をそめて、いつもよりやさしくなった顔で、旅先の話を聞く。仕事のことはほとんど聞こうとせず、旧い友人に逢ったとか、どこの料理がうまかったとか、新橋《しんばし》の何という芸者が病気で入院していたとか、他愛もないことが多い。

それでも、二、三時間かけてゆっくり食事をする間に、夫婦の気分もなごみ、食事の後は早寝という段取になる。演出といえばいえるが、千尋の演出はわざとらしくないので、松崎はいつでも千尋のペースで、その夫婦水いらずの時間にとけこまされている。

こんな時、気のゆるみから、つい、松崎は、銀座の何というバーのホステスが目下気にいっているとか、先斗町の何という芸者が、この頃やけに色っぽくしなだれかかるとか、口をすべらせてしまうのだ。千尋はそんな話をさりげなく聞いていて、決してその時あれこれ文句をいったり、妬いたりはしてみせず、おだやかにうなずいている。

松崎がすっかり忘れていると、次に東京へ行くまぎわになって、

「銀座のまゆみさんに、ゑり萬《まん》の衿《えり》と帯あげおみやげに渡しといておくれやす。ボストンバッグにいれてありますから」

とかいう。先斗町へいけば、馴染もうと思っている芸者が座敷へ入るなり、

「まあさん、ありがとう、奥さんからやいうて、ええ香水大丸《だいまる》から届けてもらいまし

てん」

という。女たちは他愛ないほど、そんな心付けで喜んでしまい、松崎はその女たちと親密になり、なにかと便宜は計ってもらっても、色恋の対象からは外されてしまうのだった。賢こすぎて、嫌味だと、内心腹をたてる一方、妻の才色が結構自慢の松崎は、女たちに、妻の評判のいいのは決して悪い気持のものでもない。結局、淳子以外の女とは、これといって深入りすることもないのだった。

ところが、その夜、松崎が千尋と、ゆっくり食事をとった後で、少し酔いすぎ、そのまま、手枕でごろ寝している間に、千尋は風呂をつかっていた。その時、茶の間の電話が鳴り、松崎が目を覚まし、受話器をとった。

寝ぼけていた松崎は、すぐに声がでず、だまっていた。

低い女の声が、あたりをはばかるように聞えてくる。

「もし、もし、わたしどす。奥さんどすか？」

松崎が、その声の異様な秘密めかしさに、ふと、疑惑を持ち、また声をだしそびれた。

「あ、そばに誰かいやはるんどすか、へえ、ほなら、そちら返事せんといておくれやす。先《せん》にもいうたように、東京の女のことはまちがいおまへん。名前も、わかってます。お宅の旦那は、上京の都度、その女と逢うてますのや、もう二年になりまっせ、へえ、また電話します。ほな、さいなら」

松崎は眠気もさめてしまった。いつのまにか背後に千尋が立っていた。大柄なあやめの浴衣《ゆかた》につつまれた湯上りの軀が匂う。

「どこからどしたん」

「うん、間ちがい電話や。酔っぱらいで何やらくだくだいうとった」

「へえ」

千尋は気にもとめず、

「もういっぺん、お入りやしたら、さっぱりしまっせ」

という。

「いや、酔うてるさかいやめとこ」

松崎はさりげなくいったが、電話のことが気にかかって、酔いまでさめてしまった。

怪電話がこれまでもかかってきていたのかと、千尋に聞きたいところだが、かえって藪蛇《やぶへび》になってはまずいので、うかつなことはいえない。つるりとむきたての卵のような顔をした千尋の顔からは、何の手がかりもつかめそうにない。

千尋はその夜床に入ってからも、一向にそれらしいことは口にしない。いつものように、いや、気のせいか、いつもよりは情熱的にふるまったような気さえした。

松崎は翌日、会社へ出て、秘書の安川にたちまち屈托を見ぬかれてしまった。

「社長、どないでしてん、何やら、今日、顔色が冴《さ》えまへんなあ」

「ふん、世の中にはけったいな話があるわ」

「何でんねん、そのけったいな話っていうのは」

安川のうまい口にのせられて、誰にもいうまいと思っていた昨夜の電話をすっかり話してしまった。

「へえ、さよか、やっぱり」

安川は大して愕いたふうでもなく、妙にのみこんだ表情をする。

「何か、きみ、心当りがあるのか」

「へえ、ないこともおまへんなあ」

「おい、気いもたせんというたらどうや、何や、奥歯にものがはさまったみたいないい方せんと」

「へえ、実は、わざわざ申しあげることもないと、こっちはたかをくくってたもんですから。そやけど、お宅までそんな電話がかかってるいうたら、ほっとくわけにもいきまへんなあ」

「えっ、ここへも電話があったのか」

「へえ、一ヵ月くらい前から、ちょく、ちょくかかってきよります」

「男の声か、女の声か」

「女の声で、ひくい、太い声です」

ふむと、松崎はうなりそうになった。自分が昨夜聞いた声が思い出されてくる。同じ人物としか思えない。

「それで……何というてた」

「ぼくに、あんた秘書かとのっけから訊きますさかい、そうやいうたら、社長の秘密知ってるかとこういいます」

「ふむ、それで」

「そんなこと知らんけど、うちの社長に秘密なんかないというたら、女は、け、けというような声で笑いおって、人間には誰でも、どんな人でも、一つや二つは人に知れたら困るような秘密があるものや、あんたかてあるやろと、こうですねん。癪に障って頭にきよったから、仕事中、でれでれしたつまらん電話聞きとうないわいうて切ったりましてん」

安川は、ちらっと、上目使いに松崎の目をすくいあげる。その目付は、松崎が気にいらない安川の癖のひとつだった。

「もっと聞いてみたらよかったのに」

「へえ、二、三日したら、またかかってきよりましたから、こんどはとっくり聞いてやりました」

「何っ、また同じ女か」

「へえ、造り声にしてもあの低い、地の底から聞えるみたいな声は忘れられまへんわ」

松崎はそういわれてみると、昨夜の電話の声も、そんな表現をしてもいいように思われてきた。

女は安川が相手になると、自分は松崎の秘密を握っているから、そう伝えてくれという。秘密とは何だと訊きかえすと、女関係だという。

安川は女関係なら、何も今に始まった癖ではなく、社長は秘密などというほど大事がってもいないというと、女は、これだけは、ホステスや、芸者とちがい、素人だから、ことが面倒だというのだった。

「名前を訊いてもいわへんし、ただこんな電話がかかったというたら、社長はわかるからというだけですねん。よういたずら電話が流行ってますさかい、困った奴もいるもんやなあと思うて、聞き捨てにしておいたんです」

「電話は何でも、伝えろというてるやないか」

「へえ、そやけど、この前はたしか、あんまり、何から何までつまらん電話耳にいれるな、そんなことぐらい自分で判断できんのかいうて、叱らはりましたけどなあ」

安川も負けていない。松崎は不機嫌にだまってしまった。

しかし、何《いず》れにしても、電話の主は何の目的かしらないが、淳子のことを知っていて、脅迫しているとしか思えなかった。それも、もうすでに千尋の耳にも入っているかもしれないのだ。

松崎はことが表に出た時の面倒さを考えるとぞっとしてしまった。

おとなしく、純情で、ひたすら待って、金もかからない女だし、何より若い肉体が瑞々しいからこそ、二年間つづけた仲だった。その肉体にも馴れてしまった。大体、どうすればどう応えるということも先まわって見当がつく。後には、どんな女との間にも訪れる倦怠期があるだけだ。別れるなら、今が潮時かもしれない。

別れてしまっていれば、たとい妙な脅迫が来ても、千尋にとっちめられても、大きな顔が出来る。

決心してしまえば、松崎は実行が早い。

早速、上京すると、いきなり淳子に別れ話を切りだしたのだった。

淳子の結婚を口実にしても、淳子は納得しなかったが、淳子のことで、家庭に波風が立ちそうになったのが困るという松崎の自白を聞くと、案外あっさり納得した。

「いいんです。わかりました。いつか、どうせ、こういうことになるんじゃないかという予感はあったんです。だって、社長さんは、二年間に一度だって、奥さまに相談してみるとか、別れてみようとかはおっしゃいませんでしたから」

「だってきみ、それははじめから」

「ええ、そうですわ。家庭の外での情事として納得させられていましたから」

「いやそういわれると、困るんだなあ、何だか、ぼくがひどく勝手な虫のいい人間みたいで」

「でもそうじゃないんですか」

淳子はこれまで見せたことのない強さで、顔をあげていった。

「そうかい、きみはぼくをそういう人間だとみてたんだね。それなら、そんなつまらん男となぜ、こういう関係でいたんだ」

「恋をするのは何も相手が立派だからだときまっていませんわ」

淳子はそういうと、松崎が用意していた小切手を、中をみもせずひき破って、席をけたてて出ていったのだ。その淳子が今更、何をいいたいのか。

松崎は、黙って相手の出方を待った。淳子は、涙をのみこむと、はっきりした声になっていった。

「あの後で妊娠していたとわかったんです。もう、四ヵ月に入っています」

松崎は背を突きとばされたように思った。

年上の女

奈美から阪田雅夫に突然電話で、今、上京していると伝えてきたのは、妻の佐紀子の出産予定日とかで、今日か明日かといわれていた時だった。佐紀子の母のつゆ子《こ》が、三、四日前から泊りこんでいて、佐紀子の入院の留守を見てくれる手配になっていた。つゆ子の手前、阪田もこのところ毎日、遅くても十二時前には帰宅しているようにしていた。

「それで今どこから？」

「いつものホテルからなの、九時頃まで用があるけど、その後来られない？」

阪田はまだ京都で逢ってたいして日も経っていないのに珍しく早く上京してきた奈美にすぐにも逢いたくなった。

京都で逢った時、これまでにはない何かが奈美の軀から感じられ、新鮮な味がしたことが忘れられなかった。

「晩めしでも一緒にしてもいいのに」

「食事は別の人としなければならないの、だから、その後でね」

そんな時、奈美はきっぱりしすぎていて、とりつくしまもない。

「いいよ、じゃ、その頃行くよ」

「いつものようだから、もしあたしがまだだったら部屋に入って待っていて」

奈美とホテルに泊る時は、ツインの部屋を二人でとることに決めてある。その時の偽名も決っていて、松田《まつだ》一夫《かずお》と愛子《あいこ》と書く。おかしなもので、阪田は奈美でない女と、一泊旅行をした時も、フロントでペンをとると、すらすらと、松田一夫と愛子と書きこんでしまった。三ヵ月くどいて落ちた銀座のバーのホステスは、フロントを離れるなり、肩で阪田の肩を打ち、

「馴れてんのね松田さん」

といったものだ。

阪田は退社しようとして廊下へ出ると望月圭《もちづきけい》に逢った。同じ大学のサッカー部の後輩の望月は、会社では部はちがうが、伝説的な阪田のサッカー部時代の名声を尊敬し

ていて、何かと親しそうに寄ってくる。

「今日、予定あるの」

阪田は望月に話しかけた。

「いえ、麻雀《マージャン》誘われたんだけど、昨夜も徹夜だったから」

「じゃ、疲れてるかい？」

「いえ、呑むならお供しますよ。実は、折りいって相談したいことがあるんです」

ふたりは歩いて銀座裏の行きつけの小料理店「つばき」へ行った。

彼等の勤め先の大洋《たいよう》物産の不動産部は東京でもいち早く高級マンションを手がけ、堅実な利益をあげている。阪田は営業部だが、望月は建築部の現場の渉外係で、たいてい一日のほとんどを新しく建つアパートの現場のモデルルームにつめていた。

「つばき」には顔見知りの常連が既にカウンターに並んでいたのでふたりは壁際の卓に向い合った。肥った女主人の貞子《さだこ》が自慢の手料理でおふくろの味とかの品を出すので、サラリーマンに受けている。

「おばさん、漬物、丼にいっぱいおくれよう」

望月が甘えたようにねだる。

「わかってるわよ。モッちゃんが来たら、黙ってても、うちは丼にいっぱい漬物出してあげてるじゃないの」

「でも、いってみたいんだよう、いいじゃないか」

「いつまでも乳離れしない子だねえ」

六十に手のとどく貞子は、白髪《しらが》を染めもしないで、素顔の白さが自慢のようだ。紺《こん》絣《がすり》の少女が、志野《しの》まがいの丼にぬか味噌漬を盛りつけてきた。

「これこれ、どうして、ここの漬物はこううまいのかなあ」

望月は、きゅうりの漬物をぼりぼりとさも美味《うま》そうな音をたてて噛む。

阪田も望月のように素直に口には出さないものの、貞子の漬物は好物だったたし、この漬物と味噌汁の味を、わが家の食卓で思いだし、舌うちしたくなることが多い。

「ね、おばさん、やっぱりそうだろう」

カウンターで話のつづきが始っている。

ここの常連の中でも旧顔の出版社の編集者だ。

「料理のうまい女ってのは、セックスもうまいんだよ。何を食べさせても味もわからない奴は、男も女もあっちはだめだね」

「さあね、そんなこと聞きはじめだわ」

貞子は、いいかげんに聞き流して、板前と二人で、小まめに次々料理をつくっては盛りつけ、それぞれの客にさしだしている。

「ほんとかな」

望月が、耳にはさんだ話を受けとって、ひとりごとめいていい、阪田にそうですかと訊《と》いかえした。

「さあね、そういえば、そういうこともあるかな」

阪田はそういいながら、佐紀子が何度いっても、決して漬物が満足に漬けられないことと、いくらいっても、てんぷらがからっと揚ったためしがないことと、それを嫌いだと何度くりかえしても、一ヵ月に二、三度は、ひき肉のロール巻のような料理をつくって出すことを思い浮べていた。要するに、神経が荒くて、他人のいうことなんか耳にいれていないんだと、阪田は妻をうとましく思う。

奈美はどんな店へ入っても、まずいと、決して食べないで出てしまう。金を払ってまずいものを食べると、くやしくて夢に見るというのだった。舌とあれはやっぱり関係があるのかもしれないと、阪田は考えてしまった。そういえば、あの女は……あのマダムは……、次々思い浮ぶ女の食べ物の嗜好とセックスの場面を結びつけてみるとうなずけるものがあった。

二人で銚子を三本あけた頃から阪田はつい時計に目が走る。

「これからお出かけですか」

望月が敏感に気づいていう。

「うん、九時からちょっと……」

「それじゃ、またにしようかな」

「何、話なら聞くよ。例のこと？」

「ええ」

望月はぐい呑の酒をぐっとあけてからうなずいた。

「まだ話さないのか」

「話せないんですよ」

望月が学生時代からつきあっている十歳年上の女と別れないまま、一年前から若い恋人が出来ていることを、酔った時、一ヵ月ほど前から打ちあけられていた。知人の結婚式のパーティで知りあった年上の女は、未亡人で銀座の画廊に勤めていると聞いている。

「若い方はブスでデブでちっともよくないんです。前からの女の方がずっと美人で小柄でセンスがよくって比べものにならないんです。でも、どうしてだか、若い方の奴がよくなってしまって……」

望月が据った目で、呻くようにいったのを、酔いのためだと思い、阪田は酔いがさめた望月が後悔するだろうから、聞かなかったことにしようとさえ思っていたのだった。

ところが望月は逢うとその話をしたがった。

「彼女はいつでもいってたんです」

望月が卓に顔をつきだすようにして低い声でいう。年上の女は彼女といい、若い女は奴というのが望月の女たちへの愛称になっている。

「結婚する約束などはじめからなかったんだから、あなたにいい嫁さんが来る時はいつでも別れてあげるよって……しかし、それは負け惜しみでしょうからね」

「負け惜しみでなくっても、年上の女のコムプレックスがいわせたんだろうな」

「心は決ってるんですがね」

「若い人と結婚するのか」

「まあ仕方がないと思うんです。何も疑っていないし、こっちはなぜプロポーズに家に来ないかと不思議がってるようなところで……」

「色男は悩みが多いね」

「冗談じゃありませんよ、女難ですよ。ぼくは気が弱いから、もうノイローゼみたいですよ。いっそ両方ともからすぱっと姿をかくしたいですよ」

「そうしたらどうだい、第三の女と電撃的に結婚すれば少くともどっちにも痛手をあたえたという点で公平になるだろう」

「そういう手もありますかね」

「ま、何にしたって、贅沢な悩みさ」

望月がのみたりないふうなので、食事の終ったあと、もう一軒バーに行き、水割を二杯のんで、阪田はホテルに行った。

フロントで訊くと奈美はまだ来ていない。もう九時はとうに廻っていて、三十分近くたっている。

阪田はシャワーを浴び、糊《のり》で板のようになった浴衣をはがしたのを身にまとい、ベッドの上に大の字になった。

今夜あたり、産気づきそうだから早く帰ってきてくれと、今朝出がけに佐紀子がいったのを、今になって思いだした。

今夜は遅くなっても、泊らないで帰らないと、佐紀子の母に悪いだろうと思う。子供の名前も考えておいてくれといわれていたのも思いだした。最初の子供の時のような興奮も期待も全くない。二番めの子供は可哀そうだ。自分は両親にとっては三人めの子供だから、およそ、感激もなしに生まれたのだろうと思う。灯がまぶしいから枕元の壁のスイッチを押すと部屋が暗くなった。それを待っていたように酔いが全身にまわり、阪田は後頭部からひきいれられるような眠りに沈みこんでいくのを感じていた。

目を覚ました時、ベッドの側に立って、自分を見下している奈美の顔があった。眠りが深かったので、とっさに自分のいる場所と時間がうなずけず、阪田はぼんやり奈美の目を見かえしていた。

「よく眠ってたわ、声をかけるのが悪いみたいだった」

「何時？」

「十時二十分」

「今帰ったの」

「ええ、なかなか離してくれなくて」

奈美はちょっと肩をすくめて舌を出してみせた。奈美には珍しいしぐさと表情におやと、阪田が思った瞬間、奈美がハンカチでも投げてよこすように、軽くことばを吐いた。

「お見合いしてきてやった」

阪田はその一ことで、はっきり目が覚めた。いわれてみれば、奈美はいつもより化粧が濃いし、オレンジ色の印度シルクのパーティドレスの胸元に真珠のネックレスが光っている。

「そんな話、こないだ京都で全然してなかったじゃないか」

阪田は自分の声が思いがけないほどとがっているのに愕いた。

「だって、あの時はまだそんなつもりじゃなかったんだもの」

奈美は、いつもに似ず、声に甘えるようなひびきがある。腰をくねらせて背を見せると、

「おろして」

と、おもねるようにいう。阪田はV字形につくられたドレスのファスナーに手をのばした。一気にひきおろすと、刃物をいれたように服の背が真二つにひきさかれ、ぴったり軀に吸いつき皮膚のようにまといついていた服の中から弾き出されるようによくひきしまった白い尻が光りを集めてあふれだしてきた。

「何だはいてないじゃないか」

「痛いっ」

噛みつかれて悲鳴をあげたが奈美は逃げようとせず、阪田の歯が尻の肉に喰いこむ

のにじっと耐えている。阪田の手が奈美の前に廻り、指が茂みの奥をさぐった。

「こいつ、何だこれ」

奈美は応えずいっそうあふれるもので阪田の指を濡らしつづける。服を足元に落した奈美の脚には煙色のストッキングが腿《もも》でガーターもなく止っていた。阪田はガーターで吊《つ》ったストッキングにつつまれた脚を見るとたかぶったが、ガーターなしでこういうふうにいきなり肌の色を塗りかえたような脚を見るのもいいものだと、見惚《みと》れた。奈美の白い左の尻に、歯型が血を滲ませている。唇でなぞると、奈美が痛がって細い声をあげ、腰をひねった。その声に刺激され、阪田は奈美をベッドにひきあげた。

「見合いとは何だ、どういうことだ」

阪田は奈美の乳房をもみしだきながらそれが刑罰のようにわざとじらせた。

奈美は白い咽喉《のど》をのけぞらせ、軀を弓のように張り全身でせがむ。

「厭《いや》だよ、この裏切り者」

奈美の軀は次第にあぶられるように阪田の掌の中で熱くなってくる。

「ねえ……ねえ……」

奈美があえぎとも聞きちがえそうな声でいう。

「縛《しば》ってもいいわ」

阪田は奈美の両脚からストッキングをはぎとった。そんな際にも、破かないように丁寧に扱いながらぬがせたものを、次には荒々しく綱のようによじり、それで奈美の両手首をしっかりと縛りあげる。

奈美は目を閉じたままおとなしく両手を胸の前につきだし、手首をクロスさせている。ストッキングはひしひしと手首を締めあげる。

自由がきかなくなった奈美の腕は阪田に奈美の頭上にひきあげられた。奈美は樹に吊りさげられていることを夢みているように、眉間《みけん》に皺を刻み、唇を半ばあけている。

阪田の扱いはさっきとはちがい、極度に繊細になった。

じらされきった奈美は耐えきれず、脚を宙に躍らせると、巨大な象牙《ぞうげ》の鋏のように開き、阪田の背を逃げる閑のないす早さで捕え、しっかりと挟みこんでしまった。

濡れた紙のように、今はすき間もなくぴったりと重なりあった二人は一枚の木の葉のように波にも風にも身を揉《も》んで舞い狂った。

奈美の鋭い笛のような声と重なり、阪田の獣の咆哮に似た声が、ふきあげるように短くつづいた。

目覚めたとたん、しまったと思ったが、もう仕方がない。時計を見ると、とうに夜明けのすぎた時間だった。

奈美は傍で、安らかな寝息をたてている。化粧の落ちた奈美の寝顔は、わんぱく小僧のようにどこかあどけない。

ベッドのスプリングがきしむと、くるっと寝返りを打って、壁ぎわへむき、背をまるめて、小さく、誰かに抱かれているような姿勢になった。

阪田は足音をしのんでバスルームに行き、シャワーを浴びた。鏡を覗くと、寝不足の瞼ははればったく、濃い鬚が一晩でのびかけている。

服をつけていると奈美が目覚めた。

「どうしたの、もうそんな時間？」

「昨夜、子供が生れてる筈なんだよ」

「まあ、可哀そうに」

奈美の声が真底気の毒そうにいう。

「そんなのってないわ。早くいっておあげなさい。そう、いえばいいのに、昨夜いってあげるべきよ」

「うるさいなあ、わかってるよ」

阪田は照れかくしと、半分本気で奈美の声をさえぎった。

「それじゃ、また連絡するよ」

「あたし、今日、早く帰るのよ、もう十時にはここを出ちゃうから、電話はいいわ」

「また、昨日の奴と逢うのかい」

「それだけじゃないけど」

奈美はこんな時、ごまかしや嘘をいわない。それは奈美の正直さであると同時に残酷さだと、阪田は時々、ぎょっとさせられる。

ベッドから起き上りもせず、奈美は阪田を見送って、片手をあげ、指をひらひらと振った。

ホテルの前から車ですぐ病院へ向う。

もうラッシュの時間に入っていて、車が道にひしめいていた。病院から、社は近いので、大して遅れなくてすみそうだった。

子供はやっぱり昨夜のうちに生れていた。

最初の子の時は相部屋だったが、今度は佐紀子のたっての希望で、早くから手を廻し個室がとれていた。

ドアを押すと、窓ぎわから佐紀子が耳ざとくふりかえった。

大きな目に涙があふれてくる。

「悪かったね、昨夜どうしても接待しなけりゃならない外国人の客があって、部長と熱海《あたみ》泊りだったんだ」

「電話くらいくれたって」

「そう思ったんだけど、ぬけられなかったんだよ」

「見てよ」

佐紀子にいわれて、阪田はあわてて、佐紀子の向う側のベビーベッドの方へ廻った。赤い顔をした赤ん坊が眠っている。生れたての赤子という奴はどうしてどいつもこいつも妙に老人臭い顔してやがんだろう、阪田は内心そう思いながら、ベッドの上の方から赤子を覗きこんだ。

「よく眠ってるな」

自分でも曲のない挨拶だと思ったが、他にことばが見つからない。

「女の子よ」

あ、そうかと阪田ははじめてうなずく。

「あなたに似てるわ」

「わからないよ、まだ」

「母がそういったわ、あたしもそう思うわ」

こういう時はさからわないにかぎる。阪田は指をのばし、ちょっと赤ん坊の頰をつつく真似をした。ぐびっとした手触りが指先に伝わり、とっさに気味が悪かった。

「おかあさんどうしたの」

「今朝、あなたにいくら電話してもいないから、仕方なく忘れ物とりに帰ってくれてるわ」

それじゃ、佐紀子の母の引きかえさないうちにここを出た方が賢明だと思う。

「女の子は父親似が幸せなんだって」

「どうかな」

「ねえ」

佐紀子がふいにはしゃいだ声になった。もう涙のかわいた目がなごみ、口もとに妙にみだらな微笑が浮んでいる。産後の女特有のすきとおるような肌になった顔に化粧気がない上、髪を二つにわけて顔の横に短いお下げを編んでいるので、いつもの妻より若々しくあどけなく見える。

阪田はふっと、妻の少女じみた顔の上に、さっき別れたばかりの奈美の、わんぱく小僧のような寝顔を重ねていた。

顔を近づけて、接吻《せっぷん》をしてやると佐紀子は舌で夫の舌を需め、なかなか離そうとしない。

顔を離して、

「血が上るぜ」

と阪田はいった。佐紀子はうるんだ目で夫の目を追い、

「ねえ、誠一の生れた時、オチンチンがとても大きかったでしょ。あたしがびっくりしたら、若い看護師さんが、平然として、赤ん坊はみんなこうです。すぐ小さくなりますよっていったじゃない、覚えてる？」

「うん」

阪田はそれにはすぐうなずいた。はじめての子供の珍しさもあって、誠一の生れた時は阪田も病院につめていて、生れたての赤ん坊を見た。性器の大きさに愕いたことも覚えている。人間はみなこうして生命の根源を主張して生れてくるのかと、ある感動を覚えたことも記憶にあった。

「よしよし、こいつは頼もしいぜ、大きくなったら、しっかり女を蕩らせよ」

冗談めかしていい、佐紀子の母にたしなめられたこともあった。

「女の子も凄いのよ」

「へえ、やっぱりでっかいのかい」

「そう。あたし、最初、ぎょっとしたわ。でもすぐ直りますって、おもしろいわね、赤ん坊って。きっとこの子はあなたのペットになるわね。女の子って父親になつくものだし、父親ってみんな娘を恋人みたいに好くじゃない」

阪田は腕時計を見た。佐紀子のこういうひとりよがりの断定のしかたを聞くと、女の頭の悪さと独断癖の図々しさの標本のような気がして、不愉快になるのだ。

「今朝、打ちあわせ会議があるんだ。遅れるとまずいから行くよ」

阪田が出ようとする背に佐紀子の声が追いすがった。

「名前考えてね」

「何かお前が考えてるっていってたじゃないか」

「由香《ゆか》っていうのだけ、理由の由に香」

「いいじゃないかそれで」

いったとたん、この間、鼻の整形をした新宿のバーのホステスが同じ名だったのを思いだした。

後ろ手にドアをしめて廊下へ出たとたん、向うから来る佐紀子の母のつゆ子と顔があった。つゆ子は硬《こわ》ばった表情をして、明らかに目に敵意を見せて阪田をみた。

ことばだけは丁寧に、

「早くからすみませんね、ちょっと難産で心配でしたよ」

という。

「どうも……実は昨夜、急にのっぴきならない用で部長と熱海へいったものですから」

「まあ、お仕事は大切ですからね」

そのことばが厭味に聞えたが、阪田は気づかないふりをして、よろしくお願いしますといい捨て、さも忙がしそうにつゆ子の横をすりぬけていった。

望月圭は、車を走らせながら、片手で煙草を口にさしいれ、ライターで火をつけた。

今朝は格別、車がこむように思う。三日前買いかえたばかりの車は、まだ馴れきっていない女の軀のように、どこかしっくりしないところがある。

学生時代から、アルバイトで中古のおんぼろ車を買い、乗り廻していた望月圭の運転の腕は確かだった。

二台めと三台めの買いかえの時は、しおりにほとんどの金を出してもらった。今度のだけは、しおりにねだるには後めたいものがあって、自分の貯金をおろして買った。身銭を切ったせいか、これまでのどの車よりいとしい気がするのが我ながら現金だと思う。

一服めの煙草のうまさが頭にしみとおり、後頭部にたまっていた重い疲れをすっと払いのけてくれる。

全くあいつは底なしの沼だもんな。望月圭は、真似子《まいこ》の浅黒い軀の弾力を、全身に思いかえして心につぶやいた。

逢ったはじめの頃は、ぶよっと肥って、肩も腰もぜい肉がもりあがっていたのに、この半年で真似子はすっかり肉がひきしまり、固肥りになってきた。

「ウエストがほら、こんなに細くなっちゃった」

真似子が昨夜、望月の手を自分で導いて腰を押えさせたことを思いだす。

「ここもよ、つねってみて」

腿の上に望月の指をあて、そうもいった。確かにそこの肉は指の腹を弾くほど、ぴっちりと張りきっていた。

「みんながこの頃、真似のこと、垢ぬけしたっていうわ」

「そりゃ、そうだろ、これだけ、つとめてんだもの」

「女って、こういうことすると軀の芯から変るのね」

「どうもそうらしいね」

望月はあいまいな表情でいった。その時、もう十年近くもつづいているしおりの象牙色の肌と、きゃしゃな軀つきが、なまなましく両腕の中によみがえってきた。

望月は、ホステスや向うから金で身をゆだねる女は、どうしても抱く気になれないのだった。

何だか、不潔で、一度のことで病気でももらったらやりきれないという怖れがある。一番年の若い叔父に、女からもらった梅毒《ばいどく》で頭がおかしくなり、結婚した後病死したのがいるせいで、病菌に極度に神経質だった。

その点、十八の時から二十七の今まで自分の肉の欲望をあやしてきてくれたしおりには、感謝してもしきれないものがある。

真似子は処女だった。はじめて車の中で関りを持った時、真似子のハンカチを染めたものの色を車の薄暗い灯にかざして見た時の、胸の軽い騒ぎを忘れることは出来ない。何か稀有なものを見た思いで望月は一瞬肌までひきしまったのを覚えている。

真似子が、逢う度、少しずつ蕾を柔げるように軀がほどけてくるのが珍しく、ほんの軽い浮気のつもりが、ついつい深間《ふかま》におちていってしまったのだった。

洋裁学校の研究科に通い、郷里からの仕送りと、内職で、遊びの金にはことかかない真似子は、金銭的にも負担のかからない女友達だった。

はじめて許した後でも、処女だったことをかえって恥しがったくらいで、責任をとれとか、将来を約束しようとか一切いわない。

「こんなことだったの」

と、低くつぶやいただけだった。

帰りの車の中ではさすがに口数は少かったが、

「気にしてるのかい」

と、望月の方がたまりかねて声をかけると、

「ううん、どうして」

と、びっくりした目を子供のように、真直、望月の顔にあてて訊きかえした。

「あんまりだまってるから」

「そう……別に」

という。何だか、手応えがなく、そのことがかえって望月の気持を落ちつかなくさせ、さっき、確かにこの女の中に自分が入っていったことがまるで夢だったような頼りない気持になった。

そんな真似子の手応えのなさが、かえって、望月に、日を経ず、もう一度真似子を、同じ郊外の林の中へ誘うはめになったともいえる。

望月は真似子とついそういうことを重ねながら、一方でしおりと別れるなど夢にも考えたことはなかった。

真似子と別れてすぐ、しおりを訪ね、まるでおあずけをくっていた犬のようにせわしなく、しおりに襲いかかったりもした。

真似子を知ってみると、今更のようにしおりの軀の成熟した美味さが味えてきて、この女を放すことは出来ないと思った。

しおりとの、もうことばの不用になった時間の安らぎは、望月の心身の疲れをたちまちいやしてくれる。

しおりは自分から訊きださないのに、望月はしおりの前に出ると、自分の日常のひとりで経験したことのすべてを話してしまわずにはいられなくなってしまう。

しおりは、望月の上役の癖や、同僚の女関係にまでくわしくなっていた。

はじめての時、そうしてくれたように、いつでもそのことの後で、しおりは身を起し、望月を清めてくれた。

男はいつでもそうされるのが当然のように望月は馴れきってしまっていたので、自分でしおりにそうしてやることを思いつきもしなかった。

車の中ではじめて真似子と終った時、身動きもしない真似子に、望月は、ハンドバッグの中からそれを出させようとした。

真似子は、

「あら、みんな使っちゃった。ないわ」

とハンドバッグを覗いていう。

「たしなみのないお嬢さんだね」

「だって……」

真似子はまだその使い方がすぐには思いつかないらしい。望月が二枚入っていたハンカチをつまみだした時も、ただじっと身動きせず、ぼんやりしていた。灯に色のついたハンカチをすかしてみた時よりも、その時の真似子の子供のような無防禦な放心の表情の方が望月の心に長く残っていた。

真似子がはじめてではなく、望月はしおりとの十年にわたる長い関係の中で、しおりひとり守ったとはいえない。しかし一度も今度の場合同様しおりと別れるなど考えたことはなかった。万一、浮気がばれてもしおりは一度怒った上で、結局は自分を許すのを知っていた。

望月の十八の時、しおりは二十八歳の未亡人だった。夫との二年間の結婚生活の後、夫が急性の腎臓炎で死亡してから三周忌がすぎたばかりの頃だった。

望月は学生時代碁《ご》に凝った時期があって、本と首っぴきで碁を覚え、町の碁会所《ごかいしょ》へ出かけたりしていた。友人の結婚式ではじめてあったしおりと、望月は碁で近づいた。しおりも碁会所通いするほど女ながら碁が好きだった。若くて美しいしおりは、女の少い碁会所では目立つ存在だった。望月はしおりと同じ碁会所に通うようにし、自分よりはるかに腕のたつしおりに、鍛えられ、それが愉しみでいっそう熱心に通うようになった。

親しくなってみると、しおりは、映画や芝居や音楽にも趣味が広く深かった。誘われてしおりのお伴をするうち、望月はしおりの女らしさに次第に惹かれていった。男兄弟ばかりの望月は姉のようなしおりがなつかしかった。

新劇を観た帰り、しおりは珍しくお酒がのみたいといった。もう半年もつきあっていたが、望月はしおりが煙草を吸うのも酒をのむのも見たことがなかった。

「お酒のめるんですか」

望月は愕いてしおりの顔をみつめ直した。

銀座の画廊に勤めているしおりは、いつでも洗練された小粋《こいき》な服装をしていたが、その日もしゃれたデシンの服を着ていて、望月には自分より十歳も年上の女だとは信じられないくらい若々しかった。

「お酒も煙草ものめますよ」

しおりは平然といった。

「じゃ、どうして今までのまなかったんです」

しおりはやや下った目尻に、小さな皺をよせて笑った。

「あたし酒ぐせが悪いの」

「へえ、おもしろいな、女の酒乱ですか」

「酒乱ってほどじゃないけど」

「ほどじゃないけど、どうなんです」

その時ふたりは劇場がひけた後の夜も更けきったビルの谷間を歩いていた。

「好色になるらしいわ」

コーショクという発音が、とっさに望月には理解出来なかった。それまでのしおりの態度や会話には、およそそれらしいことは出たためしがなく、望月はしおりがもう少しさばけていたらどんなに気が楽で愉しいだろうと思っていたくらいだった。

「え？」

望月がきょとんとした表情をしたのを見てしおりが笑った。

「ふふ、エロティックになるってこと」

「あ、そうか」

十八歳の望月はみるみる顔が上気するのを感じた。

そんなことをいうしおりが、これまでつきあってきたしおりと同じ人とも思えない。これまでは気のきいた何でも頼れる年上の女友達として気楽につきあってきていたのが、急にまぶしいけれど、手をのばせばつめる美しい花のように見えてきた。

「それなら大いにのもう、ぼくもつきあうよ」

望月はかるくいったつもりの自分の声が、かすれているのがいまいましかった。それからしおりの案内でふたりはバーを三軒ばかりのみあるいた。

どこへいっても、しおりはバーテンや、マダムから愛想よく迎えられ、常連らしい客からも親しそうに声をかけられる。

望月は全くしおりのお供のような形で手も足も出ない。小柄なしおりの横では、のっぽでたくましい望月は用心棒のようだった。

酔ったバーのホステスが、望月に興味を持ち、しなだれかかるようにしてしおりとの関係をきいた時、しおりはあっさりいった。

「義弟よ、あたしの兄さんの嫁さんの弟」

「ああ、ややこし、へえ、そんなら、兄嫁さんの弟さんいうわけか」

関西なまりのあるホステスがいって、望月の首に両腕をまわし、

「じゃ、キスしてもかめへんわね」

といいながら、望月の顔をひきよせようとする。しおりは横目で、望月の困りきった表情をみて、にやにや笑っていた。

バーを三軒まわった後では、望月の方が酔っていた。学生仲間で安酒をのんでも、今夜のように女のいるバーなどにあまり入ったこともなかったので、雰囲気でも充分酔っていた。

望月はかえってしおりに引きずられるように歩いていたが、時々、立ちどまって、子供のようにうずくまってもどした。

しおりは厭がりもせず、そんな望月の背を撫でさすってくれる。

「だらしないなあ、なってないなあ」

望月は自己嫌悪におちてひとりごとをいってはぺっぺっと唾をはいていた。

いつものようにしおりのアパートの前までいくと、いつもはそこで手を振って別れるのだが、しおりが、立ちどまって、望月を見上げた。

「まだ苦しい？」

しおりに訊かれた時、望月はもうすっかり胸のつかえは消えていたが、ふと、しおりの瞳の中にゆらめいたものの影をみて、

「まだ、くらくらする」

と甘えた声をだした。

「そう」

しおりはアパートの塀《へい》に望月を押しつけるようにして目を覗きこんでいたが、やがて、きっぱりといった。

「いいわ、じゃ、おいでなさい、少しやすませてあげる」

もう深夜だった。しおりはアパートに入ると、靴音をしのばせるようにコンクリートの階段を上っていく。望月もしおりの真似をして、出来るだけそうっと歩を運んだ。しおりの部屋は三階にあった。夫の生前は一軒の家に住んでいたが、ひとりになって、夫の思い出がからみついている家に住むのがつらくなって、アパート暮しをするようになったというのを望月は聞いた覚えがある。

2LDKのこぢんまりした部屋をしおりは如何にもひとりものの女の部屋らしく、清楚に住みこなしていた。

望月はしおりのすすめてくれた赤いモロッコ革のスツールに腰をおろしながら、物珍しそうに部屋を見廻した。

テレビの上に白い大きな歯をみせて笑っている男の写真が立ててある。陽に目を細めた男の顔はりりしくひきしまっている。

「彼？」

望月は写真を手にとって訊いた。

氷を浮かせた水を運んできたしおりは、

「そう」

と、淡々とした声でいった。

「夢を見る？」

望月はまだ手から写真立を離さずいった。

「ううん、このごろさっぱり」

「前はよく見たの」

「ちょくちょくね」

「どんな時」

「外でとてもくやしい目に逢った時とか、とてもいい映画をみた夜など……」

「愛してたんだな」

「まあね」

しおりはさあというように、コップの水を望月に手渡した。

望月はコップを受けとり、片手で写真立をテレビの上に伏せておいた。

しおりはちらっと望月の手許をみたが、止めようとはしなかった。望月が咽喉を鳴らして水をのむさまを見つめていたしおりは、望月が空になったコップをどこに置こうかとした時、そのコップをとりあげ、望月の肩ごしにテレビの上にのせると、そのままもう一方の手をのばし、望月の首を抱いた。望月はしおりの近づいてくる目を、両眼を開いて迎えた。しおりの方が睫毛で瞳をかくし、唇をさしだしてきた。

唇をあわせたままその場でしおりを押し倒そうとした時、しおりが、首をふって唇をはなして囁いた。

「となりの部屋へつれてって」

望月は小さなしおりを軽々と抱きあげた。いつか外国の映画で花嫁をこうしてベッドへ運ぶ新郎がいたと思いだした。

足で襖をあけると、隣室はシングルベッドが入り、洋服箪笥《だんす》もあって、寝室になっていた。赤い茸《きのこ》型の電気スタンドがあり、灯はどこにもついていなかった。

望月がベッドにしおりをこわれもののように丁寧におろすと、しおりがつつと壁ぎわへ身をひいて、望月の場所をつくった。

そのまま、しおりの横へより添った望月のベルトにしおりの手がかかり、それをひきぬくと、ズボンのファスナーに指がのびた。

望月の目はやがて闇に馴れてきたが、つとめてしおりの目をみまいとした。

酔いはとうにさめ、全身がいきいきと緊張していた。

女子学生と、ペッティングはしたことはあったが、望月は物堅い母に、女を妊娠さす怖しさを繰りかえし教育されていたので、その時になると恐怖心がわき、気持がそがれた。

しおりはすぐ望月が童貞だと見ぬいた。

「はじめてなのね」

望月は咽喉がからからに渇いて答えられなかった。それを聞いたとたん、恥しさが反撃となって、ふいに位置をかえると、荒々しくしおりに襲いかかった。

「だめよ、落ちついて」

しおりが低い別人のような声で囁いた。

しおりに導かれて望月はたちまち果した。

しおりは望月の頭を幼児を抱くように胸に抱きよせていたが、望月が不思議なほど甘い睡魔に襲われるのを見抜いて、

「眠っていいのよ、そのまま眠ればいいのよ」

と囁いた。どんな子守唄よりも望月の耳にそのことばは甘く聞えた。

深い眠りの中で望月は夢を見た。自分が、一匹の蜂《はち》になっていて、厚いなめらかなはなびらを持つ、強い芳香の花の中にとじこめられているのだった。花びらの外がわは硝子のように冷いのに、花びらの内側は、熱く、ねっとりと蜜のようなものに濡れていた。蜜にすべって、蜂になった望月は足をすべらせ、花の奥深くへ溺れてしまった。強い芳香はびっしり固った金色の花芯から発していた。花芯もしとどに濡れ、その上に金粉をまぶしたような花粉がついていた。

蜂は花蜜に足も翅《はね》もまといつかれ、身動きがならず、あがけばあがくほど、花の奥の子房《しぼう》深く誘いこまれていく。匂いは次第にいちじるしさを加え全身がしびれてきた。

窒息しそうになって必死にあがいた時、望月は目を覚ました。

顔のすぐ上にしおりの顔が暈《かさ》をかぶった月のように霞んでいた。

月がゆれ、ほのかに笑った。咽喉がかわききり、望月はあえいだままで声が出なか

った。まだ神経の一部が眠っていて、自分が花の奥深くとじこめられ、花蜜に濡れそぼたれているような気がしていた。

しおりの全身の重さが花びらのような圧迫で、自分をおおっているのに気がついた。

しおりの中に今、自分が捕えられていることに気づいた。しおりが花で自分は蜂だ。

溺れた蜂、花蜜にまぶれ、花の芳香に酔いしれた蜂。

花がやさしく息をするたび、蜂は全身をしめられたり、とかれたりする。呼吸を花に合わせようとはかるうち、花の呼吸なのか、自分の呼吸なのか混沌《こんとん》ととけあってけじめもつかなくなる。

熱い花蜜がいよいよしとどにあふれ、それは強烈な力を持っていて、次第に自分がとかされているような気がしてくる。

最後の声をあげなければと思い、全身をふりしぼって望月はうめいた。

しおりがふたたび望月を清めてくれた。

その日から、望月はしおりと秘密の時間を共有するようになった。

一度そうなってしまうと、望月はしおりに年齢の差を感じなかった。

しおりはベッドの中ではどこまでも小さく可愛らしくなり、次第に望月がすべてをリードするようになった。

しおりの軀は望月にとっては未知の森林であり、迷いこめば迷いこむほど、はてしもなく道はつづき、思いがけない所で深い泉に出あったり、旧い沼にゆきあたったり、花の群生するくぼみにさしかかったりした。
一、二年は望月はしおりに夢中だった。まだ学生だった望月は、故郷からの仕送りとアルバイトで暮していたが、夜のアルバイトの時間が、しおりとの時間になり、しおりは望月のアルバイトで得る筈の金はおぎなってくれた。
望月との仲がはじまってから、しおりは仕事に積極的になり、勤めている画廊の仕事だけでなく、自分で少しずつ絵をあつかうようになっていた。

しおりの人柄のよさと、外貌の魅力は絵を売るにはこの上ない武器だった、その上しおりが若い未亡人だという点も得をしていた。

「危険なことはないの」

望月に訊かれるとしおりは嬉しそうに笑った。

「貞操の危険？　大ありよ、でもあたしは大丈夫、圭を持ちこたえるのがせい一杯で、いつでも満腹してるから。女の危いのは心身のひもじい時だけよ」

そんなものかと、望月は不思議な動物をみるように、また一段と若々しくなった自分の年上の女を見つめていた。

赤い部屋

望月圭は、半年前からマンションの建築現場へ毎日つめている。

十五階建のマンションはもう七分通り建っていて、灰色のコンクリートの素肌をむきだし汚れたスモッグの東京の空を切りさいて聳《そび》えている。

その未完のマンションのすぐ真下に、モデルルームがつくられていて、その中の一部が、望月の通う仮りの事務室になっていた。

万ションでなくて、今や億ションだなどというからかいがひやかし半分、やっかみ半分で通っているほど、マンションはこのところ急騰を見せている。それでもマンション建築では歴史と実績を持つ大洋物産の建てるものは、たいてい建築発表のその日に八分通りは売れてしまい、あとは、建物の建築が半分もすすむ頃までには売りきれてしまうのが例になっていた。

都内のマンションなどは、発表と同時に一部屋も残らず売り切れてしまうことさえ稀ではなかった。

望月圭の仕事は、建築現場にあるモデルルームにつめていて、訪れる客の応対をし、需《もと》められると質問に答え、説明するのが役目で、その他、現場監督との交渉、購買者の希望や苦情聞き入れ役もする。建築がすすむと、入居予定者と、電話の配線位置や内装についても相談しなければならない。階により、大きさもまちまちだし、間どりの形もちがっているので、内装もひとつとして同じものはない。

七分通りの建築の時に、規定の施工とちがった点を申し込めば、入居者の好みがほとんどききいれられる。

今、望月圭の受持っているところは、七分通り建っているので、目下、連日のように、購買者が訪れ、内装についての意見をいっていく。

モデルルームは、一番数の多い二十八坪のものをつくり、それには内装もしてあるし、電話もひいてある。

会社から現場へ行くと、今日はすでに二組が来て待っていた。

一組はこの前決めた電話の位置を変えたいというもので、それはすぐ話がついた。

もう一組は三十前後の女で、粋な洋服を着ていつでもむっとするほど香水の匂いをさせているので、望月も印象に残っていた。

「内装のことで電話したんだけど、あなたはいつだっていないのね」

女は事務所の椅子に腰をおろすと、ケントを吸いつけて、足を高く組み、煙を望月にむかって吐きつけるようにいう。

「そうですか、そんなことないんだけどなあ、たぶん、現場にいってたんでしょうね」

望月は客にはさからわないことにしている。

客たちは買う前にはさんざん迷うし、買ってからはいっそう迷う。もっといいのがあったんじゃないか、自分はうっかりして、間取りの一番悪いのをつかんだのじゃないか、売れ残りではなかったか、値段はもっと色をつけてもらえたのではないか。

どんな金持でも、いや、金持ほど買物にはけちで、細心でうるさいことかぎりない。あっさりしているのは成金《なりきん》だが、これはまた、横柄で、金さえ出せば何でも世の中が廻っていくと思っていて、鼻持ならない。

その上、成金というのは、いつひっくりかえるかわからない可能性もいたって強い。買う時は、一番広いスペースとか、一番値の高いところとかを需めるが、マンションが出来上る頃には、事業に失敗していて、いつのまにか、行方不明になっていたりする例も結構多いのだ。

望月はこの仕事に廻されてから、色々な世の中の裏面を一挙に知ることが出来た。

二号がマンションを旦那に買ってもらっていたのを、本妻がかぎつけて、探偵を廻してしらべに来たこともあるし、大洋物産のマンションの一つに、二号を、他の場所のに、三号をすまわせようとしたのを、二号と三号が、自分の方のが値が高いのか安いのか、血眼《ちまなこ》になって調べにきたこともある。

支払いはローンが多いから、いろんな家庭の事情が坐っていてわかるようになる。

今日の女客は、望月には美しいばかりの印象でなくもうひとつのことで、記憶に残っていた。

最初、この女がつれだってきたのは六十をすぎた老紳士だった。運転手つきの自家用車で乗りつけた。広さはこのモデルルームと同じ大きさのもので、最も売行のいいのを選んだ。もうほとんど売切れている時で、同じタイプは二つしか残っていず、陽当りだけが好みで、どちらを選ぶかという段階だった。

二人はどうしても、その場所へ行って、見晴しや、陽当りを調べてみたいという。

七階と八階にそれはあり、エレベーターはまだ出来ていず、外側と、部屋割りの壁は塗られたが、全部荒塗りの段階で、階段も工事道具がちらばっていて、片づいていない。それでもふたりは上ってみるといってきかない。

「そちらも上られるんですか」

望月は、上まで案内するのが面倒だし、階段を八階まで歩いて上り下りするのがやりきれないので、どうしても声がぶっきら棒になる。

老紳士は、当然だというようにうなずいていう。

「これでもわたしはゴルフできたえているから、足は強いんだよ。昔はマラソンの選手もやったしね」

「へええ、それ初耳、パパはなぜかくしてらしたの」

女が大仰《おおぎよう》に愕いてみせる。はじめは父と娘かなと思いもしていたが、その一言の調子で、パパは所謂《いわゆる》旦那のパパだと察しがついた。

二人は望月の案内で工事現場の階段を上りだした。

女の方が先に悲鳴をあげたが、老紳士の方は、自慢しただけあって悠々と息もきらさず上まで上っていった。女の方は間取りの見方も何もしらなかったが、男は電気の配線の具合や、ガス管の位置などくわしく調べた。

一方は居間に西陽がさし、もうひとつは寝室に西陽がさす。男は居間に西陽のさす方を選んだ。望月は内心、男は陽のさすうちは大方ここを訪れないのだろうか、あるいは男が昼間来ても居間より寝室にいることの方が多いのだろうかと、とっさに淫《みだ》らな想像をめぐらしていた。

その後、女は二、三度、工事の進捗《しんちょく》度を見にきたとか、ついこのあたりを通りすがったからなどという理由で訪れたが、いつでも自分で車を運転し、サングラスをかけたやせた不健康な感じの男とつれだっていた。

女は男をマキちゃんと呼び、男は女に何を話しかけられても気のなさそうな声をだして無表情に煙草ばかり吸っていた。

派手な服装から察して芸人かとも見えるが、やくざのようにも見える。望月は何となくこの男は同性から見て気の許せない人種のような気がした。

モデルルームには、応接間にも寝室にも家具が入っている。

客は迷うので、あっちの部屋やこっちの部屋でぐずぐず時間を費す。望月はたいてい一通りの説明をしておくと、あとは客だけを残し、自分は事務室にひきこんでしまうことにしていた。

存分に客がソファーに坐ったり、ベッドに身を横たえてみたりして、住みごこちを空想させる時間を与えるつもりだった。

女がサングラスの男ときた時、まるで、これから需める部屋を見にきたようにふるまうので望月は奇異に思った。あの老紳士がもう契約して、買ってある部屋を、女は男にしきりに間取りの説明をしたり、陽当りについて話したりしている。男はおよそ興味なさそうな表情で女の話をどこまで聞いているのかわからない感じだった。

望月は二人を応接間に残し、事務室にひきかえした。

さっき男がいった、

「誰の名義にしてあるんだい」

という一言が耳についていた。

「もちろん、私よ、きまってるじゃないの」

と女は、ちょっと気色《けしき》ばんで答えた。

望月は事務室にかえると、帳簿をひきだしてみた。やはり望月の記憶通り、その部屋は、女の名義ではなく老紳士のものになっている。

女は知らないのだろうか、それともサングラスの男に嘘をいわねばならない事情があるのだろうか。

望月は三人の関係のもつれに、ちょっと好奇心をそそられたが、仕事仕事、と割りきって頭をふり、妄念を払いのけた。

二度めに女がサングラスの男とつれだってきた時は、内装についての注文だった。

女はインテリヤデザイナーにでも描かせたらしい各部屋の内装の色調や調度の置場所の図面をひろげ、望月に壁紙の見本をとりださせた。

「寝室は天井も壁も赤い壁紙にしたいの、こんなのないかしら」

女は自分の服のはぎれを持ってきて望月にみせた。真紅の地に南洋の植物らしい図案がやはり薄い紅で描かれていた。要するにそれを天井から壁にはりめぐらせたら火事場そっくりだと望月は呆れた。

「うちにこんな見本ないですねえ」

望月が相手にもしないでいうと、それまでしんねりと黙っていた男が、

「あるじゃねえか」

といった。ぎょっとするほど冷い抑揚のない声だった。男はいつのまにか、イタリヤ製の壁紙の見本帳を手許にひきよせ頁をくっていたのだ。

「これがいいよ、いい赤だ」

男のさし示す赤い壁紙を見ながら、望月は鼻じろんだ。たしかにそこには燃えるような赤にアラベスクを薄い赤で描いた紙がはられている。

「まあすてき、それでいいわ、イメージとぴったりよ」

女が大仰なほどはしゃいでそれにきめるという。

「見本はあっても、実物はあるかどうかわからないですよ」

「どうかわからないってどういうこと」

女がきっとなって訊く。

「あんまり使われないのはとりよせてないんです」

「でも見本帳にある以上、本国へいえば取りよせられるわけでしょ。とりよせたらいいじゃないの」

望月はいいまかされてだまった。女のいうのが筋が通っている。

「この一方の壁は全部鏡をはってちょうだい、出来るでしょう」

「真赤な部屋に鏡まではるんですか」

「いいじゃない。何もあなたにここに寝てくれというわけじゃないわ。一々、妙なこといわないでよ。個人の趣味にまで干渉する権利はあなたにはない筈よ」

「その通りですよ」

望月はもうやけになっていいすてた。

「ただこのマンションの買主はみなさん、ごく普通の神経や生活の人ばかりなので、内装も地味なんですよ。ぼくがびっくりした方が悪かったんでしょう。どんな趣味だって、そりゃおっしゃる通り個人の自由だ」

「あなたはずいぶんいいたいことというのね。会社につげられてもいいのかしら」

「ああ、結構ですよ。大体、おれはこんな持場は早くかえてほしいくらいだ」

「持場だけじゃなく、首になるってこともあるんじゃないの」

「さあ、そりゃわかりませんな」

望月はにやりとした。自分が会社で有能な社員として認められている自信から、こんなヒステリー女のいい分なんか会社がとりあげるものかという自信があった。

万一、首になれば、それを機会に、一匹狼になって、何か仕事をはじめてもいいと考えている。

結局、望月がその壁紙の有無を一週間以内にしらべておき、鏡が壁面にはりつけられるかどうかも研究しておくということになって、その日は二人は引きあげていったのだ。

女が老人の方と住むのか、サングラスの方と住むのか、望月は他人事ながら興味を持った。

今日は女は珍しくひとりであらわれたのだ。

「相変らず忙しそうね」

女はいつもより愛想よく望月に話しかける。最初、女が訪れた頃より、工事ははるかに進んでいて、もう外から見れば九分通り出来上っている。

事務室から建物を見上げながら、女は満足そうにいった。

「思ったよりスマートね」

「そうですよ、なかだって、手をぬいてませんからね、一級ですよ」

「あら、珍しく、今日はまっとうに宣伝なんかするじゃない」

「これでも社員ですからね」

女の愛想のよさにつられて望月も機嫌のいい合槌《あいづち》を打った。

「あなたたちは買うと安くなるの」

女は訊く。

「いや、ぼくらこんなマンション一生かかったって買えませんよ。それに社員だから安くなんてしません。ちゃっかりしてますからね、会社は」

「あたしはようやくこれで自分の城が出来たわ。二十の年から二十八の今まで青春をしぼられた代償にしては安いと思わない」

女は眼をぎらぎらさせていう。望月は愕いて女の顔を見直した。

「あの爺いなんか、あたしちっとも好きじゃなかった。でもお金が必要だったのよ。もちろん、ずっとかげで恋人はいたわ、あの爺さんは全く気づかなかったの」

望月は女は正気なのかと、また顔を見直した。

「あたしがあんまりあけすけにいうから愕いてるのね、あたしだって、むやみにこんなこと誰にでもいわないわ。あなたとはやがて、他人じゃなくなるからよ」

望月がえっと、肩をひいた時、女が立ってカーテンをしめ、望月の肩から腕をまわし、いきなり首をねじむけさせると唇を押しあててきた。

望月は防ぐ閑もなく女の唇を受けていた。厚ぼったい女の唇はすでに濡れていて、望月の唇に吸いつくと吸盤のように離れなくなった。

女の舌がゆるやかに望月の唇の裏を撫でさする。望月は窓を横目で眺め、カーテンが完全に閉められていることをたしかめて、入口のドアに目を走らせた。そこは鍵がかかっていない筈だ。望月がそう思った時、女は片手で望月の胴をかかえたまま、片手をのばし、入口のドアの鍵を内側から廻した。

安心した望月の歯が女の舌で割られ、女の舌が入ってきた。望月は女の舌の微妙な動きに最初は好奇心から、つぎには次第によびさまされる官能の快楽から強く捕えられていった。

女の舌にさぐられると、望月は自分の口中がすべて性器になったような感じがした。ふと、自分の口が女のワギナに変質してしまったような奇妙な錯覚を覚えた。すると、自分自身が女になったような気がしてきた。望月は同性愛の気は全くない。美男子なので、ゲイバーなどではもてたが、どちらかといえば望月は男に手をとられたりすると、ぞっと鳥肌のたつ方であった。それなのに今は女のリードする接吻に身をまかせているという不思議な解放感があった。しおりと真似子のほかに、望月は友人といっしょにバーの女をはりあったり、出張の旅先で、行きずりの女と一晩を共にしたりした程度のことはしたが、いつでも女は自分の意のままに扱うものであり、一方、セックスの場では、あくまでサービスするものだと思っていた。この女は望月にサービスを需めずサービスしたがっているように見える。

舌に舌を巻きつかれ、強くひかれて、望月は咽喉がひきつれたように思った。すると女の舌はほぐれ、柔かな羽のようになって、望月の口蓋《こうがい》の咽喉近くをくすぐるように撫でてなだめる。互いの唾液が口中にあふれ、濃い蜜のようにとけまじった時、女は咽喉を鳴らしてさも美味しそうにその蜜をのみすすった。すると望月はこの上ない美味なものを女に先にのみほされたような気がして惜しく感じた。しおりはなぜかしつこい接吻は好まない。耳や首すじや瞼に接吻すると、全身をこまかく震わせてこたえるくせに唇を合わせると、早くすませてほしそうな気配をみせる。

「よくないのかい」

というと、

「どうしてかしら、唇不感症ってあるのかしら」

と自分でも首をかしげるのだ。

真似子は接吻が下手で、無闇に強く吸うことしかしらない。バーの女や旅の女とは、早く寝ることが目的でおざなりの接吻しかしない。望月はこの得体のしれない女のかぎりなくしつこい接吻の技巧の絶妙さに次第に耐えきれなくなってきた。頭の中が真空になり、気をゆるめるとたちまちこのままで果してしまいそうな危険を感じる。

望月は女の肩を押してみた。女は待っていたように、腰をぴったり望月の腰にあてがったまま、脚だけを器用に動かせて後しざりして事務用の椅子につき当て腰をおろした。

その時も女は望月の首をかかえこんで唇を離さない。望月はひきよせられたまま、女のひろげた脚の間に身をかがませる姿勢になった。

望月の手を導いて、女はワンピースの下のものをとらせた。花びらのような薄い掌の中に入ってしまうものを、どこに置いたものかと望月が一瞬ためらうと、女は望月の手からそれをつまみあげて事務机の上にちょんとのせた。

女の匂いが強く望月の顔をうってきた。望月は女に扶《たす》けられて女の膝の上にのると性急に果してしまった。

その時、ドアが叩かれた。望月が飛び上りそうになった時、女がまた望月の唇を唇でふさぎ両腕でしっかりと望月の背を抱えこんだ。

身動きも出来ず声も出せない姿勢のまま、望月は息をひそめた。

ドアは尚も叩かれ、ノブがガチャガチャと動かされている。

「居ないのかな」

男の声がした。

「この前はこの時間にはいたわね」

「現場にいるのかもしれない」

男と女の声がそんな会話をして、やがて足音が遠ざかっていった。

望月は全身が冷くなって、女から下りた。

「ああ、寿命がちぢんだよ」

女はものもいわずハンドバッグからティッシュペーパーをとりだし、望月にもとらせる。

ひどくさばさばした動きが事務的だった。

望月は手早く、身じまいを直すと、煙草に火をつけた。女と卓をはさんだ窓ぎわに腰をおろし、カーテンをあけた。

煙草が肺にしみいるようで美味い。

何がおこったのか夢のようで、望月は二服めの煙を鼻の先にはき出しながら女の顔を見直した。

女はコンパクトをのぞきこみ、口紅をひいている。その顔は汗ばみも紅潮もしていず、水を一杯のんだような表情だった。

「あんた、こういうことしょっちゅうやってるの」

望月は女に声をかけた。

「ばかね、しょっちゅうなんてことある筈ないでしょ」

「どういうわけでこういうことになったんだい」

「気にいってたからよ。最初きた時から、その気充分だったわ」

「わからないなあ」

いいながら望月は立ってドアの鍵をあけておいた。

つづいて窓をあけた。二人の匂いが濃い霧になって窓の外へ逃げだすように感じる。

女は立って、服の裾をひっぱり、皺が出来ていないか点検している。

「思った通りだったわ」

女は椅子に坐り直していった。

「何が」

「あなたはやっぱりすてきだったわ」

望月はくすぐったそうに笑った。

「あたしは？」

女がいう。

「何しろ、たまげてたからな、よくわからなかった」

「嘘ばっかり」

女が唇をとがらせた。

「ゆっくりしたいでしょう、いつにする？」

「待ってくれ」

望月は女を制するように手をあげていった。

「ひとりでそう何もかもきめられると困るよ。おれは今日、突然襲われたんだから、何もつづける意志なんかないよ」

「そうかしら」

女は自信ありげに煙草をとりだし口にはさんで、顎を望月の方につきだした。望月はライターの火を女の煙草につけてやった。

女の指に濃いエメラルドが輝いているのが目についた。そのとたん、女が最初つれてきた老紳士を思いだした。

「マキちゃんとかいったっけ」

口は反対にもうひとりの男の名をあげた。

「名前までどうして知ってるの」

「だって、あんたがしきりにいってたじゃないか」

「あら、そうお」

女は嬉しそうに顔を輝かせる。

「あれ、ヒモかい」

「まあね」

「あの最初来た人のこと知ってんの」

「そりゃ知ってるわよ」

「あの爺さんの方は」

「知らないわ。知らしちゃまずいじゃない」

「それじゃ俺はあんたを脅迫出来るわけだ」

「そういうこと。だから、口どめ料よ」

「今のが？」

女はくくっと咽喉を鳴らして笑った。

「あなた、独身ですってね」

「どうして」

「しらべたのよ。この間、社の人が来ていってたわ、そんなにぼけっとしてて、会社じゃ有能なんですってね」

「何のために身許調査が必要なんだ」

「興味を抱いたからよ」

「気味が悪いや」

「もちろん、恋人いるんでしょう」

「いらないお世話だ」

「全然、負担をかけあわないなら、も少しあたしと遊んでもいいと思わない」

望月は曖昧に笑った。

ドアがノックされた。望月は威勢のいい声で、

「はい」

と言った。さっきの二人づれらしい男女が入ってきた。

「じゃ、そういうことで」

望月は事務的な口調になり、女をうながすようにいった。

女は立ち上ると、ハンドバッグをひきよせ、

「じゃ、また電話で伺うわ、壁紙の件ね」

といいすてて、二人の方には目もくれずに出ていった。

その晩、望月は真似子と逢う約束になっていた。

望月がアパートに帰ると、真似子がすでに来ていた。アパートの鍵を渡したのは一ヵ月前になる。しおりは、望月のアパートにはめったに訪れないし、この一年はもうほとんど訪ねようともしない。

真似子が入口の形ばかりの流しで何かしていた。

ドアをあけると、せまいたたきは真似子でふさがれ、望月はぶっつかりそうになっ

た。

「おかえんなさい」

真似子は無邪気な声でいった。

「何してるの」

「サラダつくってるのよ」

望月は真似子のTシャツの衿あしに唇を押しあてた。するといきなり、昼間のあの女との接吻が全身によみがえってきて、躯じゅうが熱くなった。

望月はそのまま唇をはなさず、真似子を抱きよせて自分の方へふりむかせた。真似子があわてて、握っていた包丁を流しに落した。

望月は真似子に唇をあわせ、女が自分にしたことをつぶさに思いだしながら真似子にためしてみた。

真似子がたちまち全身をくねらせもがきはじめた。

望月は手をゆるめず、唇もはなさなかった。

真似子の躯が熱くなりその体熱が互いの衣服を通して望月の躯にも燃え移ってくる。

「う、ううっ」

と真似子は時々たえきれぬように呻いた。顔が真赤になり、全身は強く震えはじめた。

瞼がひくひく痙攣している。真似子の首がのけぞりそうになる。望月はその首を逃れさせまいと追う。

遂に重心がくずれて、真似子がどうと、背後に倒れた。

望月はいっしょに靴をはいたまま折れ重った。

足首をすりあわせて靴をぬぎすてると、部屋に入り、真似子の位置をかえてやった。

唇がはなれたとたん、真似子は深い息をしてうるんだ目で望月をぼんやりみつめる。

魂は目の中にないような表情だった。

何がおこったのかわからないという目の色をしている。

望月がふれてみると、真似子は唾液にあふれた唇以上にしとどにあふれていた。

「同じようにしてごらん」

望月は真似子に命じた。

真似子はいわれた通りおずおず唇をよせてきた。

「そう、そうだよ」

時々望月はくぐもった声で真似子をはげましそそのかした。

次第に真似子は大胆になり、試みるようになった。

望月は片手で真似子のはりきったよくしまった尻を軽く叩きながら、それをサインにしてやった。

突然、真似子が全身を硬直させ、そりかえった。望月は真似子を強く抱きしめてやった。

しばらくして、真似子がようやく目をあいた。まだ真似子の体内にたゆたい泳いでいるものがあるのがわかる。

「接吻だけでもこういうことになるのね」

真似子が、目の中に快楽の涙を残したまま囁いた。

「こういうことはじめてだったね」

「ええ、死んじゃうのかと思った」

「キスだけでかい」

「ええ、さっきあなたにそうされた時、びっくりした。とてもこわかったわ」

「あんまり下手くそだったから教えてやったんだ」

「もっと早く教えてくれればよかったのに」

「そんなにいちどに教えてやれるものか」

望月は昼間の女の名前もしらないことに今気がついた。

真似子を抱きながらふいにあの女にもう一度抱かれたいと思った。

真似子が望月の胸に顔をのせ、ねえと、小猫の鳴くような声をだした。

望月はわざとだまっていた。

「ねえ」

真似子がも少し大きくいった。

「何だい」

「意地悪」

真似子に腕をつねられた。望月はいつものように真似子の中に、若い日のしおりをよびもどそうとした。しかし、しおりのかわりに今夜はあの女がしのびこんできた。女のつけていた香水の匂いを真似子の汗くさい髪の中にかいだように思った。

望月はふいに荒々しい衝動にかられ、真似子の乳房を力まかせにつかみしめていた。

翌日、一番長くいた客は老夫婦だった。目白に広大な家邸を持っていたのだが、子供たちがそれぞれ独立して外国へ行ったり、別居したりしたため、老夫婦で家邸の維持が出来ず、大洋物産に売り渡して、このマンションの十五階に移ってくることになっている。このマンションで最も見晴しのいい場所を優先的に与えられていた。

二人は自分たちの居間も寝室も日本間にしたいと申し入れていた。今日は壁土の色や襖の紙をきめていった。玄関も日本式に改造したいというのが老妻の意見で、その設計のことで望月との交渉に時間をとった。

玄関に黒い艶消《つやけ》しタイルを敷きつめ、靴入れ兼戸棚の扉を、白木《しらき》の引き戸にかえるということでけりがついたと思った時、老妻がいった。

「そうそう、はばかりのことを忘れていましたよ」

望月はとっさに、はばかりが何のことかわからなかった。

「しかしトイレはもう間に合わないだろう」

と老人がいったので、あ、そうかと思った。

「でも、やっぱり西洋便器はごめんでございますよ」

老妻はおとなしいしっとりした口のきき方をするが、さっきから全部自分の意見は通している。

老人と望月があれこれ反対したり、異った意見をのべると、さも納得がいったようにおだやかにうなずきながら、結局は気がついたら、老妻の意見が通されている。トイレの改造もとどのつまりは老妻の意見通りになり、かがむ日本式のものに便器がとりかえられることになった。

老妻は小さくか細い少女のような肩と背をしていた。老人はその年頃にしては背丈が高く矍鑠《かくしゃく》としていた。

望月は何となくふたりの取りあわせに好感を持ち、小さなおとなしい老妻が大柄な夫を意のままに扱っているのがほほえましかった。

ふたりは用件をすませると、望月がだしたまずい茶をすすり機嫌よく帰っていった。

望月は煙草を吸いながら、自分が年をとった時、小さくなった軀でよりそい、あれこれ生活上のとりきめをする女の姿を想像してみた。すると、この頃、毎晩のように逢って抱いている真似子ではなく、もう何ヵ月も肌をあわせなくなったしおりの姿が浮んできたのに愕かされた。

今夜、しおりと食事をすることになっていたせいかもしれないと思う。毎月、もう寝なくなってからも、しおりは自分の月給日には望月を誘い望月の好きな料理を御馳走してくれる習慣は守っていた。

七時に銀座のいつも落合う喫茶店で逢うことになっていたので、望月は仕事の手順を、ひけ時までに終るように片づけていた。

五時すぎ、もう本社にひきあげようとした頃、赤い部屋の女がいきなり訪ねてきた。

今日は髪をアップにし、白っぽい和服を着ているので別人のように見えた。服より着物の方が似合うなと、望月は思った。しかし顔には迷惑そうな表情がとっさに浮んだらしい。

女はにっと歯を出して笑うと、

「そんなに厭な顔しないでもいいじゃないの」

といった。望月が返事に迷っていると、

「今夜だめ？」

と片目をつぶってみせる。

「今夜は約束がある」

望月ははっきりいった。女がまたこの前のようなことに及んだら困るという迷惑感と恐れの方が先にたった。

「何時に終る？」

女はつづいて訊く。

「終るって……今夜はだめだよ」

望月は自分の顔が赫《あか》くなるのがわかって口惜しくなった。女はまじまじとそんな望月の表情をみつめていたが、あくまで声を和げて甘えるようなことばをつづけた。

「それまでどれくらい時間があって？」

「もうだめだよ、今から社に帰るんだから」

「そう、それなら明日でもいいけど」

女は考えるように顎をひいてつぶやいた。

「あたしの車で社まで送ってあげるわ」

「着物で運転してるのかい」

「ええ、馴れてるもの」

女の強引さに負けて、望月は女の横に坐って車におさまった。

「今夜逢う人と結婚するつもりなの」

女は車を走らせながら訊く。

「そうでもないさ」

「もてる自信たっぷりね。いやらしい位」

望月が黙っていると女は勝手にことばをつぐ。

「あたし、しくじっちゃったのよ、とてもあわててるの」

「そうとも見えないけどね」

「パパに、マキのことがばれたのよ」

「そいつはまずかったね」

望月は煙草を吸いながら気のない返事をした。車の中は冷房がきいてしんしんするくらい冷い。

車の外では腹の大きな主婦が、ふくれた自分の腹くらい大きな水瓜《すいか》をさげて汗に濡れながら歩いている。

「あたし嫉かれてるのよ。誰かが中傷の手紙を出したらしいの、それでパパは信じきっていただけに、凄いショックで、探偵つけて調べあげられてしまったの、処置なしなのよ、何もかもパーになったわ」

「そいつはまずかったね」

「ほんと、ドジっちゃったわ。でもまあ考え様によれば、八年間に二千五百万くらいはパパに使わせたからまあまあね」

「八年間って、じゃあんた相当な年だね」

「いやね、二十八よ。大した年でもないでしょ。まだ三十前だもの」

「二千五百万円で何が残ったんだい」

「小ちゃなバーひとつね。それもうっかりするととりあげられるかもしれない。大体そうでなくてもパパはもうあたしを体力的にも持ちあぐねていたんだけど」

「あのマンションは？」

望月は女が果して名義人を知っているのかどうかと思ってとぼけて訊いてみた。

「もらいそこねちゃったわね、きっと。名義直されてしまうわ」

「あんた何んて名？」

「あらいやだ知らないの、佐藤《さとう》まゆみ」

「あのマンションははじめから佐藤まゆみさんの名義じゃないよ、あの爺さんの名義だよ」

「ええっ、それほんと」

「ほんとだ、あんたがこの間帰った後でたしかめたもの」

「まあ、口惜しい、あのど狸め」

女は眦《まなじり》を吊り上げて、唇を血の出そうなほど嚙みしめた。

「ようし、あの爺い、あたしがおとなしいと思ってどこまでもなめてやがる。仇《かたき》うちしてやるから」

「穏当じゃないな」

「あんたの関係したことじゃないでしょ。何さ、さっさと教えてくれたっていいじゃないの」

「だって、そんなこみいった事情があるとはしらないもの」

女はしばらく、黙りこくって運転しつづける。望月は、会社とは別の方向に車が走っていることに漸く気づいた。

「おい、きみ、方向がちがうよ。おろしてくれよ、もういいから」

佐藤まゆみは返事もせず車を走らせる。

「ふざけるない。おいっ、おろせよ」

「いいじゃないの、三十分くらい、ほらもうついたわ」

女はこぢんまりしたマンションの前に車をとめた。望月の社のものより手軽で、形ばかり派手な建物だった。見るからに、まゆみのような女たちの住みそうな建物だった。

「ビールくらいのんでいきなさいよ」

まゆみは当然のようにいい、望月をおろした。

「だめだよ、急ぐんだから」

「ここがあたしの巣よ。ちょっと寄ってよ」

女は望月の手をとり、逃すまいとするように脇にひきつけた。中から人が出てきたので望月はあわてて視線をそらし、女といざこざしているのを見られまいとして、弱気になり女の後に従った。

女の部屋は三階にあった。エレベーターも旧く、スチールの壁には卑猥《ひわい》な落書きがあり、それを刃物でけずっている跡がある。ナイフの傷あとから、落書きがすけてみえ、かえってみだらな感じがする。

望月は時計を気にしながら、結局、女にしっかりと腕をかかえこまれたまま、部屋につれこまれた。

こぢんまりしているが、如何にも女の部屋らしく、やたらに家具の多い、ごてごてした部屋だった。壁紙は紫で、家具は白地に金色が装飾になっていた。

家具と家具の谷間を縫うようにして、次の部屋へつれていかれると、そこは寝室になっていた。

天蓋《てんがい》つきの大きなダブルベッドが部屋の真中にでんと据えられている。部屋の壁が二方鏡ばりになっている。

「なるほど」

望月は感心したようにいった。

「広く見えるでしょう」

「いっそ天井も鏡にすればよかったじゃないか」

「からかわないでよ。パパの趣味なんだから。年寄だから、見ないとだめなのよ」

いいながら女が望月の首を抱きよせ唇をつけにきた。

望月はしおりとの時間を気にしながら、女にベッドへ押し倒されていた。

「きものが皺になるよ」

「まあ、ずいぶんデリカシイがあるのね。あなた相当女と遊んだのね」

望月は苦笑した。真似子は一向に気にしないが、しおりがよく、

「服をとらないと皺になるわ」

といって、性急な望月を制するので癖になっていたのだ。

「こんなところへ、黒めがねのアンちゃんがあらわれて、おれ脅迫されるんじゃないのかい」

「あなたって、ほんとに通俗な想像しか働かないのね」

「だって、この情況がそもそも通俗だからな」

「いやだわ、気分がそがれちゃった」

「おれ、今日はほんとに急ぐんだ」

「いいわ、じゃ、明日逢って」

「困るなあ、あんたと、この間ああいうことが一ぺんあったからって、何も、これからもつづけるって約束したわけじゃないし、どっちかというと、あれはこっちが押えつけられたって形だったんだから」

「ずいぶん、思い上った口きくのね」

「そんなつもりないけど」

「大した色男ぶりじゃない、いいわよ、それなら、あたし、あんたの会社に投書してやるわ。あの現場のモデルルームで何月何日に何があったって」

「ああ、するならしていいよ。そんなこと、色狂いの妄想としか受けとらないからな、いくらでもいいわけ出来るよ」

望月は負けずにいいかえした。

「ばかね、冗談じゃない。ねえ、それより仲よくしましょうよ。あなたの損になるようなことはしないから、ねえ」

「わからないな、あんた、何か目的があるんだろう。それで色仕掛でおれをどうかしようって腹なんだろ、そんなことわかるさ、わからなきゃあ、あんなところで、気まぐれな客の相手なんか出来っこないからな、遠廻しにいわないで、あっさりいっちまえよ。出来ることなら力かすし、だめなら、早くだめって引導渡してあげるよ」

佐藤まゆみは、まくしたてる望月の口許をじっとみつめていたが、突然、ひいっと笛のような声をだして、ベッドに倒れこみ、泣きはじめた。

「心細いのよ。あたし、パパに縁切られるとマキちゃんだって養っていく自信ないし、もともとあの人は好きでも何でもなかったの」

「泣くと白粉《おしろい》がおちるぜ、つけまつ毛が半分とれかかってるよ」

「あんたって、何でもずけずけいいすぎるわよ。少しは遠慮ってものがあってもいいでしょ」

まゆみが涙声で抗議した。望月は頭をかきながら素直にあやまった。

「おれ、口が悪いのはがきの頃からなんだ。わるかったよ。しかし、とにかく、もう今夜はかんべんしてもらうよ。人待たせてあるんだから」

望月はまゆみの横をすりぬけて寝室を出た。

まゆみはさすがに追って来なかった。望月は外に出ると、タクシーを呼びとめ、社へ駈けつけた。

ロッカーに置いてある洗濯したての下着とシャツに着かえる時、ふっと自分の体から香水の匂いがした。あわてて洗面所にいき、軀を拭いた。

待ちあわせの喫茶店にいくと、もういつもの席にしおりが来ていた。望月の近づくのに気づかず、しおりは本を読んでいた。落した肩が細く、前かがみの背がまるく、何だか気をぬいた姿勢が老けてみえた。

望月がだまって前の席に坐ると、しおりは顔をあげた。血の気のない頬にさっと赫みがのぼり、瞳の中に灯がともったような表情になった。

望月はその顔を見ると、今夜もまた別れ話はきりだせないだろうと思った。

草いちご

元来健康な淳子は、人を見舞う以外、病院へ来ることはほとんどなかった。まして婦人科など、結婚前に訪れるなど、考えたことがあっただろうか。

暗い長い廊下を幾曲りも通ってきた他の科の、どの待合室よりも、ここは広々とした面積をとっていて、池のある庭に一方の壁が面している。広い窓から見える庭の池には睡蓮《すいれん》が開いていて、白い小便小僧が、まるいおなかをつきだして、待合室にむけておしっこを放っている。

淳子がはじめてここへ坐った日は、すべての人の目が一斉に自分にそそがれているようで全身が熱くなり、気もそぞろになった。次第に落ちついてくると、誰ひとり、他人などにかまっている者はなく、想い想いの自分の想念に捕われていることがすぐ察しられてきた。

人を観察する余裕が出来てくると、淳子は好奇心を押えきれず、さりげない表情で、人々の様子をうかがった。今にもこぼれそうな大きな腹を突きだしている妊婦は、どの女も、如何にも自分の妊娠を誇示しているように見えるが、それは反身《そりみ》にならざるを得ない姿勢のせいなのだと思われる。旧い駅の待合室のように受付や会計口に向ってベンチが何列にも並んでいて、それは満席になっている。壁際に並んだ青いビニール張りの金属の椅子にも患者がずらりと並んでいた。こんなに早い朝の時間に、これほどの女たちがいっせいに集ってくるというのは、一種の壮観であった。女たちの中の大半は妊娠しているとも見えない。せっせと編棒を動かしている女、週刊誌に読みふけっている女、紙袋から何かつまみ食いをしている女、膝の上にマニキュアのセットを置いて、爪磨きに余念のない女、うつむいて、今にも涙をこぼしそうに物想いにふけっている女、様々な女がそこにいた。

淳子はベンチの端に腰をおろし、膝のハンドバッグをかかえこんだまま、身じろぎもしないでいた。

次々、名前が呼ばれると、女たちは立って窓口へ行き薬をもらって帰っていく。

「あなたはじめて？」

声をかけられて淳子は隣をみた。髪を赤く染め、肩にとき放った女は、まだ少女と呼んだ方がふさわしいようなあどけない顔をしている。

「ええ」

淳子は曖昧な答え方をした。町の小さな医院へひとりで宵闇《よいやみ》にまぎれて入っていった時の屈辱を思いだした。

「あんた、何ヵ月？」

「わからないわ」

「堕すんでしょう」

淳子は答えなかった。

「わたしね三度堕したわ。でもここはきちんとした病院だから、そういうことは融通がきかなくってだめよ。そんな時は別の小さなそれ専門の医者にいくのよ。でも病気にかかった時は、こっちの方がうんと安くつくのよ」

「病気って」

「性病にきまってるでしょ」

少女はまるい目でまじまじと淳子を見て、

「あんたって変ってるわね」

という。淳子は二人の話をまわりの人間に聞かれはしないかとはらはらするが、少女は平気だった。

淳子は少女の話をこれ以上聞きたくないので、ハンドバッグから文庫本をとりだして読むふりをした。

相手にされないとみると、少女は肩をゆすって両脚を投げだし、居眠りをはじめた。活字など目に入って来ない。あの行きずりの小さな医院ではじめて診察台に上った時の恥しさが全身によみがえってきた。

ここにいる女たちが、すべてあの姿勢になり、恥部を人目にさらしているのかと思うと、腕の内側にみるみる鳥肌が立ってきた。

子供が出来ているといわれた時の愕きと狼狽を淳子は忘れてはいない。

京都へ松崎に逢いにいった時の屈辱と失望はもっと忘れられない。本気で、子供を産みたいと思ったのは、京都から帰ってからだ。まだ父にも兄にも話してはいない。反対されたなら、家を出てもいいと思っている。それ以来、淳子は綿密な計算をたてた。もちろん、片親の子を産むことの自分の不利も考えぬいてみた。感傷的になって産んでは子供が可哀そうだとも思ってみた。未婚の母という流行語に迷わされてはならないとも考えた。

しかし、子供を産むこと以外、松崎に復讐する方法はないという考えの方が強かった。自分が馬鹿だったという考えに落ちついたのは、妊娠を知ってからだ。

松崎がどんなに自分が子供を産むことを怖れているかがわかった以上、松崎の最も怖れていることをしてみせるのが報復だ。淳子は京都にいる間、松崎の家の近くまでいってみた。想像以上に広大な家邸に愕かされた。

近くの煙草屋で煙草を買い、店番の老婆に松崎の家のことを訊いてみた。女の手伝いを需めていると聞いたから、お目見えにゆくのだけれど評判はどうだろうかという嘘が、咄嗟《とっさ》に浮んで、我ながらうまくいったと思った。

「ああ、あの家はなあ、手伝いが居つかへん家やなあ」

「どうしてですか」

「奥さんがあんまりよう出来すぎてるんとちゃうやろか。美人で才女で、絵を描かはるしなあ。外出がちやし、旦さんは名代《なだい》の浮気もんやし、使われる身になったら、奥さんが少々ぼんやりの方がええのとちゃうやろか。それに若い女は旦那が手をつけるのとちがうやろか」

「そうですか。でもそんな奥さんにしこまれたらいいのにね」

淳子は話をもっと長びかせたくて合槌を打った。

「あ、ちょっと、ちょっと、見なはれ、あそこに来る自動車、松崎さんのや、奥さん乗ってはる」

老婆にいわれて、淳子はあわてて、煙草屋の中へ入り、外をうかがった。運転手つきの自家用車に乗って、目のさめるように盛装した千尋が外出してくるところだった。婚礼にでも行くのか、藤色の色留袖らしいものを着た千尋は、女優などよりはるかに華やかで気品があった。

淳子は息をのみ、その美しさに打たれて我を忘れた。

「あの人や、よう見えたやろ」

「ええ、ありがとう」

「子供の頃から苦労せん人は情がのうて、使われる者の身になると、辛いのとちがうやろかな、あんた、そんなええ器量してて、何も今時、手伝いの女になんかならんかて、なんぼでも働き口あるやろうに」

世話ずきらしい老婆が次第に身を乗りだしてくるので淳子はあわてて煙草をもらい店を出た。

淳子はその後で松崎の邸のまわりをぐるっと廻ってみた。高い塀にとりまかれていて、内は見えない。二階の一部が庭樹ごしに見えていた。そこは洋間らしく、硝子ごしにカーテンがとざされていて、内は見えない。

　こんな家に住んで、あんな奥さん持って……淳子の胸にはじめて松崎に対する怒りが湧きおこってきた。

　自分と松崎ですごした時間のあらゆる場面が脳裡をかけめぐり、軀中が熱くなってくる。あのとりすました孔雀のように着かざった女は、夫の秘密を一切知らないのだろうか、それとも知って知らないふりをしているのだろうか、もしくは、知っていても夫の愛人など物の数とも思っていないのだろうか、淳子には最後の想像が一番屈辱的だった。

　男の家庭が如何にも幸福らしく、妻がおよそ苦労や苦悩と無縁らしいのが許せなかった。三角関係というものがあるなら、三人三様に同じ分量の苦しみをすべきだと思う。何故自分ひとり、自分のような三人の中で一番年の若い者が、妻でないというだけで、すべてをしのばされ、見捨てられ、日蔭の道を歩まなければならないのか。

　淳子は松崎の邸のまわりを犬のように廻りながら、次第に憤りに頭がはりさけそうになった。塀ぎわに犬のようにうずくまると、ふいにつきあげてきた嘔吐を押えきれず、泣きながら吐きつづけた。

　歌うように女の声で自分の名を呼ばれて淳子は真赤になった。誰も自分を見知っている顔はないと思うのに、ここにいるすべての女が自分が誰の子を妊っているのか見ぬいているように思われた。

名前は一度に五人呼ばれたので、誰が誰だかわからないと気づくとはじめてほっとした。

そっと席を立って診察室の方へ行くと、あの小さな医院とはちがって、大広間のような広い診察室に、いくつもカーテンの簡単なしきりがあり、その中に一人ずつ患者が呼びこまれ別々に診察されている。入ったところでまたしばらく淳子たちは待たされた。

女医らしい声がすぐ前のカーテンのかげから聞えた。

「困るじゃないの、あなた、少しはいうことを聞いてくれなくちゃあ。ちっともいった通りしてないでしょう。もう三期に入ってますよ。梅毒の三期は治り難《にく》いのよ」

淳子はびっくりして軀が凍りそうになった。さっき少女のような女がこともなげに性病といったが、その時もまだ、こんな病名を思い浮べていなかったことに気づいた。患者の声は小さくてぼそぼそして聞えない。女医は容赦なくその声にかぶせていった。

「いいこと、よく聞いてね。いくらあなた一人が治療したって、関係をつづけていて、相手に治す意志がないかぎりだめなんですからね。命が惜しいと思ったら、しっかりしてくれなくちゃあ」

しばらくして、カーテンのかげから患者が出てきた。見まいとしても淳子は好奇心から目がそちらへゆく。

真白のフリルのついたブラウスに、紺に白の水玉のスカートをつけ、面長で清純な顔立が、見るからに知的な令嬢ふうの女だった。淳子は、たった今、聞いたことが空耳なのかと愕いた。女は平然とした表情で、淳子の前を通り、奥の診察台の方へ入っていった。

淳子の名が呼ばれた。今、声の聞えた隣りのカーテンの中から、若い看護師がまねいていた。

中年の学校の教師のようながっちりした女医が眼鏡の中からちらっと淳子を見て、椅子にかけさせ、自分の廻転椅子をぐるりと廻した。

カルテにペンを走らせながら、てきぱき質問をしていく。案外声はやさしい。

「メンスは」

「三月ありません」

「最後は何日？」

淳子が正確に覚えている日をいうと、

「たぶん、妊娠ね。でもはじめてでしょう」

女医は顔をカルテにあてたまま、

「結婚は？」

とふいに訊いた。淳子はあわてて、とっさに、

「してません」

といってしまった。目の中に火花が散ったように恥しさがはじけた。女医は一向に愕いたふうもなく、何もいわず何か書きこんだ。

淳子は女医の沈黙に何故かあたたかなものを感じた。

女医がふっと目をあげて淳子の目を見た。女医の目に微笑が浮んだ。

「あちらで内診してもらっていらっしゃい。終ったらもう一度ここへ来ること」

淳子は丁寧に頭を下げてカーテンの外へ出た。

内診のカーテンの方へいくと、また別の看護師が淳子の名を呼んだ。

入るとすぐ壁ぎわに脱衣かごがあり、その向うに白いカーテンがおろしてあり、その奥に診察台があった。淳子は手早く、パンティストッキングとパンティをとり、かごの中に入れた。

看護師にうながされて、カーテンの奥の診察台に上った。ビニールの布が台の上にしいてあって、それが素肌の腰にべっとりと吸いつくようだった。

はじめての時ほど固くはならず、両脚を開いたつもりだったが、カーテンの向うから看護師にいきなり足首をつかまれ、ぐっと引っぱられて淳子は尻をすべらせた。

「楽にして下さい」

カーテンを通して午前の明るい陽光がさし通り、むきだしにした淳子の下半身に当っている。なまぬるい液体がそこにそそがれ洗滌《せんじょう》された。カーテンの向うに医師らしい人影が二人入ってきた。男の声で、看護師に淳子にはわからない短い言葉を、次々かけ、器具を手渡してもらっている。顔だちはわからないが、一人は背が高く、一人はずんぐりしていることがわかる。ずんぐりしている方が淳子に近づき、冷い固いものが挿入された。淳子はしっかりと目をとじた。目の中に無数の光る虫が飛び交うように見える。また何かが入ってきた。医師の手袋をはめた指だと思う。淳子は意識をそこに集めまいとすればするほどそこへ全神経が集中するのをどうしようもなかった。松崎を受けいれている時にあらわれるあの収縮と痙攣がふいに抵抗しようもない狂暴さで一点におこりそうになるのをふせぐため、淳子はあえて口を開いた。

松崎良夫様

先日京都でお逢いしました時、あなたから子供は産まないように強くいわれましたが、結局私の一存で産むことに決めました。今日医者に行き、もう四ヵ月に入っていることを申し渡されました。胎児は順調に育っているといわれ、やはり身震いするような神聖な感動をうけました。京都にゆく前の時は、恥しくて、家からも社からも遠い知らない町を歩きまわって探した行きずりの小さな医院をみつけて診てもらったので、何だか不安でしたが、今度は、ちゃんとした大病院でしたので、安心でした。妊娠手帳の交付も受けるつもりです。

私は堂々とこの子を産みたいと思います。

あなたが止めても頼んでも私は産みます。

厭がらせとお取りになっても結構です。

この前の京都行であなたが、利己主義で、自分の家庭さえうまくいっていれば、他の女も子供も殺していいという冷酷な心の持主ということははっきりわかりました。そういう人を一途に思いつづけた自分を馬鹿だったとは思いますが、人を愛する喜びはあなたによってはじめて教えられたのですからその点は感謝しています。私はおよそ嫉妬心の薄い女だとこれまで思っておりましたが、とんでもない思いちがいだったことも知りました。やはり、この目であなたの家族の住む家を見、あなたの奥様を見た上では、私の嫉妬は押え難いものがあります。あなたの家を焼く夢や、あなたの奥様を殺す夢を見るようになりました。でもこんな思いは胎教に悪いので何とかしてあなたへの恨みもあなたの家族への嫉妬も忘れようとつとめております。

子供の顔は、母親の血統をより多く受けると聞いております。今望むことはあなたに似ない子が生れてほしいものです。しかし、子供は認知していただきたいと思いますし、当然、養育費もいただきたいと思います。それはあなたの人間としての最小限の義務でしょう。こういう話はことがはっきりした方がよろしいので何れ弁護士をたててお話することにいたします。産まれて血液検査をすればあなたの子供にちがいないことはたちどころに立証されるのですから、京都で冗談めかしく、ほんとに僕の子とどうやって証明出来るなどおっしゃったことは無意味です。あなたを脅迫する気など毛頭ありません。しかし、奥さまに内緒でこういう話は解決出来ないのではないでしょうか。私はいつでも奥様にお目にかかれる心の準備は出来ております。

父にも兄にもまだ話してはいません。しかしそれは時間の問題です。一応烈火の如く怒るでしょうが、とどのつまりは私の味方をしてくれましょう。父も兄も子供を殺せなどは決していわない性質《たち》です。

ではあらかじめ、お心を決めておいていただきたく、現在の私の状態をお話し申しあげました。読まずに捨てられる怖れも充分なので、書留にいたしました。

まずはとりあえず御報告と宣言までに。

かしこ

三輪淳子

松崎良夫は、達筆の淳子の手紙を読みながら、途中から文字ばかりが目の前で躍って、意味がつかめなくなった。二度、三度と読み直して、ようやく淳子の手紙の内容がわかると、目の前が昏《くら》くなってきた。

「おいっ」

自分でもびっくりするような声をだして、秘書を呼んでいた。

「ブランデイ持ってきてくれ」

安川がびっくりしたように、

「今ですか」

と訊く。

「今にきまってるやないか」

「へえ」

安川は、社長室の壁の戸棚からブランデイとグラスを持ってきて、松崎の前に置いた。

「おつまみがきれてますけど」

「いらん」

「社長、風邪《かぜ》でもひかれたんですか」

「何でや」

松崎はじろりと安川を睨んだ。

「いいえ、気分悪そうですし、朝っぱらから気つけ薬のみはるもんですから」

「ふん」

松崎は自嘲《じちょう》的に鼻を鳴らした。

「阿呆《あほう》と女にはつける薬ないわ」

「その手紙、そない不吉なもんでっか」

「不吉？　うん、そうや、不吉な手紙や」

安川は松崎の気分の梶の取り様は心得ているので、そんな場合わざと傍にくっついていて、何かを話しかける。松崎良夫はひとりでじっくり物を考えることが苦手なのだ。

「あの怪電話に関係ありますか」

「怪電話？」

松崎良夫はすっかり忘れていた不気味な電話のことを思いだした。

「いや、あれとは無関係やけど……しかしそういえばおかしいな、うちのかみさんは一向にあのことに触れて来んけどなあ」

「そら、当り前ですわ。奥さんは策士やから、社長みたいにすぐぼろ出したり、相手に尻尾《しっぽ》つかまれたりするようなヘマやらしまへんわ」

「それなら、あれはどういうわけや」

「そうですなあ」

安川はじらすように煙草に火をつけてゆっくり煙を吐きだした。

「そうですなあって、何や」

「あれはやっぱり、奥さんの謀略とちゃいますか」

「謀略というたかて、あの電話はうちへかかってきよったんやで、たまたま、僕が受けたからええようなものの、かみさんが電話とったら、パーやないか」

「奥さんの影が、頃合見はからってかけてくる電話に奥さんが出やはりますやろか」

「影……」

松崎は低くつぶやいてだまりこんでしまった。

「奥さんは何もかも知ってはって、影を使うて、社長に冷汗かかし、手を下さず東京の女の首を締めるという算段かて考えられますわなあ」

「お前、いつのまにそんな策士になったんや」

「へえ、社長の傍で危い橋ばっかり渡らはるの見てたおかげどっしゃろなあ」

松崎は苦笑いした。千尋はあれからも、松崎の浮気のことなどおくびにも出さない。その時、東京の常務から電話が入った。

松崎が出ると、常務は、今日速達書留で、三輪淳子が辞表を書いて来た、どう処置しようかという。

「理由は？」

「はい、一身上の都合によりとありますから、結婚かもしれませんね。しかし、結婚だと、これまでの例なら、みんな嬉しがってかくさずいいますしね。結婚祝いもやらなければなりませんし」

「ふむ、そうか」

松崎はとっさに思案をめぐらせた。淳子が会社をやめてくれるのは幸いだ。少くとも、千尋に何かとっちめられる時、本人が、社員ではまずかろう。

「ま、仕様がないなあ、代りの女の子を募集するとして、とにかく、ようやってくれた子やから、規定通りの退職金やって、結婚祝いとして、若干包んでやめさせたらどうやろ」

「あんないい娘《こ》はなかなかあるもんじゃないですが、何かこう、書留なんかにしてくるところみると、決心は固いようですなあ」

常務は人手不足の折柄、三輪淳子にまだみれんがありげな口ぶりだった。

松崎はとにかく本人の要求通りやめさせることを申し渡してから、会社を出た。

サウナで汗を流したら、少しは胸のつかえがおりるかと思うが、車を走らせているうちに自然にわが家の方へ走っていた。

虫が知らせるというか、何か今、家に帰らないととんでもないことがおこっているような気がする。

玄関に入ると、女が出迎えた。

「奥さんは」

「今、お電話に出てはります」

松崎は、足音をしのばせるつもりはないが物静かに茶の間に向っていくうち、ふ

と、思いついて応接間へ入っていった。応接間と、茶の間の電話は親子になってい
て、通話を聞くことが出来る。

そっと受話器をとりあげると、女の声が耳に入ってきた。

「だって……一時間もお待ちしてましたのよ、いいわけなんか聞きたくもないわ」

松崎は耳を疑った。最初は誰か別の女かと思うくらい甘いしっとりした声を出して
いたからわからなかったが、その声はまさしく千尋だった。

「困るなあ、そう一々すねられたら……」

男の声は全く聞き覚えがない。

「ようござんす。じゃ、せいぜい勝手なさればいいわ。あたくしにもあたくしの考え
がありますから」

「ヒロ……冷静になってくれなくちゃ」

「いいえ、もう、結構」

千尋が、かちゃっと受話器を置いた。しかし松崎は受話器を置かなかった。受話器
の中に、ふいに、

「パパア、篠崎《しのざき》さんがお見えだけど」

という女の声が入って、向うの電話はすぐ切れた。

松崎も受話器を置いた。

応接間のソファーにそのまま軀を埋めこませて、松崎はたった今、受けたショックの整理をしようと息をひそめた。

千尋の聞いたこともないような甘やかな口調と、ヒロと呼び捨てにした男の、優越的な口調と、パパアと男を呼んだ少しハスキーな女の声が耳の中で入り乱れて、松崎を混乱におちいらせる。

千尋が姦通《かんつう》していると受けとるべきなのか。あの千尋が……。しかし今の電話だけでそれが姦通の証拠になるだろうか。

〝世間の夫たちは百人のうち九十九人が姦通していると聞いても、そのたった一人の姦通しない女が自分の妻だと信じこむ〟

何かの週刊誌で読んだそんな文章が思い出されてくる。

自分がコキュとなったということの実感がどうしてもわかない。しかし、あの三つの声はいったい何なのか、本当に安川にいわれたように自分は今日気分が悪くて熱でもあり、もしかしたら、高熱にうかされてでもいるのか。

「あら、どこへいかはったんでしょう。お帰りになってるんですけど」

手伝いのサチが廊下でいっている。

「いつお帰りになったの」

千尋の声はいつもの冷静至極の声だ。

「ふん、化《ば》け狐《ぎつね》め、今に一泡ふかしてやるからな」

松崎は思わず胸につきあげてきた自分のことばに愕いた。意識のどこかでは妻の不貞をもう信じているというのだろうか。

「トイレとちがいますか」

サチの声がする。

「そうかもしれないわね」

松崎はまだ息をひそめていた。

しばらくして、家じゅうがしんと静かになった。

松崎はそろそろ、応接間のドアをあけ廊下へ出た。足音をしのばせてトイレの前にいくと、わざと大きな音をたてて、戸をあけたてし、茶の間へ入っていった。

「あら、今日はどないしやはったの」

千尋は、いつもの様に身だしなみよく、きちんと帯をしめ、化粧も丁寧にして、坐っていた。机の上に家計簿をひろげている。

「気分が悪うなって帰ってきた。風邪ひいたらしい」

「早瀬《はやせ》先生来てもらいまひょ」

「医者呼ぶほどのこともないよ。こないだから、毎晩つきあいで遅うまでのんでて疲れが出たんやろ」

「お床とりまひょか」

「うん」

風邪といった以上、寝ろといわれていやだといえない。松崎は不貞腐《ふてくさ》れた気分になって、寝室へいった。千尋は蒲団を敷き、カーテンをしめた。松崎は服をぬぎすてて、寝間着に手を通し、どすんと蒲団に身を横たえた。

「風邪薬一応のんどかはりますか」

千尋が枕元に膝をついていう。その手を松崎がいきなりつかんだ。

「風邪に悪うおますやろ」

千尋はやんわりいいながら、

「うつされるとかなわんわ」

と半分笑いながら甘えたようにいう。軀はことばとは反対に、松崎にひきずり倒された形で蒲団の上に裾を乱して横になっている。

松崎は、帯をしたままの千尋をいつもより念入りにさいなみはじめた。

千尋はいつもとちがう松崎の扱いと、状況のちがいに、たちまち息をはずませはじめた。

すでに千尋の軀があせりをみせはじめ、全身が燃えてきたのを掌にも指にも感じとりながら、松崎は自分に耐えて、いっそう千尋をさいなみつづける。

千尋の頭が次第に激しく左右に振られ、セットしたてのようにいつもきれいに撫でつけている髪が乱れ、髷《まげ》の根がほどけて、畳に髪がさっとあふれだした。

胸もとも乱れ、乳房が高く盛りあがってあふれ、乳首が固くしこっている。

千尋のあえぎは遂に高い声になった。帯が枕になって、千尋の姿勢はいっそう松崎を需めている形に見える。松崎は冷静に冷静にと自分にいいきかせながら妻を剣で刺し通すような気分になり貫いた。

千尋がまた高い声をあげた。その声の終らぬうち、松崎が低く囁いた。

「さっき誰に電話してた」

千尋の軀がぎくっとなり、松崎のものが千尋の愕きで強く痛いほど締めつけられた。松崎は思わず顎をつきあげ、眉をしかめたが、すぐ目を開いて、千尋の表情を見逃すまいと、千尋を見下した。

千尋の軀がじわじわ弛緩していく。

「聞えなかったのか」

松崎は咽喉がからからになっているのを感じながらいった。

「誰に電話してたのか言え」

千尋は長いまつ毛を落したまま、頬を蠟のように凍らせて黙りこんでいる。

「おいっ、聞えないのか」

松崎は千尋の肩をゆさぶった。

千尋は目を閉ざしたまま、低い声でいった。

「何のことというてはるのやら、わからしまへん」

「何いっ、いいかげんにしろ、この耳で、たしかに聞いたんやからな、相手は、どこのどいつや」

千尋がすっと軀をゆすって、松崎から身をひいた。ふいをつかれたので、松崎は千尋の上から不様《ぶざま》にころげ落ちた。

千尋はさっさと、自分の汚れの始末をして、床をぬけだし、着物を着つくろっている。その表情はもう平静をとりもどし、毛ほどのすきもみせていない。

鏡の前で悠々と髪を直している。松崎はあっ気にとられたような気持で、そんな千尋の姿を見ていた。さっきの電話が夢だったような気さえしてくる。この動じない千尋が、あんな甘い声をだしていた同一人物とは思えない。

それでも松崎は自分をふるいたたして、床の上にあぐらを掻《か》いたままどなった。

「一時間も待っていた相手は誰やと聞いてるのや、ヒロとお前を呼び捨てにする男はどこのどいつや。いわないなら、どんな手段ででも探しだしてやるからな」

「どうぞ」

千尋が平然とした声でいった。

「どんな手段ででも何でも探しだせばよろしいわ。その結果、お尻に火がつくのはどっちですやろ」

「何？　妙ないいがかりつけくさって、俺が何をしたというのや」

「御自分の胸に聞かはったらよろしいやろ、女房というものは浮気な亭主もってたら、いつでも外子《そとご》の一人や二人押しつけられかねないから安閑としてるわけにいきまへん。情報網はりめぐらせて、自分を守ることぐらい心得てますさかい」

松崎はぐっとつまった。攻撃しているつもりがどうやら逆転して、攻撃されている側になっている。

「東京の女の子はもう子供堕さはりましたか、それともやっぱり産むとがんばってるのどすか」

松崎はことばにつまって目を白黒させた。

「えらいお元気で結構どすけど、社の女の子に手をつけるなど、浮気の最低の線どすなあ」

千尋は両手をあげて髪の髷を直している。肩まで袖が下り、つきあげられた二の腕は白く脂を照り輝かせて、たくましい象牙のように宙に動いている。

「何の証拠があってそんないいがかりいうのや、自分のこと棚に上げくさって、盗人《ぬすっと》たけだけしいとはお前のこっちゃ」

「へえ、そうどすか、証拠がいるのやったら、何ぼでも揃えて出せまっせ。そやけど、人間のことは、何もかもむきだしにしたら、お互い引っこみがつかへんようになるのとちがいますか。こっちにはあんさんの思いもつかない証拠がありますけどなあ」

松崎はまた絶句した。千尋の脅しとは思うものの、もしかしたら怪電話のこともあるし、自分の知らない間に何もかも調べあげられていないともかぎらない。しかし、だからといって、千尋のさっきの怪しい電話の疑いが何もかも立ち消えになるというわけでもないのだ。

「言わないつもりだな、よしっ」

　松崎は最後に凄んでみせたが、われながら、声に迫力がないと思う。千尋は平然と化粧をし直すと、部屋を出ていってしまった。松崎はどうしてくれようと歯ぎしりする想いで床の上に転っていたが、たった今の房事の疲れがふいにあふれでて、たちまち深い眠りにひきこまれてしまった。

　目がさめた時、一晩も眠ったように思った。あわてて起き上ると、まだ一時間と眠ってはいなかった。

　階下へいってみると、千尋はいない。手伝いの女に聞くと、さっき外出したという。

「どこへいくというてた」

「デパートへよって、それからどこかへ廻るからというてはりました」

「どこかってどこや」

「さあ、旦さん知らはらしまへんのどすか、聞いてはるとばっかり思うて、うち何も聞いてまへん」

　ちぇっと舌打ちしたものの、今更どうしようもない。

　ビールをださせ、松崎はむしゃくしゃしながら、ひとりでそれをのんだ。手伝いをよび、目の前に坐らせて聞きはじめる。

「奥さんは毎日出かけるのか」

「へえ？　毎日というわけでもおへんけど」

何でそんなこと聞くのかという目付をして、手伝いは非難がましく松崎を見る。これ以上聞いては藪蛇になると、松崎はだまってしまった。

その頃、千尋は松崎の会社の近くの小料理屋の二階で人を待っていた。

「お見えになりました」

女中の声のあとから、男が頭を下げながら入ってきた。

「おそなりましてすんまへん。丁度出がけに東京から電話が入ったりしたもんですから」

「お楽になさいな、どうぞ」

「へえ、これで馴れてますから」

「感心ね、若いのに」

男は安川だった。紺の背広のズボンの膝をきちんと揃えてかしこまっている。

「まあ一杯めしあがれ」

千尋は安川にビールをついでやり、自分もグラスを満たして勢よくのんだ。

「奥さんがそないお酒にお強いとは知りまへんでしたなあ」

安川は、グラスを一気にほとんどあけて、また千尋についでもらいながら、おもねるようにいう。

「ふふふ……うちの人も知りませんよ」

「女は怖いですなあ」

「それで、今日のところは？」

千尋がうながすようにいう。

「へえ、東京の女から長い手紙が来て、社長が顔色変えて、えろうあわてはって」

安川が千尋の顔色を窺いながらいう。

「その手紙は持ってきたでしょうね」

千尋は冷い事務的な声でいった。

「手紙を持ちだすと、どんなことがおこるかわからしまへんから、コピーしてきてます」

安川は持って来たハトロン紙の袋をさしだした。

千尋は袋の中から手紙のコピーをぬきだし、しめったような重い感光紙をさもけがらわしそうに指先でつまみあげて、熱心に文面を読んでいく。

安川はその間、ちらちら千尋の表情をうかがっていた。

「しっかりしてる文面じゃないですか」

「へえ、そうですか」

「年には思えないわ。それにあんな虫も殺さぬ顔してて」

「え？　奥さんは三輪淳子と逢われたことあるんですか」

「いいえ、でも写真は十枚くらいみています」

「へえ、それも探偵社からですか」

千尋はそれには笑って答えなかった。

「ありがとう、今日のは最近のヒットね」

千尋はハンドバッグをひきよせて、手早く札束をぬきだし、いつでもハンドバッグに用意している祝儀袋にそれをさしいれて、安川の方へさしだした。

「奥さん……」

安川はそれに手を出さずに声を低くしていった。

「ぼく、こんな社長を裏切るようなことしてるのはお金のためやないんです」

「わかってるわよ、そんなこと、でも、これはお礼とか報酬とかいう意味じゃないの、あたしがネクタイでも買ってあげたい気持だけなんだから、ね、だまって受けとって」

安川は鬚の剃あとの青い精力的な顎をひいて、上目づかいに千尋を見上げた。

「どうしたの、安川さん、今日は少し変ね」

「奥さん……奥さんはぼくにこういうことさせるのが目的で、あの時、貴船《きぶね》で、あんなことしやはったんですか」

「あら、おかしいじゃない、あの時のことをそんなふうに大げさにいうもんじゃないわ、あの程度のキスしたからって、あなたの人生がどう変るものでもないでしょう」

千尋は平然と笑う。

「奥さん、そら、奥さんは酔ったあげくの出来心で、なぶらはったんかもしれまへんけど、あの時、奥さんはわたしのために何でもするかっていわはって、ぼくを……ぼくを……」

廊下に人の足音がした。千尋はきっと安川を睨んでしいっと口に指をあてた。

安川がやけのようにビールをあおった。

「お呼びでしたか」

手伝いが廊下からいう。

「ええ、おあいそしてね」

千尋は安川がからみはじめると同時に、背後の壁のスイッチを手早く押して手伝いを呼んでおいたのだ。

手伝いが去るのを待ちかねて、安川はことばをついだ。

「奥さん、あんまりぼくを見くびったら思いがけないことになりまっせ。ぼくは奥さんに惚れてるから、何もしやしまへん。ぼくはほんの少し、奥さんから時たまのお情けをかけられるだけで、奴隷のようにこき使われてもええんです。いえ、奴隷になりたいんです。そやけど、それはあくまで、奥さんの時たまのお情けがほしいというのが目的やから、それも許してくれずに、お金でこういうことさせられたら、ぼくは恨みます」

「恨んでどうしたいの」

千尋は冷くいった。

「奥さん、そんな冷い口きかはってええんですか、うちの社長に年中情事の秘密があるのは誰でも知っててお愛嬌ですけど、奥さんのことは世間は知らしまへんからねえ」

はじめて千尋の顔色が変った。はりのある目のふちが、ぽうっと赤くなり、唇がかすかに震えた。すぐにはことばがみつからないで、千尋は安川の顔をじっとみつめた。

安川は大胆になり、これまでよりいっそうふてぶてしく居直って、臆せず千尋の目をみつめかえす。

「奥さんが、誰にも知られてへんと思われて、してられることも、やっぱり、社長の情事と同じで、天網恢々《てんもうかいかい》やということですわ」

「あなたに脅迫がましいことをいわれるようなことはしてませんよ」

「そうでっしゃろか、ほな結構ですなあ、それなら、先週の木曜日に名古屋のホテルで誰か人に逢うてられたのも奥さんによう似た別の人やったんでっしゃろなあ」

千尋の顔面から血の気がひいた。みはった目がまた一廻り大きくなった。

「いえ、それなら結構です。そやけど、もうこれでぼく、奥さんの密偵の役、やめさせてもらいますわ。ぼくが月給もろてるのは社長どすさかいなあ、その大恩裏切って、二万や三万のはした金で危い橋わたるのかないまへんわ」

「安川さん」

千尋は思わず哀願の声が出ていた。

「少し、話していって」

「いや、今日は社長があんなことで休まはったので忙しいてかないまへん。それに社長からもおっつけ電話が入るにきまってますさかい、今日はこれで失礼させていただきます」

「安川さん」

千尋は大あわてで卓をまわってきて、立ち上った安川の胸に抱きついた。

「まあ坐って」

「いや、急いでますねん」

「だから、時間はとらせないから、まあ、坐って」

安川は不承不承のようにその場にもう一度腰を落した。千尋はその安川の肩からまだ手を離さず、膝をすりよせて安川の目を覗きこんだ。

「ほんとに気の早い人ね」

声は別人のように甘くなっていた。

安川はまだむくれたまま、平然としていた。

「まだまるで子供なのね」

「人が来ます」

たしかに廊下に足音が近づいてくる。

千尋は安川の首に手をまわすと、す早くひきよせ、唇をふさいだ。安川が身動きする閑も与えず、千尋が安川の唇を軽くくすぐった。次の瞬間には、さっと身をひるがえして、自分の席にもどり、コンパクトをひらいている。

女中が入ってきたのはその時だった。

「じゃ、安川さん、御苦労さま、いそぐでしょう。お先にどうぞ、それから、これ」

女中の目の前でさっきの札の入った袋を、三輪淳子の手紙の袋になげいれ、手紙はぬきとって袋を安川にさしだした。

安川はその呼吸に押され、思わず受けとってしまった。

「それじゃ、また連絡して下さいな」

安川がふりかえると、千尋は晴れやかな顔で笑い、安川だけにわかる目まぜをす早くした。

安川の出ていった後、千尋は女中に勘定をすませ、心付けをやって、車を呼ばせた。一人になると、急に千尋の顔に疲労の色が滲み、一時に五つも老けたような表情になった。卓に肘をつき、車を待つ間、千尋は指でこめかみを揉みながら、一点をみつめて思案をめぐらした。

弦月

家へ曲る小路の入口で、阪田はタクシーを降り、角の家のコンクリート塀にむかって、くわえ煙草で小用をたした。放尿のこきみいい解放感で頭をあげると、真上に鎌《かま》の刃のような弦月《げんげつ》がかかっていた。なぜかふいに奈美の軀が欲しくなった。弦月の美しさが奈美のよくしなう裸身を思いださせたのだろうか。もうかれこれ一ヵ月以上奈美に逢っていない。そういえば電話の連絡もぷっつりとだえたようだ。

ああまで自分に許しておきながら、けろりと見合をしてきたりするくらいだから、大阪で何をしているのかわかったものではないと思うと、居ても立ってもいられないほど、今すぐ奈美を抱きしめたい欲望がつきあげてきた。

時計を見ると、もう三時を廻っていた。麻雀《マージャン》をしていたというより仕方がない時間だった。新宿のバーの美樹《みき》がどういう風の吹きまわしか、酔ったふりをして、高田馬場の自分のアパートへつれていったのだ。たしか売出し中の漫画家を年下の恋人にしていて、他の男にはふりむくひまもないと聞いていただけに、この風の吹きまわしを見逃すわけにはいかなかった。やとわれマダムだから、派手そうに見えても、内実は苦しいだろうし、漫画家にはむしろ貢いでいるくらいだからパトロンの一人や二人は持っているだろうと思い、およそ自分には無縁の存在だと思っていただけに、今夜は少なからず興奮した。

しかし部屋に入ってみると、案外、糠味噌《ぬかみそ》臭い女で、仕事着の派手な小紋の上によごれた割烹着《かっぽうぎ》などつけ、台所でことこと酒のつまみなどつくってくれると、かえって興ざめだった。ベッドの中でも、思ったより単調でリズム感がなく、ふと、修理した手風琴《てふうきん》でもならしているような感じがして、阪田の心も軀も弾まない。それでも女の方は充分心が慰められたらしく、事のあとでは見ちがえるようなごんだ表情になって、阪田の胸に顔をあずけにきた。

聞いてみれば、燕のことがばれて、旦那をひとりしくじったというのだ。

「よくあることじゃないか」

「ええ、でも若い男はつくづく薄情で、もうやめようと思っていたところだったもんでショックなのよ」

「そのやけ酒かい今夜の荒模様は」

「そう」

「そして、俺はさしずめヒステリーの頓服《とんぷく》か」

「ひがまないで」

美樹は上目づかいに阪田の表情をうかがった。可憐らしいそんな表情はもう間近で見るといかにもとってつけたようでそぐわない。情事の後の疲れの滲んだ顔も、げっそり目がくぼんで、美樹は三十四、五のようなことをいっているがもしかしたら、四十近いかすぎているのかもしれないと思った。

帰るというと、手ぎわのいい調子で抹茶を一服たててくれた。それが意外に美味くたっていて、今夜の秀逸だと阪田は思った。

「あらっ、あなた、お茶の心得があるのね」

美樹が愕いたような声をあげた。阪田の茶碗のあつかいや、茶を喫《の》む作法が法にかなって決っていたからだった。

「そうさ、おふくろがお茶の先生だったから」

「あらっ、それ本当?」

「本当さ、何ならたててみせてあげようか」

「まあすてき、お願い」

阪田は気まぐれに、黒楽の茶碗に抹茶をたててやった。久しぶりに扱う茶せんの手さばきが思うように動くので気分がよくなった。

「まあ、上手、あたしなんかより、よっぽど上手じゃないの」

「ざっとこんなものさ」

入口で唇をあわせた時、美樹の唇に抹茶の苦みが残っていたっけと、ふと笑いがこみあげてきて、阪田は煙草を捨てた。

今夜はシャワーをあびただけだから、まだどこかに美樹の黒水仙《くろすいせん》のしつこい匂いがしみついているようで落ちつかない。

家に入るまでに阪田はこの路がもっと長ければいいのにといつも思う。亡父が残してくれた家だが、この家があるため、ずいぶん楽をしているともいえるし、この家があるため、自分が家に縛られている家畜の一種のように思えてもくる。

ずいぶん昔は安い土地だったのに、ここ数年来の異常な値上りで、今売れば、亡父からもらった時の数倍にもなっているという。それだけあれば、離婚の費用が出るのではないか。いっそ、家も何もかも妻子に渡して、自由の身になれないものか。奈美はただの一度も自分に妻子と別れろなどといったことがないが、見合いをしてみせたりするのは、いつまでたっても、それを切りだささない自分へのあてこすりではあるまいか、もし万一、自分が離婚して、そのかわり、安月給の裸一貫になってプロポーズしたとしたら、奈美はどうするだろう。

——あら、いやだ、情事と結婚とはちがうのよ。情夫必ずしも良夫ではないし、情婦必ずしも良妻じゃないわ、むしろ、それは相反する性質のものよ。どうしたの、何だかあせっちゃった表情でおかしいわ——

といってけたけたと笑うだろうか、それとも、

——ほんとうなの……——

といって、大きく目を見開き、じっと俺の目をのぞきこんで、みるみるその目に涙をあふれさせ、

——とうとう……あなたは……やっぱり……——

きれぎれのことばをため息のように吐き、わっと嬉し泣きに泣きながら、この胸に倒れこんでくるだろうか。

阪田は、ここまできて奈美の真意がはかりかね、自分の方がため息をついた。

軒灯《けんとう》の下に、玄関の扉はしっかりとしまっていた。鍵を持っている阪田はブザーは

押さず、扉をそっとあけた。足音をしのんでひそかに靴をぬいでいると、玄関脇の応接間から、ぬっと佐紀子が出てきた。頭にクリップをまきつけ、網をかぶっている。顔は化粧をしたのか、いつもより白くこってり白粉や紅がついていた。これは一種のサインで、クリップは寝室に入る前とって、ブラシで形づけようとの算段だった。こんな夜は相手になってやらないと翌朝がひどいことになる。

「ちょっと」

佐紀子が阪田の袖をひっぱった。

「何だ」

「ここへ入ってよ」

疲れてんだから早く寝かせてくれよ、といいたい気持をのみこんだ。どうやら佐紀子が酔っているような気配がある。

入ってみると、テーブルの上にウイスキーの瓶《びん》とオンザロック用のコップと氷の用意がしてある。自分は梅酒をのんでいるらしい。

「どうしたのだ」

「今日は何の日？」

阪田はうんざりした。結婚記念日……佐紀子の誕生日、あわただしく思いうかべてみるがどれもちがうようだ。

「いやんなっちゃう、思いださないの、今夜は……は、こ……ね」

「あっ、あれか」

箱根といわれてようやく思いついた。婚約中、箱根へつれだし、芦ノ湖《あしのこ》のホテルで、佐紀子を女にした日なのだ。記念日好きの女房族というものに呪いあれ、阪田は口の中でつぶやき、観念して椅子に腰をおろした。応接間、居間、寝室といえば聞えがいいが、どれもせいぜい、六畳や四畳半の、ちゃちな間取りにすぎない。型通りの応接セットを置いて気はずかしいようなマントルピースがついていて、その上には結婚記念日にもらった置時計がでんと居据っている。

阪田はこんな応接間が大嫌いだった。そのくせ、これを自分の好みにあうように模様替えしようという情熱もない。家庭を居心地よくするだけの精力と金があれば、外で女をつくり旅行のひとつでもした方がよっぽどましだと思う。

だまって腰をおろした夫の態度をどう解釈したのか、佐紀子は上機嫌になると、阪田にグラスを持たせ、

「あたしたちの日のために乾杯！」

といって、カクテルグラスにいれた梅酒をのんだ。

阪田はうんざりしながらグラスを口にもっていった。何とかこの場を早くきりあげるには、妻を押し倒してしまって、序幕も二幕もなしのいきなり最終幕に持ちこむことだと計算する。

「クリップとれよ」

阪田はウイスキーの二口めをのみほすと目を据えて佐紀子にいった。佐紀子はきどった手つきでネットを外し、クリップをとって床に投げすてると、髪に指をつっこみ、ぱらっとほぐれさせせた。それで充分、コケティッシュになったと思っているらしい。

「寝床にいったら……」

ささやくようにいう佐紀子におかまいなしに、阪田はソファーに妻を押えこむと、性急にその上にかぶさっていった。辛うじて、果したが、あっけなかった。

佐紀子は不満そうに、阪田が身を離してもそのままの姿勢で天井をじっとみつめていた。

「もう寝るからな」

「あなた」

佐紀子が首をまわしていう。

した。


「こんなものかしら」

「何だ、おれは疲れてんだぜ、毎日外へ出て何をしてると思ってるんだ」

阪田の声はとがった。

佐紀子はみるみる半泣きになって唇をへの字に曲げながら、ソファーから身をおこ
「あたしたちには対話がないわ、こんなことはないってみんないってるわ」

阪田はかまわず、佐紀子を残して、寝室へ入った。子供たちを足許に寝かせて、夫婦の寝床がぴったりとくっつけてある。二つの寝床がすきまなく並べてあるのもサインのひとつだった。

阪田は服をなげすて、下着をむしりとるようにとると、裸のまま寝床にもぐりこんだ。

すぐ佐紀子が入ってきて、隣の寝床に横になる。

「あたしはあなたの何なの」

佐紀子の声はここでもあきらめない。

「外であなたが何をしてるかって、じゃ、うちであたしは何をしてるんです。二人の子供にかまけて、掃除や洗濯や、つまらない買物だけで日が暮れてしまう、よその家

の御主人が帰ってきて、一緒に夕食をたべているのに、うちじゃ、ほとんど毎晩、子供とあたしだけでしょんぼり食事をする。何の愉しみがあって食事をつくれるというの、日曜日といえばあなたは泥みたいに寝てばっかり、かと思うといきなり起き上って、仕事の打ちあわせがあるとか何とかいって出ていってしまう。いつだって、前の日にいわず、ふいに仕事の打ちあわせを思いだす。そんなのってあるかしら、あなたのやり方は、妻に飽きて、外に女をこしらえている夫の症状をすべて具《そな》えているのよ」

「何だそれ」

阪田も思わず、寝床から訊いてしまった。

「今日テレビで夫の浮気を見つける方法ってのをやってたのよ、あなたの症状はすべてそれに当るのよ」

「馬鹿々々しい、よしてくれよ、お前のそういうくだらなさがやりきれないんだ。テレビや婦人雑誌しかお前の判断の根はないのか、その次が易だ。いいかげんにしてくれ、少し、ましな本でも読めばどうだ」

佐紀子はそれには返事をせず、しくしく泣きだした。泣きやめさせる一番手っとり早い方法は一つしかないとわかっていても、もう二度と今夜のうちに妻を抱きよせる気にはならない。あの程度の交渉では、かえって妻の欲望をかきたてただけで、静める役にたたなかったとわかって阪田は心底うんざりした。

どうして結婚という約束は、興味もなくなった妻の肉体に義理的性交を強いるのか、誰が一番最初にこんな不都合なとりきめをしたのかと腹がたってくる。つくづくイスラムの国に生れなかった不運が呪わしくなってきた。

他の友人は、妻をどう扱っているのだろうか、一人一人に聞いてみたくなった。

「女房なんか抱けるかよ」

「かあちゃんを抱くくらいなら、漬物石でも抱いてらあ」

酔えば結婚十年以上もたっている男たちはそんなことを口ばしる。しかしそんなことをいう男にかぎって、女房以外にもてそうもない男なのだから真偽はわからない。むっつり助平とはよくいったものだ、阪田がこの男は……と見込みをつけるような女蕩しは決して口が軽くない。

「昨夜、あの子が送れっていってねえ」

など思わぬ成果を得々としゃべったりする男にかぎって、六千円くらいのハンドバッグかなんかバーの女にプレゼントして、女たちの物わらいになっているのだ。彼女たちは万とつかない贈物なんか見むきもしなくなっている。本当のドンファンは物などつかわなくても女が釣れるのだ。

阪田は女に不自由しない男たちが、家庭で妻をどうさばいているのか、そこのところが聞きたいと思う。

自分の周囲にはそんな話をうちわってするような友人もいなかった。望月が若いながら見込みがありそうだが、結婚もしていない望月にそんな話をするだけ野暮というものだ。

「あたしは結婚を誤ったのだわ、あたしはあなたのいうように利口じゃないけど、あたしの好さを理解してくれる男の人になら、充分愛される値打のある女だと思うわ」

それは本当だと阪田は思った。佐紀子もなかなかいいことをいう、たしかに佐紀子の鈍感さを無邪気や無垢《むく》ともとれようし、だらしなさを鷹揚ともとれるかもしれない。やせた女より、ぽっちゃりした佐紀子のような軀つきにしか性的魅力を感じないという男もたしかにいる。

「子供さえなかったらねえ……」

なぜ産んだんだ、俺はいつだってほしがった覚えはないぜ、咽喉まで出かかったことばをのみこんだ。一度それを口にして、収拾もつかないほど泣きわめかれた記憶があった。

夫がふりむきもせず、いつものように出勤していった後、佐紀子は見送りに出たままの姿勢でぼんやり玄関に立っていた。せまい玄関のたたきの上には、子供のサンダルがちらばり、佐紀子用のまだ新しい赤いレザーのこっぽりのような大きなサンダルが八の字を描いている。たたきは埃《ほこり》っぽく、敷居ぎわには土がうずたかくたまっていた。下駄箱の上にもう何日も花のない花瓶が置かれ、その横に子供の仮面ライダーの玩具と色のはげたスコップがころがっている。

雑然とした玄関はわれながらだらしがないと思った。この頃、もう夫は玄関が汚いとか、台所が汚いとか口にしなくなった。いえば、子供二人に手がかかるのだという口返事がかえってくるのがうるさいから、あきらめているとも見えるし、もうそういう情熱を失ったのだとも見える。

佐紀子は玄関の柱に背をもたせかけ、ずるずると腰を落していった。夫を送りだした後、すぐ、電気掃除機を握ればいいのだとわかっていて、それをする気にならない。

柱にもたれてその場にうずくまり、自分の膝に肘をたてて、顎を掌でささえた。そんな恰好をしていると、何故かわびしくて、ふいに涙が出てきそうになった。

赤ん坊が泣いたので立っていくと、小さなふとんの上で赤ん坊が胸をふくらませ、火がついたように泣いている。汚れていたおむつを替え、抱きあげて乳をあてがうと、張っていた乳がしゅっと奥底から吸われ、背筋がしびれるような快感があった。

昨夜の中途半端な性交の歯切れの悪い後味がよみがえってきた。

全身が重く、後頭部に鉛がつめこまれたようにしびれている。いつからああなったのか、佐紀子は思いだそうとして自分の軀の中を覗きこむようにしてみるが、軀の記憶は心の記憶よりもっと曖昧で、そのあたりは霧がたちこめたように定かでない。

しかし、昔はこうでなかったと思う。昔という漠然としたことばが佐紀子をいっそう淋しい想いに誘いこむ。自分を夫はもう愛していないのだろうか。見合結婚とはいえ、結婚までの半年のつきあいは、恋愛そのものだと自分は信じていた。阪田雅夫は佐紀子の親たちが笑うほどまめに佐紀子を訪れたし、休日といえば必ず外へつれだした。はじめは支度もあるし、婚約期間は一年ほしいと佐紀子側でいい、雅夫も承知していたのに、半年にくりあげてしまったのも雅夫の方だった。

そして結婚式の二ヵ月前には、箱根で雅夫は佐紀子を自分のものとした。母たちはそのことを知って知らぬふりをしてくれたが、妊娠しては困るとそれだけは心配していたようだ。

結婚後二年くらいは本当にしあわせだったと思う。毎日、雅夫は、夕飯の前にはきちんと帰ってきたし、佐紀子は雅夫の靴音が、露地の入口を曲ってわが家に近づいてくると、靴音が聞える筈はないのに、聞えた気がしてじっと耳をすますのだった。すると、必ず玄関のベルが鳴った。

一度などは、一心に耳をすましている佐紀子の目の前の台所のドアが開き、そこに雅夫が立って笑っていて、佐紀子は声をあげてその胸に飛びこんでいったこともある。

あの頃は——佐紀子は赤ん坊の顔をもうひとつの乳房に移しかえながら思う。

雅夫は毎晩のように妻の軀を需めたし、何度見ても見飽きないように、スタンドの灯をかかげ、妻の全身を隈《くま》なく照らし眺めたがった。恥しがって佐紀子が逃げたり、手脚をちぢめると、雅夫は怒って佐紀子を腰紐やベルトで縛りつけても見たがった。佐紀子は愕いたり気味悪がったりする一方、夫からそんな理不尽な扱いを受けることにぞくぞくするような刺戟を覚え、時にはわざと、そうしむけるような言動を試みていることさえあった。雅夫が小さな枕元のスタンドの灯ではあきたらず、懐中電灯を用いようといつのまにか寝床に持ちこんでいた時だけは、佐紀子は悲鳴をあげて飛び起き、家中を逃げ廻って捕まるまいとしたが、それもとどのつまりは子供の鬼ごっこのような、どこか馴れ合いめいた結末で、佐紀子は夫の腕の中に逃げ疲れた風情《ふぜい》を装って倒れこんでいた。

見ること、触れること、話すこと、目まぜのすべてが、あの頃は性交につながっていた。

いつからそれがこうも空しいことになってしまったのか。

佐紀子は大きくため息をつく。はりきった乳房が佐紀子のため息を伝えて、大きな徳利《とつくり》のゆれるようにぽってりとゆらいだ。赤ん坊が乳にむせてせきこむ。佐紀子は赤ん坊の背を撫で口を拭いてやり、また乳をあてがった。

上の子は遊び疲れて、まだ起きそうもなかった。

今朝も、雅夫は朝食をとらなかった。パンを焼きかけてもいらないといい、半熟卵をつくっても手にもふれない。佐紀子のいれたコーヒーは不味いといってのまず、牛乳だけ、瓶の口からのんで出ていってしまう。

夜も毎晩遅いので、食事はほとんど外ですませていた。時たま、お茶漬がほしいということがあるくらいで、夜のお菜をとっておいてもほとんど箸をつけたことがない。

いったい、何のために夫は家庭に帰ってくるのだろうと思うと、佐紀子ははっとなった。

お産の朝、母が、雅夫の不在を気にして、女でも出来ているのではないかといった時、佐紀子は笑って打ち消した。

「仕事が忙しいのよ。部署が変って大変なの」

「それならいいけど」

まだ何かいいたそうな母の口をふさいでしまったのは何故か。母に対しても見栄があったのかもしれない。雅夫は決してぼろをださないし、尻尾をつかませるようなことはしない。給料は給料袋のまま渡してくれるし、その中から、当然の小遣いを持って出る。月末に覚えのない請求書など来たことはない。外で毎晩金を使っているとしたら、夫は会社以外に余程割のいいアルバイトをしているといわなければならない。しかしそんな形跡もない。

――近頃は男は金がなくても遊べますからね、経済力のある女は、男に金を使わせないでむしろ与えるくらいにして、男との快楽を買いますからね――

先日聞いたテレビの中で、およそ生涯男に愛されたためしがあるのだろうかと思われる不美人の女評論家がまくしたてていたことばが浮んでくる。考えてみれば、自分は夫が朝出ていって、午前二時三時に帰るまでの時間、どこでどうすごしているのか全く知らないのだということに思い至った。会社に出ているということだけを信じきって何の疑いも抱かずにきたけれど、会社で一体、夫がどんな人とどんな仕事の話をし、どんなことをしているのか、一度だって考えたことがあっただろうか。

――馬鹿にしてるわ――

佐紀子は誰にともなくつぶやいた。会社がもし、社員の幸福を望み、健全な家庭生活をさせた上でより社員の活力を増進させ労働意欲を刺戟しようと思うならば、月に一回くらい、家族を招待して、参観デーを設け、夫がどんな機構の中で、どういう働きをしているのか見せるべきではあるまいか――

その時、玄関のブザーが鳴った。その音に、乳首を口にしたまま眠りかけていた赤ん坊がいやというほど乳首を嚙んだ。

「痛っ」

と叫んだ時、思わず赤ん坊の軀を突きのけていた。そのとっさの手かげんには何の容赦もなかった。赤ん坊が柔かな首をがくんとのけぞらせて針にさされたように鋭い泣き声をあげた。佐紀子の方は赤ん坊の首が離れる瞬間、思いきり引っぱられたため乳首がちぎれそうに痛かったのに腹をたてて、一瞬憎悪の目で泣きわめく赤ん坊を睨んでいた。

「おお、よしよし、痛かったのね」

赤ん坊の首を抱きおこし、自分の胸をかきあわせる時には、母親の心情がかえっていた。

まだひりひりする乳首の痛みに眉をしかめながら、執拗《しつよう》に鳴りつづけるブザーをだまらせるため玄関へ出ていった。

ドアをあけてやると、従姉《いとこ》の不二子《ふじこ》が立っていた。

「こんな早くから、どうかして」

いいながら、招じ入れたものの、不二子の顔を一目見て、佐紀子はおおよその事情がわかったような気がした。

「まあ、お上りになって、まだ、雅夫が出ていったばかりで、掃除も何も出来ていないのよ。散らかしてて」

一応のいいわけをしながら、応接間の中へ入れると、佐紀子は台所へ茶の支度にいった。

こんな時間によくも人の家に来るものだと、不二子に対する嫌悪がわくのを押し殺し佐紀子はついさっきまで自分のおちいっていた不幸な気分はけろりと忘れていた。

——また竜太《りゅうた》さんの浮気沙汰にきまってるわ、でもまあ、よくこりもせずにつづくものね、あんなもっさりしていて、竜太さんてどうして女が次々ひっかかるのかしらいつでも夫に裏切られている不幸な従姉への同情とさげすみが同時に湧き、佐紀子はわれしらず優越感におちいって、自分は何ひとつ家庭に不満のない幸福な妻のような気分になった。

応接間にもどると、不二子がコンパクトを覗いて顔を直していた。泣きはらしている顔には小皺が刻みこまれ、白粉は粉をふいて一向に顔になじんでいない。口紅だけ無理に赤くひいているから余計、口もとの淋しい老いが目立つ。まだ不二子は四十をこえたばかりなのに、五十近くに見える。

「またなのよ」

不二子は佐紀子の出してくれた茶をすすり自嘲するようにいった。

「義兄《にい》さんも性こりないのねえ」

佐紀子も遠慮のない口をきく。

「また会社の女なのよ、仕事関係だけはやめてくれっていうのに、どうしてああ、手近なところで間にあわせてしまうのかしら、今度はねえ、女の兄という人が乗りこんできて、問題にするって居直るのよ」

「まああきれた。妻のある男と知ってて関係を結べば妻から訴えてもいいのよ。しっかりしてよ」

「だって、そうなりゃ亭主の恥を天下にさらすわけでしょう」

「そういうふうだから、義兄さんは甘えきってるのよ。もっとこっちがしっかりしなくちゃあ」

佐紀子は不二子に向うと、まるで年上のようにてきぱき口をきく自分が不思議でならない。東京で親しい身内といえば佐紀子だけなのでつい愚痴をこぼしにくる不二子に馴れているので、佐紀子は不二子に向ってだけは何だか保護者のような気持になる。

「今度も竜太はしらをきっていたけれど、向うの兄っていう人におどかされて、さすがに青くなっているの、訴えるとか、会社にばらすとかひどいことばかりいうのよ、妊娠してるっていうけど、どうかしらねえ。あたしもう死んでしまいたい」

不二子はまたつけたばかりの白粉が落ちるのもかまわず涙をこぼした。

「別れる気は全然ないの」

佐紀子は不二子の泣き顔をつくづく醜いと思いながらいってみた。

「別れる？」

不二子が一瞬、きょとんと目を見開いて佐紀子をみかえした。

「今頃？　私はあの家を出てどうなるの、子供たちはどうするんです。そんなことむざむざあの家を夫の女にとられるようなもんじゃないの、死んだって出ていってやらないわ」

「ちょっといってみただけよ、あたしなら出ていって、もっとましな男をみつけてみかえしてやると思うけど」

「そりゃあんたはまだ夫に裏切られた実感が一度もないからよ。妻という立場の武器は死んでも別れてやらないということだけなのよ。今に、あなたにも思い当る日がないとはかぎらない」

不二子の目に怪しい光りがさしそったように見えて佐紀子はぞっとした。

「朝御飯まだでしょう。いっしょにトーストでもたべましょうか」

「食欲ないけどコーヒーでもいただこうかしら」

「それがいいわ、でもうちのはインスタントよ」

「結構だわ」

不二子ははじめて正気にかえったようにあたりを見廻した。応接室もふだんほとんど使わないからどこにもかしこにもうっすらと埃がつもっていた。不二子は指でつうっと埃の上をなぞり、眉をしかめて、ずけずけいった。

「まあ、ひどい埃、あとで私お掃除してあげる」

佐紀子はにやにや笑って、それには答えず、ちょっとこの子見ていてといって赤ん坊を不二子の膝にとんと置いた。

台所でパンを焼きコーヒーをいれていると、誠一が起きてきた。

不二子もまじえた食事が始まると誠一ははしゃぎきって、あたりじゅうを汚す。

不二子は食欲がないといっていたのに、トーストを三枚もたべ、卵も二つたいらげてから、黄身をつけた唇でいった。

「あのね、いおうかいうまいかとさっきから考えてたんだけど、あなたがあんまり、何も知らなすぎるようだからいっときますけどね、雅夫さんも結構外では何かあるんじゃないの、情報は入っているのよ。大丈夫なのそんなに悠々として」

佐紀子の足許にスプーンが音をたてて落ちた。

「それ、どういうこと」

佐紀子はスプーンをゆっくり拾いあげる間に心を静め、出来るかぎり平静を装って訊いた。不二子はもうぬるくなっているコーヒーをいつまでもかきまわしながら上目づかいに佐紀子の顔をうかがってわざと口ごもってみせる。

「でも、やっぱり知らないなら、知らぬが仏で幸福なのよ。私だって、竜太がいくら浮気したって、最後まで私にかくし通してくれるならいいのよ。それをあの人はあれで根がお人好しだから、すぐぼろを出すやり方しか出来ないの、だからこっちが頭にきてしまうのよ」

「それじゃ、うちの雅夫は、竜太さんより人が悪いから、ぼろをださずに好きなことをやっているっていうわけなの」

佐紀子はいくら平静を装ってみせても手が震え、スプーンが皿に当ってかちかち音をたててしまう。

「あらあ、そんなことといってやしないわ、変ねえ、あなたって、いつでも幸福の権化みたいな顔してでんとしてるから、およそ私なんかとちがって若いけど超越してるのかと思ってたわ」

不二子はさっきまでめそめそ夫の浮気に泣いていたとは思えない落ちつきと余裕をとりもどしてきた。

「意外ねえ」

「意外でも何でもないわ。どうせ私はお人よしで鈍感なのよ。あなたみたいに、夫の浮気の露見に馴れてないから」

「それじゃ、聞かなければいいじゃないの」

「なぜなの、いいだしておいてわざと奥歯に物のはさまったようなかくし方して、面白がってるとしか思えないわ。少くともあたしは今まで、あなたの愚痴をさんざん聞いてあげたし、いく分はなぐさめてきた筈よ。それに対して今のあなたのいい方は全く誠意のない茶化してる態度じゃないの、そんな人とは思わなかったわ」

「やれやれ、大変なヒステリーぶりね。でもいいわ、あなただって、亭主の浮気に逆上する只の人ってわかったから、あなたなら、夫の浮気を許さずさっさと出ていってもっとましな人をみつけるでしょうけど」

佐紀子は口惜しさでぶるぶる震えてきた。不二子から何のためにこんな屈辱を受けるのかわからない、ただ、いつでも愚痴を聞いてやって慰めてるつもりでいたのに、不二子の方では佐紀子の家庭の平穏さを呪っていたのだとしかとりようがなかった。

さんざんじらせた揚句、不二子が捨ぜりふのようにいい残していったのは、雅夫にもう何年ごしの女がいて、今でもその仲はつづいているということだった。女の名前をいくら聞いても不二子は知らないという、確かに知らないらしい。噂の出所は、竜太の勤め先の部長夫人が仲人をしようとしたら、その女の相手に雅夫の名が浮び上ったというのだった。興信所で調べたら、その調書に雅夫と女が逢っているという事実が日時も場所もあげてあらわれたという。仲人好きの部長夫人は、誰かの結婚式で、竜太から雅夫を紹介されたことを覚えていた。早速竜太を呼んで、雅夫の品行や、家庭の事情を聞いた上、あきたらず、不二子まで呼びだし、雅夫の家庭について質問したというのであった。

「いつのことなの」

それを聞いたのは、もう二ヵ月も前の話だと不二子はいった。佐紀子は椅子から飛び上らんばかりに憤慨した。

「二ヵ月も……黙っていたなんて」

「だって人の不幸は出来るだけゆっくりしらせてあげる方が親切じゃないの」

不二子は捨ぜりふのようにいいのこして去っていった。

佐紀子は不二子の帰っていった後、声をあげて泣きに泣きたかったが、誠一が不審がるのでそれも出来ない。

「ボク、マアちゃんちへいってくる、いい？」

と誠一がいってくれた時は、佐紀子はほっとしてその場に坐りこみたくなってしまった。あるだけのお菓子をバスケットにいれてもたせ、佐紀子は誠一を送りだすと、三軒隣の真沙子《まさこ》の母親に電話した。

「奥さま？　すみませんけど、うちの誠一が今遊びにうかがいましたけど、今日、夕方まであずかっていただけません。ちょっと、親せきの不幸があって出かけるものですから」

いつでも美容院へゆく時とかデパートの買物の時に子供の預りっこをしている仲なので快くききとどけられた。

佐紀子は赤ん坊の由香をうらめしそうに見つめた。この子もまさか誠一といっしょに預けるわけにはいかない。おむつをかえ、外出着に着がえさせながら、最近は買物の間赤ん坊を預るデパートがあり、不心得の母たちは、赤ん坊をデパートにあずけっ放しにして、買物はせずその間に短い情事のスリルを盗んでは、何くわぬ顔で赤ん坊を受けとっていくというような記事を、何かで読んだのを思いだした。そうもなるまいと思うとうんざりした。子供なんて何故産んだのだろうと口惜しくなってくる。雅夫が自分の子供なのに、一向に子供に愛情を示さないのが今更のように腹にすえかねる想いがしてくる。もしかしたら、その女との間に子供があるのでは……そう思うと全身の血が上って、頭がわれるように痛くなってきた。

何が何でも確かな話を聞きにゆかねばならない。赤ん坊の支度をして、鏡の前に坐ったとたん、佐紀子は、自分が訪ねていく人の住所もしらないのに気づいた。不二子のいった戸倉《とくら》部長夫人という人が果して逢ってくれるかどうか。佐紀子は電話にとびつくと、竜太の会社に電話して、戸倉部長の家の電話番号を聞いた。夫人の同窓の者だけれど、電話をいくらかけても通じないのでというと、交換手が親切に教えてくれた。

佐紀子は自分が今、何をしているのかわからなくなった。その指でまたダイヤルを廻し、戸倉家を呼び出した。手伝いらしい声が丁寧に応対するのに、佐紀子は竜太の家内だといつわって夫人を呼びだした。

「はい戸倉でございますが」

落着いた、いかにも世馴れた中年の女の声がする。佐紀子は急に心臓が痛いほど鳴るのを片手で押えつっかえながらいった。

「実はあのう、わたし、奥様がおしらべになりました御縁談に関係のある者でございますが……」

自分でもじれったいほどことばが廻りくどくなる。戸倉夫人はいっこうにあわてず、

「はあ、あのどなたの件でございましょう」

とあやすようにやさしくいう。

「あの、千石《せんごく》竜太の親せきの者で阪田雅夫の……家内でございます」

「あら、まあ！　竜太さんの……あの阪田さんの奥さまですって」

あきらかに戸倉夫人の声が興奮してきた。

「またどうなさいましたの、今頃、あの話はもうすみましたのよ」

「はい、あの、実は……いろいろ存じませんでしたものですから……あの、実は……従姉から、竜太の奥さんですけれど……その話はじめて聞いたものですから……」

「ああ、そうなの、それであなた心配していらっしゃるのね、わかるわ」

戸倉夫人はいやに調子のいい物のわかったふうな口をきく。

「もし、何でしたら、主人のそのう……相手の方のことを伺いたいと思いまして」

「ああ、そのことねえ……」

戸倉夫人は、ちょっと考えこむようにことばをとぎらせた。

「それがねえ、わたくしの口からそれをいっていいかどうか」

「いいえ、どうぞお願いです。聞かせて下さい。わたくしにも責任のあることですし」

「そう、それなら、まあ、お目にもかかってないし、声だけがどこからか聞えてきたとおぼしめせ。実はあなたの御主人はもう何年か前から小林奈美さんとつきあっていらっしゃるの。もっとも奈美さんは表面虫も殺さぬような顔していて、大変なしたたかものでしたの、ええ、実は主人の遠縁の人と縁談がおこった相手だったんです。こちらはずっと外国暮しで結婚がおくれてましたので二十九歳の人でもいいからと乗り気だったんですけどね。そりゃ今の時節ですもの、女の人で働いてりゃあ、二十九まで、一度や二度恋愛関係があってもまあよござんすよ。そう思ってましたの、ところがそれが現在もつづいているんじゃ、ちょっとね」

「その相手が主人だったんでしょうか」

「ええ、まあ、興信所のしらべではその通りでしてね。いっしょに入ったホテルの部屋番号から、ふたりして出てくる写真までつけてありますしね。どうも、そこまでわかってしまえばね」

「何をする人でしょう」

「コピーライターとかですよ。今は大阪にいるのよ」

「えっ、大阪？」

佐紀子は拍子ぬけがした。東京なら、この足で訪ねて、すました面の皮をひきむいてもやろうと心がたけりたっていたのに。

「ええ、でも大阪だから、かえって、うまく周囲をごまかしてるんじゃありませんこと？」

「はあ……」

「あらっ、わたくしとしたことが、年甲斐もなくつまらないことを喋ってしまって、ごめんあそばせ」

「いえ、有難うございます、わたくしが馬鹿だったんです」

「あのね、お目にかかってないのにこんなことさしでがましいかもしれませんけれどね。あまり気になさらない方がよろしいのよ。夫の浮気は封じる薬がありませんのよ。口惜しいけれど生涯、誰からも見かえられない夫を持ってるのもあまりぱっとしませんしね、それに、女に好かれて、そういう癖のある男の人は、たいてい死ぬまでその病気は治りませんのよ。ですから、それに無神経になる努力を早くなさいましね」

「いろいろ、すみません」

「いいこと、決して短気おこしてはいけませんよ。あなたの御主人は家庭をこわしてまで浮気するつもりはないんですからね」

電話を切っても佐紀子はぼんやりしていた。

幸い赤ん坊はおなかがいっぱいなのか、すやすや眠りつづけている。部屋の中は静かで、時計の音だけが聞えている。どこかのテレビの歌謡曲が風にまじって聞えてくる。

あまりのショックで涙もかわききって出て来ない。まだ今聞いた電話の話が耳の中で無数の蟬が鳴いているように鳴りさわいでいる。小林奈美、二十九歳、コピーライター、大阪……つい十分前までおよそこの世で無縁だったそんな人物が、自分の運命に重大な力を及ぼしてきたことが信じられない。

何年も前からといったが、いつからなのか。最初、自分は何月何日に裏切られたのか。佐紀子は夫が自分に冷淡になった時点を思い浮べようとするが、漠と霞がかかったような過去の歳月が混沌と自分たちの背後に拡がっているだけでどこに棹《さお》をさしていいかわからなかった。

もしかしたら、夫は結婚前から、自分を裏切っていたのではないかという疑惑が最も佐紀子を苦しめてきた。もしそれなら、夫は何という嘘つきだろう。裏切りながら、あんな愛撫が平然と男には出来るのだろうか。

佐紀子はふいに、慄然として身震いが生れた。夫が夫婦の性愛に、何となく冷淡になってきていることに今、思い至ったのだ。仕事が忙しいからとか、軀が疲れているからとかいう言いわけを鵜のみにしてきて、満たされない不満を何となくなだめすかしてきた多くの夜が一挙に思いだされてくる。

考えてみるまでもなく夫の性戯はきわめて淡泊になっているし、手順もなおざりになっている。

このごろではあの全身が羽毛のように軽々として、シャワーを何回もかぶったようなすがすがしい事後の解放感を味ったことがない。しつこいほど長かった前戯も、ほとんどなければ、終った後はいっそう味気なく、夫はくるりと背をむけてしまう。以前はああではなかった。

佐紀子は夫に愛され、満足し、性愛の快楽の中でとけるような眠りに共におちいっていった昔の夜を思いだそうとした。するとその想い出の実感がどうしても肉体的にかえって来ないのに気づいた。

あれほど愛され、あれほど歓び、呻き、すすり泣き、もだえたのに、その快楽の実感が、皮膚にも、内臓にも、部分にも、何ひとつなまなましくはよみがえって来ないのだった。

砂浜に立って、潮がみちよせ、やがて引いていく時、足うらの砂がわずかにくずれ、波にひきさらわれていく時のような、もどかしい、はかない感覚が、軀のどこかにうずくように思う。しかしあの激甚《げきじん》と覚えていた性の快楽の感覚は何ひとつ刻みつけられていない。そうだ、ちょうど、子供を産む時の陣痛の苦痛が、観念としては思いだせても、二週間もすれば、肉体からはすっかりあせて消えさってしまうのと同じように。佐紀子は思わず深い重いためいきを吐いた。

雅夫しか男の肉体を知らない佐紀子は、雅夫の性と他の男と比較しようがない。男はすべて、ああいうふうに新妻を愛し、子供を産ませ、こういうふうに妻の軀に飽きをみせ、遠ざかっていくのだろうか。

妻が漸く、性にめざめ、肉の快楽の何かを覚えた時、夫の方はいち早く、妻の肉体に食傷している。こんな不都合な結婚をなぜ人々は何千年も昔からしてきたのだろうか。

佐紀子は生れてはじめて自分の生きていることが空しいと感じ、心に風がふきすさぶように思った。赤ん坊がふいに泣いた。抱きあげると乳臭い匂いをたてながら、そのまままた眠りに落ちている。赤ん坊の時の夢は何を見るのか。佐紀子はふたたびあふれてきた涙を、ぬぐうまもなく赤ん坊の顔にふりこぼした。自分の胎に十ヵ月抱き、血と肉と骨をわけて産んだこの子さえ、もうその見ている夢さえ自分にはわからないのだ。淋しいと佐紀子は呻くようにつぶやいた。

秋雲

三輪淳子は疲れた目をやすませるため、手をとめた。勤めをやめてから、兄の喬《たかし》がみつけてくれた仕事は、ある会社の社史の清書だった。

書いているのはもう七十歳近い楠《くすのき》という老人なので、達筆すぎて読みづらいが、習字を習っている淳子は写しているうちにまもなく読めるようになって、今では、書き流しで、書きこみの多い草書まじりの原稿を、楷書にして原稿用紙に写すのがさほど苦にならなくなっている。

楠老人は淳子の字を素直でいいとほめ、仕事に誠実なのが今時珍しいといって、すっかり気にいってくれた。社長の兄だとか聞いているが淳子にはおだやかでやさしい老人にしか見えない。淳子の兄がどう説明してあるのかしらないが、淳子の妊娠していることも知っていて、それとなくいたわってくれる。

今では清書の外に、資料の整理のこつも覚えて、淳子はすっかり老人に調法がられていた。

家に持って帰ってもいい仕事なので楽だった。父も喬も、淳子が子供のことを打ちあけた時は愕いたり嘆いたりしたが、あきらめが早く、淳子を責めはしなかった。

「おかあさんがいたら、こんな時、もっと相談相手になってくれただろうに、お前も可哀そうなやつだ」

父は深い皺をきざんだ額を曇らせて低くいったが、それ以上は口をつぐんでしまった。

喬は、

「そんな馬鹿とは思っていなかった」

とののしったが、その目に涙が浮んでいるのを見て、淳子はすまなさに泣いた。幼い時から仲のいい兄妹だっただけに、喬の怒り方は淳子の身にしみて有難かった。来年の春に結婚することになっていて、新家庭はアパートに持つ計画なので、父と淳子だけが当分この家に残ることになっていた。

「いいよ、いいよ、お前が出ていって淋しい分を淳子の子供が埋めに来てくれると思えばいい」

父がとりなすようにいう。

「しかし、男に責任をとらせることにはおとうさんも反対なさらないでしょう」

と喬はいった。

「責任といっても、それがとれるような男なら、淳子がこんなになるまで見捨てておかれる筈もあるまい」

「でも、相手は妻子があるんですよ、淳子は生娘《きむすめ》だったんですよ。淳子がだまされたのは馬鹿だが、相手も、平気で何ひとつつぐないはせず、会社をやめさせていいものですか」

「あたしは、責任をとらせます」

淳子がうなだれていた首をあげてきっぱりいう。

「あたし、こういう要求をしてあります。書留だから知らないとはいえないと思います」

淳子は松崎良夫あての手紙の下書を見せた。

それっきり、淳子は松崎との交渉は喬にまかせた形になっている。喬は友人の弁護士をたててくれたという。

「一度だけ訊いておくけれど、淳子は、もう尊敬も愛もなくなった男の子供でも産みたいのか。ただセンチメンタルな気持で、産みたいというのなら、今ならまだおそくはないし、考え直してもいいんだよ」

弁護士の話を告げた後で喬がそういった。淳子はしばらくうなだれていたが、

「え？　どうなんだい、今ならまだおそくはない」

ともう一度うながされた時、目をあげて静かに答えた。

「兄さんにはわかってもらえないかもしれないけれど、何だか、自分の体の中にもうひとつの命が生きてるって感じは、すばらしい充実感があるの、こんな世の中に産んでやることの方が子供は迷惑かもしれないけれど、自分のおなかの中に生きている生命って、とても確実な手ざわりが感じられるの、あの人のことなど抹殺して、この子は私の子だって思うのよ。女にしかわからない実感かもしれないけれど」

「わからないね。しかし淳子がそう思えるならそれでいいさ、元気な子を無事に産めばいい」

そんな会話のあとは、喬は二度と、淳子に子供のことはきりださない。喬のフィアンセの母が、腹帯をする日だといって、淳子を誘いに来たのは、それから一ヵ月ほど後だった。

近くの神社へいっしょに参って、きよめてもらった腹帯を家にかえってから、淳子は下腹部にきりきり巻きあげてもらった。

「毎日、こうやってしっかり巻いて下さいね。今時の若い人はスタイルが悪くなるとかっていって、コルセットでまにあわせたりするけど、絶対さらしの腹帯の方が、しまってあたたかでいいんですよ。赤ちゃんを産んだ後だってこうしてしっかり巻いておけば、おなかがたるんだりしませんからね。うちの嫁なんかいくら私がそういってあげてもしないもんだから、子供の産れた後すっかりスタイルが変っちゃいましてね」

巻きあげてしまうと、淳子は軀にぼってりセメントを塗られたような圧迫感と、かさばった感じを味った。その後ややたって、全身が軽くなっているのを感じた。下腹部がしまると、軀全体がすっきりして血が薄くなったような感じがする。

長いさらしをほどいたり、まいたりするのは面倒な作業だったが、すぐそれにも馴れた。

未婚の母ということばはジャーナリズムの手垢がついてきらいだと思う。たまたま子供をさずかったたし、子供がほしいから産むので、結婚していようがいまいが問題ではない。男がどんなに威張っても子供は妊れないのだということが、淳子には今救いになっている。

妊娠させられて捨てられたという在来の悲劇のいい分はおかしいように思う。自分がみじめだったのは、子供を産みたいという自覚がなく、松崎の本性も見ぬけず、おろおろして京都へ出かけていった前後だったと思う。

病院へいき、あの恥しい姿態をとらされ、内診された瞬間、何かが自分の中でくだけ散った。

もう悪阻《つわり》の苦しみも忘れてしまった今は、確実に大きくなっていると信じられる胎児の存在感だけが淳子に日夜ささやきかけてくる。

淳子はペンを置いて、左手で右の指を揉みながら、窓から外を眺めた。もう十枚写したら散歩にいかなければと時計を見る。

きらいなトマトをたべるのも、億劫がらずまめに朝夕の散歩をするのも、すべて子供のためだった。

珍しく晴れた曇りのない空をみつめながら、空の青さを目から吸いこむように深い呼吸をした。胎児に空の青さを吸いこませたいような気分になる。

今朝、楠老人に清書をとどけ、代りに原稿をもらいにいった時、楠老人が自分で抹茶をたててくれていった。

「ヴィタミンCが赤ちゃんにいいからおあがり」

淳子はふっと涙があふれそうになって、目をしばたたいた。

「淳子さんはえらいよ。しっかりした元気な子供をおうみなさい」

楠老人が、遠くを見つめる目つきをしてつぶやいた。

「淳子さんを見ていると私には思いだすことがあってね。昔のことだ。まだ私も若かった。妻があって子供が二人いた。そんな時、私は、妻より若い、まだ少女の俤《おもかげ》のぬけきらない人を好きになってしまったのだよ。よく世間はそういう場合、あやまちをおかしたというが、私はその時も、今もあやまちだったとは思っていない。妻を尊敬していたし好きだったけれど、その少女めいた人も私は愛さずにはいられなかったんだ。その人はいつも悩んでいて、私の妻が怖いという。もちろん妻には必死にかくしていた。なぜかくしたのか……それはねえ、淳子さん、私は妻を愛していたからだよ」

老人はゆっくり煙草に火をつけた。淳子は思いがけない告白に口もきけないでひっそり坐っていた。

「男というものは妻を愛していても、もうひとりの女を愛することが出来るのだ。ようく考えればそれは質がちがうのだけれど、他所目《よそめ》には同じにしか見えない。そのため、そういう関係になると、妻も愛人も共に苦しむ。いいかい、私がなぜこんな話をしだしたかというと、淳子さんが時々昔の稚い恋人《おさな》に見えてくることがあるからだよ。その女は淳子さんのように強くはなかった。尤も世間も今ほどそういう立場の女に理解もなく寛容でもなかった。その女は私の子を妊った。それを私にきりだせないほど私の妻に悪いと思った。そういうふうに考えるおとなしい性質《たち》の娘だった」

老人の遠くをみつめる目がふいにしばたたかれ、ことばがとぎれた。

「それで、どうなさいましたのその人」

「自殺してしまって……」

淳子はことばが出なかった。

「生きてさえいてくれたら、どんなふうにでもつぐなうことも出来るけど、死なれてしまってはどうすることも出来ない。淳子さん、どんなことがあっても、赤ちゃんを産んでしっかり育てなさいよ」

淳子はうなずきながら、こんなやさしい人の子を妊っていながらおなかの赤ちゃんと共に死んでいった見知らぬ娘が憎らしくなった。やさしすぎるということは罪悪かもしれないと思う。

楠老人は、子供を無事に産んだら、就職の心配もしてあげるといってくれている。

淳子は今のおだやかな生活がむしろ夢のように思えることがある。

松崎に愛されていたと思っていた頃、松崎がひそかに合図してくれるのを待つためめに会社にいっているような暮しだった。

仕事をしていても全神経はいつあらわれるかわからない松崎の姿だけを待って緊張し通していた。

「可愛いんだよ、ほんきで好きなんや。遊びじゃないからな」

松崎ははじめの頃逢う度そううわ言のようにくりかえした。

「こんなきれいなやわらかな軀してる女見たこともない。淳子はぼくがすごいドンファンやと思ってるんだろ。人がそういうてるものね。でもぼくとつきあってみてわかったやろ。ぼくはすぐ夢中になったら前後のみさかいのつかないくらいのぼせるたちなのや」

淳子は松崎のことばをはたして本気で聞いていただろうかと、今になって思う。ことばより自分の軀をさぐる松崎の手のかたるものを全身を触手にして聞こうとしていた。

愛さえあれば、結婚の形式などいらないと思っていた。愛のさめた夫婦より、情熱のある恋人どうしでいる方が女として幸福ではないかとも思っていた。

「女房は才女やけど、心の冷い女や」

松崎が淳子の頭を胸に抱きかかえながらつぶやくと、淳子は自分の全身がとけるような幸福感を味った。

奥さんでみたされないからこの人は私を需《もと》めるのだ。そう思いこみたがる、淳子の気持をあおるように松崎は情熱的な愛撫をくりかえした。

「ぼくは正直いったら、相当女の子とも遊んできたけど、それはみんな遊びや、ほんまに本気で恋したのは淳子だけや、嘘だと思うなら誰にでも聞いてみたらええ」

「誰にでもって誰にですか」

淳子は笑いながらからかう余裕も出来ていた。松崎の愛撫に、温室の花がいきなり電気で開かせられるような速さで淳子の内部の女が急激に開花していった。

そんな淳子に松崎は逢う度に目をみはり、まるでいつでも魔法の箱をあけるような神秘にみちてくる。箱の中から今度は何がとびだしてくるかわからないような期待があるともいった。

はじめは恥しかったどんな需め方にも応じられるようになっていった。愛しているなら出来る筈だと耳もとで囁かれると、淳子は自分でも信じられないほど大胆になって別人のように振舞えた。

松崎が自分を愛しているから、こんな獣じみた無邪気な遊びをしたがるのだと思いこもうとした。

「こんなこと、奥さんともなさるの」

淳子が訊いた時、松崎は一笑にふした。

「阿呆な、女房とのセックスなんて、淳子の想像してるようなものじゃない。そんなことうちだけでなくて、世の中の夫婦のセックスなんてみな味気ないものや。そうでなければ何でわざわざ夫族が外に女つくる？」

そういわれると淳子はそんなものかとすぐ信じてしまう。およそ松崎のいうことをみじんも疑ったりしたためしのなかった自分がいかにも馬鹿にみえてくやしい。

松崎が少しずつ、逢う間隔を遠ざけはじめたと気づくのに半年もかかった。

忙しいといわれると、そうだと思いこんでじっとがまんしていた。

そんなある日、同僚がささやきあっているのを聞いた。

「また社長さんの悪いくせが出たって、聞いた？　あなた」

「ううん、教えて」

「交換手にすごく声のきれいな人がいるでしょう。いつでもあの人の声聞くと殺気だってた神経がなごむっていわれてるあの人よ」

「知ってるわ、その交換手がどうしたの」

「だからさ、その人が社長の目下のあれよ」

「あら、だって、そんなら三輪さんはどうなの」

「もう過去の女ね。社長はいつだって新しい女の二人や三人は必要な人ですもの」

「われわれは幸いね、お好みじゃなくて、無事だったから」

「あら、どうかな、あたし、あなたが社長から真珠のブローチ手渡されたのを見たことがあったわ、あれ夢だったかしら」

ロッカーのかげにいた淳子は出るに出られず、お喋りしている同僚が立ち去るまで、じっと息をひそめていた。

松崎良夫に愛されているのは自分ひとりだと思っていたことが恥しく、その上自分のことがこれほどみんなに知れ渡っていることがたまらなかった。その場から勤めをやめたかったがどうすることも出来ない。

一度疑いを覚えてしまうと、松崎の言行のすべてが信じられなくなってくる。

それとなく気をつけていると、たしかに噂の交換手は、見る見る服装が派手になり、目立って美しくなっていた。

贈り物をもらったとかいわれていた同僚も、そう思ってみれば、松崎に対してどこか不敵な態度をとる。それ以上に、淳子に対して冷笑したような表情をかくそうともしない。

——ばかねえ、まだ目がさめないの、あんな誠意のない人を信じてるなんて、おめでたすぎて、見てられないわ——

その目の中の笑いはそう語っているようにも見える。

ようやく逢えた時、淳子は松崎にいつものようにすぐ軀を柔らげることが出来なかった。

「どうしたんだ。何だか、面白くない顔してるやないか。不服そうな態度して」

松崎は淳子の顔や声からは、気持を推しはかるようなやさしさはないが、ベッドの中ではたちまち相手の気分を見ぬいてしまう。それほど淳子の軀が正直にものをいうともいえた。

「あたし……なんだかいいたいことがいっぱいたまっていて、気分がすすまないんです」

あきらかに興をそがれた白けた表情になると、松崎は固くなっている淳子の軀から手をひき、煙草に火をつけた。

煙を天井にむけてはきだし、勝手にしゃべればいいという態度をとる。

「あの、もうこういう関係いやならいやで、はっきりして下さっていいんです。あたし惨めになりたくないんです」

「何をいうてるのか、さっぱりわからん。ぼくがいそがしくて、ようようこうして時間つくってる苦労を考えてもみずに、逢うとすぐふくれっつらして、あてつけがましいことというのはどういうわけだ。ぼくはねえ、淳子が素直でやさしくて、いつでも冬の陽向みたいにあったかいところが好きなんで、逢って、厭味や皮肉をいうような女なら、掃いて捨てるほどあるんや、もう結構や」

淳子は出鼻をくじかれて黙りこんでしまった。

「人形のようにおとなしくて従順で、かわいらしい若い娘は、もう居ないようになった。淳子をみつけた時、ああまだそんな娘がひとりいたと喜んだのに……もう結構や、ふくれ面なんか見とうもないわ」

松崎は煙草を半分吸うと、手をのばして灰皿にもみ消し、ベッドからすっと下りた。

「どうなさるんです」

淳子がかすれた声で哀願するようにいった。

「帰るよ」

松崎はにべもなくいう。

「愉しむために逢うんやから、不愉快な時間持つのはかなわんからな」

そうあっさりいわれると淳子はたちまちおろおろした。

「信じられないようになったらおしまいや」

いいながら松崎はさっさとズボンをはき、シャツを着こんでいる。

「すみません、私が悪かったんです。もう何もききませんし、いいません」

淳子は松崎にとりすがって泣きだした。

「色んなことが耳に入って、それにこのごろずっとお逢いできなかったし……」

「人は何とでもいうよ。まして淳子のようなきれいな娘にみんな嫉妬するからな、いちいち真にうけてきいていては身が持たないよ」

松崎は淳子を見て、またベッドに腰をおろし、淳子の肩を抱いた。あとは馴れた順序で、淳子の軀に次々蠟燭の火をともすように愛撫を加えていく。淳子は心に湧いた疑惑も嫉妬も、自分の軀にともされた火に、焼きつくされていくのを感じながら、いつのまにか、軀が透明になっていくような軽さの中に漂っていた。

ああいうことが何度繰りかえされたか。淳子はもう思いだしたくない惨めな想い出の幻影を払いのけるように首をふった。

今から思えばあれほどあからさまな裏切りや愛想づかしをされても、それを認めようとすることが怖かったのは、みれんだったのだろうか。

できれば自分の子供は自分に似た女の子であってほしいと思う。父はと訊かれたら、おなかにお前がいる時、死んでしまったと教えこもう。娘が成長したら、男を愛しても愛されようととりすがるような女には育てたくない。

淳子はおだやかな落ちついた暮しの中で、ひたすら松崎を忘れ、おなかの子に語りかけるようにつとめていた。

はじめて、子供が動いた日、淳子は楠老人の書斎の隣りの書庫で、老人に頼まれた本を探していた。

ようやくその本を探しあて、脚立に乗ってとりおろし、脚立からそろそろおなかをいたわって下りたとたん、ぐっと腹の奥から何かが突きあげるように動いた。どきっとして、淳子は思わずその場にしゃがみこんだ。そうすると今度は明らかに腹の内側で、まるでノックでもするように、ことことと合図するものがある。淳子は息をつめ、目尻につたわってくる濃い涙の流れるにまかせた。ささやくように胎児の動きはかすかになり、やがておさまった。

淳子が、だまって楠老人の書斎に入っていった時、老人がふりむいて、おおっと、小さく口の中でつぶやいた。

「淳子さん、鏡をみてごらん、そこの本箱の横にあるだろう。その顔を映してごらん」

淳子は何かごみでもついているのかと思って鏡の前に立った。

「輝いているだろう。淳子さんの顔に今、後光がさしているように見えたよ。何かうれしいことがあったんだね」

淳子は鏡の中の、うるんだ目と上気した頰の自分を見つめながら、鏡には映っていない楠老人に向って話した。

「今、はじめて赤ちゃんが動いたのを感じたんです。ぐうっと、手だか、足だかつっぱるんです」

「ほう、それでそんな嬉しい顔をしているの」

「はい……何だか、ほんとにひとりじゃないんだなあって、実感がありました」

「よかったね、赤ちゃんのためにもこれからはうんと元気でがんばらなくちゃ」

「ええ、そうします」

淳子は楠老人の家を出て、家の近所のマーケットで夕飯の支度の野菜や魚を買い、いつでも持って歩いているナイロンの袋にそれらをいれて下げて、わが家の近くまで帰ってきた。

その時道端にとまっていたハイヤーの中から運転手が下りてきていきなり淳子の前に立ちはだかるようにしていった。

「あのちょっと伺いますがあなたは三輪淳子さんですか」

「ええ、そうです」

淳子はけげんな顔をして黄昏《たそがれ》の町角で立ちどまった。

運転手が、すぐ車の後のドアをうやうやしくあけた。シートに坐っていた女が、車の中から、すらりと下りたってきた。淳子はその顔を見た時、反射的に下げた袋で腹部をおおった。息がつまりそうになった。見るからに高価らしい着物を着た女は、忘れもしない松崎良夫の妻だった。京都で見た時は、もっと盛装して自家用車に乗っていた。その華やかな美貌を見忘れる筈がなかった。

「三輪淳子さんですね」

松崎千尋は一瞬の視線で、淳子の全身をすばやく点検し終り、落ちついた声をかけた。

「突然、こんなところでお呼びとめしてごめんなさい。わたくし、松崎の家内です」

「存じております」

淳子は震えてくる声を押えて低い声でいった。

「あら、どうしてわたくしを御存じ？」

千尋はあきらかに愕いた声をあげた。

「京都のお宅の近くでお見かけしたことがございます」

「まあ、そうだったの、声をかけて下さればよろしかったのに」

千尋は不気味なほどの愛想のいい声をだす。

淳子は千尋の真意がはかりかねて立ちすくんでいた。近所の主婦たちが、好奇心を押えかねた顔をして二人の横を通っていく。この頃、あきらかに淳子の腹が目立ってきたので、彼女たちはこれまでと全くちがった視線で淳子を見るようになっていた。好奇心と侮蔑にみちた主婦たちの視線を淳子は悪びれずはねかえしてきた。

「あんなおとなしい虫も殺さないような顔していて淳子さんもねえ、未婚の母ですかねえ」

「いやですわねえ、だから怖くて、娘を働きになんか出せませんのよ。いつおなかをふくらまして帰ってくるかと思うと気が気じゃありませんわ」

「未婚の母なんて、はやりことばで体裁のいいことをいったって、ひらたくいえば私生児を産むってことでしょ。どうせ男に捨てられて子供だけ産まされるなんて、戦争前なら恥しくて自殺したものでしたわ」

「やっぱりね、何ていったってあのおうちはおかあさんがなくなってますからね。男親や男兄弟じゃ、娘の軀の異常に気がつきませんものね」

「でも、淳子さんも、うかつねえ、今時、簡単におろせるじゃありませんか」

「第一、婚前交渉なら妊娠しないようにするのが常識ですわよ、ねえ」

淳子の家の前で聞えよがしとしか思えない立話をしていた主婦たち。淳子はもう彼女たちに通り一ぺんの目礼さえしていない。

愛も親切も同情もない主婦たちの、冷いまなざしから、何を得たいとも望んでいなかった。

千尋も主婦たちの目を感じたのだろう。

「あの、ちょっとお話したいことがあるんですけど、お時間とらせませんわ、御一緒にいって下さいません？」

「まだ家へ帰ってませんから」

「ここでお待ちしていますわ、お話は一時間くらいで終りますわ」

「うちへおこし下さってもいいんですけれど」

「そうね……でも今日はあなたとふたりだけで話したいんです。ね、ちょっと出てらしてよ」

「それじゃ、向うの大通りの薬屋の前で待っていて下さい。ここは目だちますから」

「そうね、じゃ、きっといらしてね」

車に乗りこんだ千尋はバックミラーからずっと淳子をみつめながら大通りへ出ていった。

淳子が家へ帰るとまだ父も兄も帰っていなかった。急用で、おくれるからと書き置きして家を出た。わずかの間にすっかり夜が濃くなって道は暗くなっている。

父も兄も、自炊には馴れているので材料さえあれば心配はなかった。

淳子は大通りへむかいながら、あらためて千尋の出現の唐突さと、気味の悪いほどの愛想の好さについて考えていた。

断ってもいいのに、たちまちこうして呼び出しを承諾してしまった自分がわからなかった。

薬屋の前に車は待っていた。近づくと運転手がドアをあけて立っている。千尋が中から招いて自分の横の座席に坐るように身をひいた。

淳子は覚悟して乗りこんだ。

車はすぐ灯の濃くなった町を走り出した。

「急に日が短くなりましたわね」

千尋がさり気ない会話をする。淳子は車の中にこもっている千尋の香水の匂いに胸が悪くなっていた。妊娠して以来、嗅覚が異常なほど鋭敏になっている。

「どこへ行くのでしょうか、あんまり遅くまではおつきあいできません」

淳子が前方をみつめたままいった。

「わたくしの東京の常宿が四谷《よつや》にございますの、そこなら静かですし、人に逢いませんから」

千尋はまるで、これから芝居でも見にいくようなのどかな声をだしていう。

淳子は次第に自分の方が苛々してくるのを感じはじめていた。どうしてこんな甘ったるいむせっぽい香水をつけるのだろう。

セクシーのつもりかもしれないが吐き気がしそうだ。気分を表情にだすまいとすると自然にきつい表情になる。

四谷の静かな邸町《やしきまち》の中にその家はあった。

木立の深い庭の奥に、こぢんまりした二階家が建っていた。旅館というより、クラブのような感じがする。

千尋は淳子の先に立って歩きながら、「足許にお気をつけてね、石畳が危うございますよ」

という。いかにも淳子の身重をいたわっているような声の調子に淳子はやはり戸惑いを覚えた。

玄関には中年の手伝いが迎えに出て、二階の部屋に通された。二間つづきの部屋の中にトランクやボストンバッグが置いてある。奥の部屋の床の間を背にして坐り、千尋は淳子を卓をへだてた自分の前に坐らせた。

手伝いが茶と菓子を運んでくると、呼ぶまで来ないようにといい、そのまま視線を淳子にあてて、千尋はさり気なく訊いた。

「おなかの赤ちゃんは何ヵ月になりましたか」

「六ヵ月です」

淳子もさらりと答えた。

「そう……早いものね」

千尋は乱れのない声でいい、

「それで、松崎はどういう形で責任をとりましたて？」

と訊く。淳子は灯の下で見ると、いっそうあでやかに濃化粧の輝いてみえる千尋の顔を愕いて眺め直した。

「責任っておっしゃいますと」

淳子が口ごもりながらいう。

「だって、お嫁入り前のお嬢さんを妊娠させたのですもの、当然、男が責任をとらなければならないでしょう」

淳子はうつむいて唇を嚙んだ。千尋の真意がはかりしれない。自分の夫を盗み、妊った娘を前にしてこうも平然と出来るものだろうか。

「社長は……」

といいかけて、淳子は自分のことばに屈辱を感じ、いい直した。

「松崎さんは、私の子供を自分の子かどうかわからないとまでおっしゃるんです。責任なんて考えてもいらっしゃらないんじゃないでしょうか」

「まあ、ひどい人ね、何て人でしょう」

「でも、あなたの御主人ですわ」

「ええ、そしてあなたの恋人よね」

「いいえ、私はもう過去形です」

「でも、あなたのおなかの赤ちゃんの父親にはちがいないでしょう」

淳子は顔をあげて改めて千尋を見つめた。

「奥さまは、何を私におっしゃりたくていらしたのですか、御用件は何なのでしょう」

「そう改まっていわれると困るけど……」

千尋は艶やかに笑った。千尋がそういう表情をすると、淳子はますます傷つけられた想いがする。

「あなたが知りたいっていうのが本音かしら」

「わたくしを憎悪なさらないんですか」

淳子はいっそう千尋の目に視線をあてていう。

「憎悪？　それが不思議なの、実はあたしはあなたと松崎の仲はずっと前から知っていたのよ、松崎はああいう人だから、女関係にだらしなくて、あなたが始めてではなかったの、あら、ごめんなさい、あなたを侮辱するつもりでいったのではないのだから。ただ事実がそうで……」

「いいんです。どうぞ、何を伺っても今更びっくりしませんし、腹も立ちませんから」

「妻の立場としてはいきなり、子供をかかえた女に乗りこんで来られたりしても困るでしょう。だからあたしとしては出来るだけ情報網をはってあるわけで、もちろん、あの人はそんなこと夢にも御存じない。あれで、根がのんびりしてるから、そう気を廻すことがないんです。あたしの網にあなたのことは早くからひっかかってきてたから、一応のことは知っていました。でもあなたが真面目できちんとした娘さんだとわかったので、これは今までみたいに商売女を片づけるようにはいかないって思案してるうちにこんなことになってしまって……もっと早くあたしがあなたにお目にかかっておけばよかったのよ、その点あたしの怠慢だと思って後悔してます」

千尋は表情もかえずすらすら喋りつづける。淳子は千尋が喋れば喋るほど空虚なものを感じてくる。

「わかりませんわ、あたしには」

「あら、どうして？　何が？」

「わたくし、奥さまをとても怖れていました。すまないと思っておびえつづけてきました。嫉妬もしました。奥さまにこの関係が知れて対決をせまられる場面を何度も夢にみたこともあります。でも……夢の中でさえ、こんなものではありませんでした」

「こんなものって？」

「しらじらしい感じ」

「あなたはほんとに正直な人ね」

千尋はまた余裕たっぷりに笑った。

「あたしが松崎の妻として、かっとなって、あなたに摑《つか》みかかるほど取り乱した方がむしろあなたの自尊心がなだめられるのでしょうね。でもね、三輪さん、あなたはまだ結婚していらっしゃらないから、夫婦ってものが、どんなにしらじらしい、倦怠しきった、いえ風化しきった関係かってこと、想像も出来ないんだと思うわ。やっきになって、夫の愛人を傷つけたり殺そうとする妻は、まだ夫を愛している証拠なのよ」

「それじゃ……」

いいかけて淳子は口ごもった。

「ええ、そうなの、あたしはもうとっくに松崎への愛情なんかさめているのよ。もしかしたら、はじめから愛なんてなかったのかもしれない」

「そんな……」

淳子は怖しい怪物を見るように千尋の美しすぎる表情をうかがった。

「あなたの弁護士さんから、うちへ書類が届いていますよ。松崎は震えあがっているようだわ。少しは薬になっていいんじゃないかしら」

淳子を家の近くまで送り届け、ひとりになると、さすがに千尋は疲れが出て全身が熱っぽくその場に坐りこみたいような気分になっていた。

「こんどはどちらへ？」

今日一日やとっているハイヤーの運転手がうやうやしく訊く。

「銀座」

銀座の画廊で、相弟子《あい》の浦辺《うらべ》幹子《みきこ》の個展があり、今夜はその前夜祭のパーティがある。浦辺幹子はこの後、その絵を持ってパリへ行くことになっていた。

千尋はそのパーティに出るため出京したものの、気持は一向に弾まない。若い時からライバルと自他ともに認めている間柄だけに、幹子の個展やパリ進出には心おだやかでないものがあった。

美しさに於ては幹子は千尋に及びもつかなかったが、気さくで、情の深いところが愛らしく、男たちの間には結構人気があった。心臓に病気があるため、結婚出来ないというのが伝説的になっていて、独身を通し、絵筆一筋の生活をしている。親の資産もあり生活に困らないので、いつでも流行の服を身につけて颯爽《さつそう》としていた。

あらゆる点で恵まれみたされている千尋には同情がないが、幹子は病身で独身だという点がいじらしく、何かにつけかばわれている。ライバルの千尋としては自分の幸福がむしろ、幹子との間ではハンディキャップになって損をしているような気がしていた。

車が銀座へ向う間も千尋は胸に鉛を抱いているような重さをもてあましていた。若い淳子に逢って、夫の子の成長ぶりをその腹のふくれぐあいにたしかめたところで何の感興《かんきょう》もわかない。今更のように、自分はあの夫にとうに愛など失っていたのだと思い知らされるばかりだった。

淳子の弁護士のつきつけてきた要求は、松崎には意外なほど莫大なものであったとみえ、いつになく松崎が狼狽していたとは、もう秘書から情報が入っている。本当に愛しあっている夫婦なら、こんな場合、一時は逆上しても、結局は自分たちの家庭を守るという共通の利益のために協力して戦うのが普通なのではあるまいか。

愛人が出来た夫をせめたてて、夫を追いつめ、愛人を殺させ、その後、夫と子供と共に家族心中した妻の話が週刊誌を賑わせていた。

千尋はその妻の立場に自分を置いて想像してみても、自分にはとても、話題の一家心中の妻ほどの情熱がないと認めないわけにはいかない。

夫の恋人を殺すほどの執念もない。もちろん、夫に愛人や自分を殺させるほど追いつめる愛情もない。さめきり、惰性だけで結婚生活を送っている自分からみれば、三角関係で殺したり殺されたりしている人たちが、いっそ羨《うらや》ましい気がしてくる。

自分の情事だって……千尋はもう次第に灯の輝きを深める窓外に目をやって思いつづける。

あの男が、自分より幹子に惹かれているらしいと思ったからこそ、積極的に誘惑したのが始まりではなかったか。

夫よりは情熱的だし、神経が繊細だし、何より性的にしっくり合った。そのことで、思いの外の快楽を得たものの、果してあそこに愛があっただろうか。

千尋は重い息をもらした。

その拍子に新しい帯が、虫が鳴くような音をたてて乳房の上で哭いた。ためいきといっしょに乳房の渓にすりこんでいる香水が体温にかもされて、美味い酒のようにまろやかな匂いをはなってきた。

千尋のうつろな目に、灯の輝くマーケットが映ってきた。

まだ、買物をしている主婦たちが群をなしてマーケットの中を右往左往している。一般の家庭では、すでに炊事の支度に忙しい時なのに、これほどあふれている女客は、働きを持つ主婦が帰りがけに買物をしているのだろうか。どの顔も真剣に品物を選び、籠に入れることに専念していて、何の迷いもないように見える。

「別れてなんかやらないからな。覚悟していろ。お前の行動は表面今まで通りでいい。しかしもう俺たちは敵どうしなのだからな、どんな報復手段がふってくるかは覚悟していろ」

松崎が妻の情事を発見した直後、真青な顔に目を据えていったことばを思いだす。千尋はあれ以来、夫以外の男とは逢えないほど、全身に松崎の歯型をいれられている。

どんな目に逢わされても、呻き声ひとつたてない千尋に松崎はしまいには狂気のようになって、自分の歯ぐきからも血を出すほど力をこめて嚙みつづけた。

男は、千尋が電話でちらと、松崎に露見したらしいとほのめかしただけでふるえ上り、もうよせつけようともしない。

「どんなことがあったって、きみが口を割らなければ、知らぬ存ぜぬで押し通せる問題じゃないか、それを小娘じゃあるまいし、いくらかまをかけられたか、責められたかしれないけれど、あっさり白状するなんて、とても情事をする資格なんかない人だね」

男は冷静な声で電話口でいいつづけた。

「あっさり白状なんかしませんわ」

「しかし今、きみは松崎さんにすべてを握られたっていったじゃないか」

「それは彼がいろいろスパイをつかって」

「ばかも休み休みいってくれよ。いくらスパイを使ったところで、こういう問題は、ふたりの寝ている現場をふみこまれないかぎり、白をきり通せることだよ。きみだってこれまで平気で、ぼくの家内の前でお芝居してきたじゃないか。松崎さんより、ぼくの家内の方がずっと疑うチャンスは多いのだ。それでも、ぼくは家内にぐち一ついださせていない。きみは少くとも日頃の態度で、大人の情事の出来る人だと思ったから、つきあったんだよ。ぼくは松崎さんが来ようが、誰が乗りこもうが、全然、そんな話は受けつけないからね、そっちでいい様にしてほしいな……これから？　……冗談じゃない、亭主がヒステリーになっている女なんか相手に出来ないよ」

もともと、女には慕われるもの、捧げられるもの、貢がれるものと思いこんで生活している男だと承知していたが、千尋もつい、ふたりで共有した快楽の濃密さに目がくらみ、自分の分身のような気分になりかかっていたことはたしかだった。

思いきり、平手で顔をなぐられたようなショックを受け、千尋はかえってしゃっきり気分が立ち直ってきた。

夫が体面上、自分を離縁しないならば、こっちだって、その結婚生活を最大限に利用してやろうと思う。不実な男を情人に持った報いを、自分は十二分にひきうけたのだから、これからはあの男にも、うかつに情事に手を出せないように腹の芯からおびえさせてやろう。

その方法は……そこまで考えると、千尋は頭の中で無数の花火がはじけるような目まいを覚えた。

銀座に車が入ると、千尋は急に背骨を叩かれたように気分がしゃっきりしてきた。

画廊の前で車を降りると、すぐ背後から声をかけられた。

ふりむくと、東京に住んでいる画家の桑原珠雄《くわはらたまお》が笑っていた。

同門で千尋より年少だが、才能の点では千尋は桑原の足許にも及ばない。貧相な体つきの見栄えのしない男だが目だけは火がともっているように輝いていて、時によると金色に底まですき通って見える。天才だけが持つ怪しい美しさを持つ瞳をしていた。

「遅いなあ」

「あら、あなただって遅いじゃありませんか」

「そういえばそうだけど」

二人は肩を並べて、せまい画廊の階段を上っていった。並ぶと、千尋の方が少し背が高い。

「この頃仕事は？」

桑原が訊いた。

「さっぱりよ」

「この人より、きみの方がデッサンがたしかなのに」

桑原がとがった顎で上の画廊を示して低くつぶやく。

千尋はふいに背を抱かれたように心がなごみ、目の奥が熱くなった。

誰もが、今度の個展とパリ進出で千尋と幹子の間にははっきり水があいたとかげ口をきいている時、桑原からこんななぐさめを得ようとは思ってもいなかったのだ。

「あたしはなまけものだからだめなのよ」

千尋は自分の声が甘えをふくみやわらかくうるおっているのに気がつかない。

「それほど情事がいそがしいのかい」

「ええっ」

「噂は東京までひろまっているよ。何だ、知らなかったのか、今日来たのはその挑戦じゃなかったの」

千尋は思わず足をとめた。

これから入っていくパーティで、すべての人々の目が自分をどう迎えるのか聞かされた以上後へはひけないと思った。

桑原が二段上からふりかえり、千尋の目を覗きこんでいる。吸いこまれるような金色の炎を底にたたえた烈しい目が千尋のどんな表情も見逃すまいとするように見つめていた。

千尋はふっと全身の力をぬきその目の中に吸いこまれたいような心の弱りを感じた。

そのとたん、すっと後頭部がかげり、しっかりと男の手に自分の背が抱き支えられるのを感じ、そのまま目の中が昏くなっていった。

逆　波

　重い厚い波の底にとじこめられているという感じで千尋はもがきつづけた。子供の頃、ボートからおちて、あやうく溺れ死にしそこなった時の記憶が残っていて、千尋はよほど疲れた時にそんな夢を見る。ああ、またあの夢を見ているなと思いながら息苦しさにあえいでいると、誰かが手をとって思いきり波間からひきあげてくれる。

「気がついて？」

　声をかけられて、千尋は霞んでいた目の前の霧がふき払われたように思った。

　見知らぬ女が自分の顔を覗きこんでいる。

　覚えのない天井があり、知らない部屋に、寝ているようだ。

「ここは……」

いいかけて千尋は上体を起そうとした。

「あ、まだ、急に動いてはだめですわ。貧血をおこされたのですから、そっとしてらっしゃい」

「あなたは」

女は爽やかな笑顔でいった。

「丁度あなたが卒倒なさるところへ行きあわせましたの、桑原さんが困ってらしたから お手伝いして、とにかくここへ運びこんで……」

千尋の頭にようやく、気を失う直前の状況がもどってきた。

「まあ、すみませんでした。すっかり御迷惑おかけして」

「桑原さんはパーティに出てもらって、私が残ったんです」

「あの、失礼ですけど……あなたさまは……」

「小林奈美といいます。わたくしも今夜このパーティに出席するため来て、階段であなたたちに逢って……」

「まあほんとにとんだご迷惑おかけしてしまって申しわけございません」

「いいんです。どうせ、出ても出なくてもいいパーティでしたから、それにまだ始まったばかりですわ」

「わたくし、長く気がつかなかったんでしょうか」

「いいえ、ほんの五分くらい。御自分じゃ一時間も気を失ってたように思うでしょう」

「こんなこと、始めてだものですから」

奈美はブランデイグラスを千尋にさしだした。

「さっき少し気つけにさしあげたんですよ。その時、衿を濡らしてしまって」

いわれてみると、着物の衿のあたりが冷く濡れている。口を割ってそそぎこまれたブランデイのために気がついたのだろう。すすめられた通り素直にグラスの液体をのみほすと、軀が熱くなり、頭がしっかりしてきた。

「小林さんは桑原さんを御存じでしたの」

千尋は状態がのみこめてから訊いた。

「ええ、仕事の関係で色んな方とかかわりがあって、浦辺さんともそんなことで……」

奈美はいいながら、グリーンのハンドバッグをひきよせ男のような大型の名刺をとりだして渡した。

「それじゃ、もう大丈夫のようですから、失礼します。パーティの場所はこの真上ですから。御大切に」

奈美はいうだけいうと、千尋がとめる閑もないす早さでさっと立ち上って出ていってしまった。

奈美はパーティの部屋へ入る前に洗面所へ行って髪を直した。鏡の中に自分でも気にいった表情の顔が映っている。

あれが噂に高い松崎良夫の妻だったのかという思いが強い。美人で才女で絵筆をとっても玄人《くろうと》はだしという外、最近は情事の噂も結構高まっている。

奈美のような仕事をしていて、ジャーナリストとのつきあいが無際限に拡がっていくと、思いもかけない場所で思いもよらない噂を耳に入れるものだ。

千尋の情事の相手は同門の高弟で、今では師匠の来島泰山より絵の売れている葉山《はやま》月仙《げっせん》だと聞いている。奈美は月仙にも面識があった。いつでも和服に袴《はかま》をつけていて、絵画きというより能役者のような感じのする美男子だった。遊びの方も盛んで祇園や先斗町でも浮名の絶えたことがない。しかし月仙は金に汚く、自分の金で遊んだためしがないと、色街のお茶屋筋の評判はさほどでもなかった。

金のかからない素人の女がいつでも月仙の情事の対象に選ばれている。

奈美が千尋の噂を耳にしたのは、出来心で、京都で松崎良夫と短い昼さがりの情事を味ってからまもなくだった。

　奈美たちのたまりになっている北のバーでのんでいる時、常連の新聞記者と東京から来ている週刊誌の女のトップ屋が話しあっていた。

「だって、月仙の女は浦辺幹子じゃなかったの」

「ふるいふるい、よくそれでトップ屋がつとまるね」

「だって関西のことまで手が廻らないわよ。だから、あんたなんかにこうしてへいこらしてるんじゃないの、じらさないで教えてよ」

　奈美は二人とも知っているが、人のスキャンダルは自分の仕事に役立つわけでもないので、ただ、酒の肴《さかな》程度に聞き流している。ふたりとも奈美の口の堅いのは知っているので要心しない。

「浦辺幹子とはもちろんつづいてるさ。浦辺の家は財産家だし、親父は彼女が目に入れてもいたくないからいくらでも金は出すしさ、あんないい鴨は離さないよ」

「それで、松崎千尋はどういう役割なのよ」

「彼女だって浦辺に負けない資産を持っている。松崎家へくる時だって持参金のたかが噂になったくらいだ。宝石のコレクションなら、東京に出ても十本の指に折られるっていうぜ」

「ふうん、それで月仙は両手に花でしぼりとろうってわけ」

「芸の上のライバルはおだて方で恋のライバルにだってすぐなるさ」

「月仙はどっちに傾いてるの」

「さあ、そいつは月仙に訊いてみてくれ、あいつは最後は金の出るたかの多い方へ傾くに決ってるさ。もう何人の金持があいつに貢ぎきって骨と皮にされたかしれない。あいつの家の庭木で首を吊った女もいた筈だよ、たしか」

「たいした悪党じゃない」

「そう聞くと、かえってお前さんみたいな浮気女の虫が動くんだろう」

奈美は話の中に千尋の名が出た時からそれとなく耳を傾けていた。

たった一度の経験だけれど、技巧ばかり得意そうにこらした松崎の性戯が遠いものに思いだされてくる。あれはいつだったか、阪田と快楽を共にしたあとで、しみじみいったのを思いだす。

その時は、もうこのまま息が絶えてもいいと思うほど快楽を極めつくした想いがして、全身が霞になったように手ごたえもないほど軽くなっていた。

「ねえ」

奈美は自分の声がわれながらやさしく甘いのを感じてくすぐったくなった。

「あなたは覚えてる？」

「何を」

「女と寝たあと、ずっとその時の快楽の記憶が残っている？」

「そんなもの、一々、覚えてたら、男たちは仕事出来ないよ」

「そう……それじゃ、やっぱり忘れるものなのね」

「そりゃ、あの時、あの女との時は、とてもよかったとか、そういう全体の雰囲気としては覚えているよ。雨が降っていたとか、頭の上の天井で猫が鳴いたとか、そんな何でもない思い出とからまって、相手がどんなふうな興奮のしかたをしたかっていうことなども思い出すことが出来るね。しかし、局部の快楽なんて、忘れるよ。特に男は刹那《せつな》的だもの、女はどうなの」

　訊かれて奈美も考えこんでしまった。

「だから、あたし、今訊いてみたのよ。きれいさっぱり忘れてしまうの、あたしは男と寝ることが好きなくせに、後はけろりとして、だから、その人と性的にどんなにうまくいっても、何だか、そのことだけで結ばれるっていうのが信じられないの」

「それが当り前じゃないのかな」

「でも、あなたとの今は、とてもよかったのよ。あんまりよかったから、これも忘れてしまうのかと思うと何だか人間って心細いなあって感じがして」

「一々覚えてられてまっぴるま、道歩いてても思い出すと、どきんとするようじゃ色狂いじゃないか」

「それもそうね」

そんな会話が出来るのは奈美にとっては阪田だけだった。あの人との時間は、ほんとにふたりで共有したという気がする。

そう思いながら阪田と結婚したいとは夢にも思わない。

阪田が家庭を持ち、妻ともうまくおさまっているからこそ自分は安心して純粋な情事が愉しめるのではないかと思うのだ。

最近、結婚話にちょっと心を動かしたのはあくまで経済的な問題で、いくら仕事をしたところで、限度のわかっているこの仕事の前途にいや気がさしてきたからにすぎない。見合もしてみたけれど、相手が望んでくれたほどに心がすすまず結局断ってしまった。見合の相手の食事の仕方や煙草のすい方を、奈美は無意識のうちに阪田のそれと比較しているのに気づきはっとなった。一番長く、一番親密につづいた阪田とのことは、もう単なる浮気ではなく、生活の中に組みいれられてしまっていたのかもしれない。

この会のあと久々で阪田と逢うことになっている。上京すると電話をいれたら、いつになく阪田がせきこんだ調子で、何が何でも今夜時間をつくってくれといったのだ。

「どうしたの、何があったの」

「いや……逢って話すよ。ちょっと相談したいことがあるんだ」

「わかったわ、じゃ、パーティを出来るだけ早くきりあげて、あそこへいくわ。たぶん、七時半にはいってると思うけど」

「わかった、じゃあとで、きっとだよ」

阪田はなぜきっとだよなどと、むきになった口調で念を押したのだろうと思う。

奈美がパーティの席に入っていくと、もう会ははじまっていて、なごやかで華やかな雰囲気が会場にはみちていた。会費をはるかに上廻っている御馳走がどのテーブルにもあふれ、景気よくシャンペンがぬかれている。金持の浦辺幹子のパーティらしくそれはどこか豪奢《ごうしゃ》な感じがする。女たちもそれぞれに着かざり、個性のある表情でいきいきと会場をひきたてていた。

「もう大丈夫？」

いつのまにか桑原珠雄が傍に来て囁いた。

「あの方？　ええ、もうおっつけあらわれるわよ。たぶん低血圧なのに気づいていないんだわ、あなたいっておあげなさいよ」

「それほど親しい仲でもないさ」

桑原珠雄は唇を曲げるようにしていった。

「あの人ならね」

顎でしゃくってみせる方に、月仙が女たちにとり囲まれている。背の高い月仙が紺の結城に、ベージュ色の紬の衿をつけた姿は、群をぬいて水ぎわだっていた。長いもみあげを奈美はいやらしいと思ったが、それが彫りきざんだような顔には似合っているとうっとりする女たちもいそうなのはうなずける。

黒のロングドレスに白い胡蝶蘭《こちようらん》だけをつけた幹子が、黒々したおかっぱの中に年よりあどけない頰を紅潮させ幸福そうに誰彼に挨拶して廻っている。

「あ、きたよ」

誰かが、奈美の背後でささやいた。

ふりかえると、千尋が入ってくるところだった。化粧をし直し、着つけも直したと見え、さっき失神したなどとは思えない冴え冴えとした美しさで、一分のすきもない姿で歩いてくる。何となく、会場に緊張した空気が伝わり、しいんとなって、誰もが千尋の方に目を吸いよせられた。

千尋は人々の視線を意識するといっそう光りが輝きだすような表情になり、軽やかに人群を縫ってまっ直幹子の方へ近づいていった。

たまたま、幹子は月仙の傍に来て、女たちにとり囲まれているところだった。

女たちは千尋が近づいてくると、申しあわせたように、さあっと輪をひろげ、道をあけた。月仙と幹子だけが会場の中央にとり残され、そこへ千尋が近づいていった。

「見物《みもの》だねこりゃ、あれでピストルでも持ってたら女の決闘だ」

「しいっ、声が高いよ」

そんな囁きも奈美の耳に入ってくる。

千尋はふたりに近づくと、まず幹子に短く祝辞をのべ、すぐその顔を月仙にむけた。

「お久しぶり」

月仙はそれに返事をせず、幹子に話のつづきのように顔をよせ、

「それじゃ、さっきの通りだよ」

といってその場を離れてしまった。ほっとしたように人々はまた口々に喋りはじめ、グラスのふれあう音や氷の鳴る音や、笑い声がさざ波のようにおこった。

つとめて幹子と千尋を見まいとして人々は自分のオクターブをあげている。

奈美は千尋が幹子から離れて、また月仙を探るように人群の中にまぎれたのをみとどけて幹子に近づき祝いだけいった。

「お忙しいのに嬉しいわ、きて下さってありがとう」

幹子は人のいい微笑で奈美にも深々とお辞儀をする。奈美は人目につかないように、す早く部屋の外へ出ていった。

阪田と逢うホテルは、そこから歩いて七、八分の場所だった。

部屋に入ると、もう阪田が先着していて、ベッドの上に大の字になっていた。

「早かったじゃないか」

ベッドからいう阪田の顔がびっくりするほど憔悴《しょうすい》しているのに愕いて、奈美は一瞬立ちすくんだがすぐいつもの声になっていった。

「あなたこそ、まだ七時すぎたばかりよ、どうしたの」

阪田が答えず両腕をのばした。奈美はやはりなつかしさが全身からほとばしるのを感じながら、やわらかくその腕の中に倒れこんでいった。

深い快楽を持ったあと、奈美はあふれでる涙をぬぐいもせず、流れるままにまかせていた。

阪田とわかちあう快楽はいつの場合も、しっくりととけあって、一つになりきったと思う安らぎと充足感が全身のくまぐま、爪の先までみちわたるのだが、きわまりの時、濃い油のような涙がほとばしり、終ったあともあふれつづけるのは、ごくまれにしかなかった。

そんな時、奈美は声を放って、泣くこともある。

「もっと泣いていいよ、もっと泣け」

阪田が泣きじゃくる奈美の背を撫でて、うながすようにいうと、奈美はいっそう声を放って泣きむせびながら、阪田の胸に顔を埋めこんでいく。

今日も久しぶりに、その完全な快楽の盃の底の底まで味いつくしたという安らぎがあった。

阪田はそんな奈美の手をとって、「よしよし、よしよし」とつぶやきながら静かに撫でさすってやっていた。

ようやく奈美の涙が乾いた頃、奈美がゆるく首を廻して阪田の肩に顔をあずけてきた。

奈美の目から聡明そうな光りが消え、無邪気な童女めいた無防禦なあどけなさだけがやどっている。

何か奈美が聞えない声で囁いた。

「え？　何ていったの」

阪田が訊きかえした。

「死ぬほどよかった」

「羨ましいな」

「あら、あなたはそれほどでもないの」

奈美が首をおこし、阪田の目を覗きこみにくる。

「いいにきまってるさ、奈美がそんなによければ、こっちだって興奮するよ。しかしどうしたって、どうも奈美の方が得してるとしか思えない。今日はかく別だったね」

「そうね、こういうふうなのはいくらあなたとでも年に、三、四回ね、どうして毎回ってわけにいかないのかな」

「そりゃ奈美はインテリだし、頭の中がぼくのこと以外でいっぱいつまってるからさ。何もかもからっぽになって没頭するコンディションがなかなか整わないんだな」

「あなたは？」

「男の方はいつだって女次第さ」

阪田は奈美の髪をもてあそびながら、どうしてこの女と別れることが出来ようかと思う。

奈美の躯は今日のような日は、全身があたたかな蜜のようにとけきってしまって、すきまもなく阪田の皮膚に吸いついてくる。それは離そうとしても離れず、ぬけ出そうとしても包みこまれて抜けだせない。ひけばぴったりとくっついた奈美が飴のようにのびて阪田の躯にしたがい、押せば波のようにまといついたまままいっしょにもどっていく。濡れた花びらのような執拗さでそれは決して阪田から離れようとしない。一分の隙《すき》もなくという表現は、こういうものをさすのかと阪田はその度思った。これほど柔軟に液体のように密着する女は奈美以外にめぐりあったことがなかった。

「でも、あなたは、今日何だかブルーデーみたい」

奈美がいつもの聡しさの少しずつもどってくる目で阪田の頬をはさみながらいった。

「いってごらんなさい、何が不満で、そんなふくれっつらしてるの」

阪田は、忘れかけていた痛みを思いだした子供のようにたちまち渋面をつくった。

「蒸発したいよ俺」

「最近の男は二言めにはそれをいうわね、だらしないなあ、逃避するしか能力がないんだから」

「じゃ、どうしろっていうんだい」

「何があったの、仕事でミスがあったんですか」

「そんなヘマやるもんか」

「じゃ、上役とけんかしたわけ？　あ、わかった」

「何だい」

「あなた上司の女としらないで、くどいちゃったんでしょう、それとももう物にしてバレたってわけ？」

「どうしてそう形而下《けいじか》的な想像しか出来ないんだい」

「じゃ、何さ、そのメタフィジックな悩みって、聞こうじゃないの」

奈美はいっそう上体をおこし、阪田の上におおいかぶさって、唇を胸から腹へずらしていく。茂みの中にねそべった小鼠が、奈美の唇にからかわれて、いきいきと身をもたげてきた。

奈美は口にものをふくんだくぐもった声で、

「さ、いってごらん」

とうながす。

「男に生れて損だと思うのさ」

「どういうわけ？　セックスの時、女より快楽が少いから？」

「そればかりでないさ、第一、何でおれ、女房や子供を養わなければならないのか、ある日、突然、疑問に思えてきたんだよ」

「危険思想のバイ菌がつきましたな、それは」

　奈美が医者の口調をまねていう。

「だって、奈美は結婚してないから、俺の苦衷はわからないさ」

「そうよ、あたしははじめからその程度の見通しはついてるから、結婚なんかしてないんだもの、あなたが甘かったのよ」

「女房が凄いんだよ、この頃」

「何か変ったことがあったの」

「お前さんとのことを誰かに入れ智慧《ぢえ》された形跡があるんだな」

「遅すぎたと思いなさい」

「全くだ。しかし、ああまでむきになって攻撃に出るとは思わなかったな」

「どんなふうなの、別れようというの」

「別れたら損だからな、女房族ってものは死んでも別れないってがんばるのが通例らしいよ」

「愛情がなくなった亭主と暮したって面白いとも思えないけどなあ」

「それはお前さんみたいに係累がなくて、生活能力のある人のいえる事さ。子供があって、生活能力がなけりゃ、亭主にくっついていなくちゃあ、やっていけない」

「それなら文句いわなきゃいいじゃないの」

「そう思うだろう、ところがそうじゃないんだな、夫の義務ってものがあって、それは養うだけじゃだめなんだってさ、養うのは当り前、その上に女房の欲望を充さなければ夫といえないらしい」

「どんな欲望？　まずセックスでしょう、家庭電化でしょう、おしゃれでしょう、レジャーでしょう、それから？」

「それがきりもなくあるのさ、第一、十年もつれそった女房はもう女じゃないって、誰でも男はいうんだけど、女房族はそんなの認めない。義理のセックスが男にとって、どんなに苦痛かってことは女には絶対わからないんだな。女ってものは、いやだいやだっていいながら開かれてしまえばそれでいいんだ。男はそうはいかないからな、男の方が万事高尚に出来てるんだよ。昔は男は通い婚だったんだろ、女房の家族がちやほやして婿をもてなし、逃げられないようにして至れりつくせりの上、着る物まで揃えてくれていた。俺はつくづく生れてくる時代をまちがえたと思うよ」

「でも、女房だって、手伝いの仕事してるんだから、只で養ってもらってるわけないでしょう。女房のしてることを家政婦にさせてごらんなさい。とてもあなたのサラリーじゃ払いきれないわ」

「そうなれば、家政婦に手をつけてしまうさ」

「そうなれば、家政婦が女房そっくりに義務を要求するわよ」

「全くいやんなっちゃうよ。何で男が女を養うと決められてるんだい、女が男を養ったっていいじゃないか。何が男女同権だよ」

「あたしにいちゃもんつけたってしらないわ、あたしはウーマンリブでも、女房って人種でもないんですからね」

「お前さんみたいな女ばかりが地球にみち栄えてくれるといいのになあ」

「男天国？」

「そうさ」

「そのかわり、その時は、男はセックスの苦役《くえき》が今どころでなくなるわよ。それこそ、義理なんとかばかりになっちゃうじゃないの」

「俺、金もらってするなら、努力するよ」

「ああ、情けない、こういう亭主を持つ女房の顔がみたいわね」

「全くさ」

「でもね、あなた、今ずいぶん顔色がよくなったけど、今日逢った瞬間なんて見られた顔じゃなかったわよ。そんなに拷問《ごうもん》にかけられてるの」

「要するに女房がいうには、子供がなければ金をとって直ちに別れてもいいんだけれど、子供のために離婚はしないっていうんだな。それに、離婚したら、俺がお前さんとすぐにでも結婚すると思ってるから、ぼくたちを苦しめるためにも、離婚は終生してやらないという」

「それじゃ自分も自由になれないじゃないの」

「そういうことは考えないんだな。ここんとこ、毎晩会社から真直家へ帰って、訊問《じんもん》につぐ訊問だ。昔はつべこべいうとぶんなぐってたけど、今はぶんなぐる情熱もないんだな、なぐるってのは、やっぱり愛情の表現だよ」

「でもあなたは、彼女を妻としては有能で人間が素直で、信頼出来るっていつかのろけてたじゃない」

「その通りだよ、今だってその気持に変りはない。しかし、ああ、話が通じなくなってヒステリーになられると、嫌悪しかなくなってしまう」

「でもそういうふうにした原因はあなたの浮気なんだから」

「よくきみは平気な顔でそんなことがいえるねえ、全く無関係の人のように」

「あらあたしは、あなたの夫婦げんかとは無関係よ、あたしは今、ちゃんとあなたの浮気といったじゃないの、本当の恋愛なら、あなたの奥さんはもっと恐れなければならないけど、あなたはあたしといくら逢っていく度寝たところで、家庭をこわしてあたしといっしょになるつもりなんてないのよ。第一、万一あたしがあなたの子供を産みたいなんていいだせば、真青になって、いち早く逃げだすにきまってる。浮気の相手が一々、夫婦げんかにまきこまれるなんて不合理この上ないわ」

「冷い人だよ、きみは。一度くらい、恋愛だ、女房と別れてくれっていってみてもいいじゃないか」

「いやだわ、あなたは情夫には理想的だけど、亭主にしたら、あたしだってすぐあなたの奥さんみたいになりかねない。いえ、あたしはあなたの女房をだます手口をつぶさに知っているだけ、やりきれないと思うわ」

「いいよ、もう、話さないから。そのうち俺はお前さんたち二人の間から蒸発しちまうからな。あとで泣き面してもしらないぞ。男は何万人いても、そうそう寝ぐあいのいい男ってものはみつからないからな」

　奈美は、声をあげて笑いだした。笑いおさまると、阪田の気をかえるように、今日のパーティのことをつぶさに話しだした。奈美の話術はたくみなので、阪田はつりこまれて、いつのまにか家庭の憂鬱《ゆううつ》を忘れている。

「ちょいと、待て、今いったその女の人、松崎っていったね。京都の菓子屋の松崎かい?」

「ええ、そうよ、あなた知ってるの」

奈美は少しぎくっとなって首をまわした。自分は阪田の情婦であっても、阪田に妻のいる以上、男の一人や二人別にいたっていいではないかというのが奈美の持論だけれど、性も話も最も合う阪田を失ってしまう決心はついていないし、つづける以上、阪田を怒らせたり不快にさすことはさけたいと思うのだ。

松崎との事は知られたくなかった。

「うん、おかしな事でね。ちょっと、あの亭主の秘密を握ってるんだ」

「へええ、世の中ってせまいものね」

奈美は実感をこめてそれをいった。

阪田は、新幹線の中で逢った娘の話を奈美にした。

「ほら、京都で待ちあわせて、俺が葬式の帰りにホテルで逢ったあの時のことさ」

「ああ、あの日ね」

奈美は阪田から、娘をホテルにつれていき、そこで泣きつかれて、松崎の社に電話をしてやったことの話を聞かされる間に、腋の下に冷汗がわいてきた。

そのホテルで、逢ったばかりの松崎がエレベーターに乗るのを見た光景がありありと思い出されてきた。

「でもなかなかいい娘だったよ、お前さんと逢う予定がなければ、ゆっくりくどいてもいいと思ったくらいだ。でも妊娠していて痛々しいくらい悩んでたよ。どっかで逢いそうなもんだけど東京は広いね」

奈美は千尋の孔雀のような姿の中にも、夫の裏切りを知って、傷つけられた誇りがかくされていたのかと心がかげってきた。

ライバルのパーティに出るために、気分を悪くしたのだと思っていたが、千尋は他の理由で疲れきっていたのかもしれない。

「お宅の奥さんも、松崎夫人みたいに、あなたの向うを張って、恋人でも情夫でもつくればいいのに、でも、つくるかもしれないわね」

「そんなこと絶対にないよ」

「あら、どうして、もしかしたら、もうやけになって、セールスマンくらいと何かしてるかもしれないわ」

その瞬間、阪田の顔に浮んだ狼狽の影に奈美は思わず高い声をあげて笑った。

「ああ、おかしい、やっぱりあなた顔色が変ったわ。自分は何をしてても、女房は絶対、不貞を働かないと信じていたいのね、世の中の亭主族って何て勝手でおめでたいんだろう」

「おいおい、きみはいったい、誰の味方なんだい」

男は何と勝手で虫のいい動物だろうと、奈美は阪田の顔を見ていた。

阪田が奈美と結婚する気なんて毛頭ないながら、こうして何年か奈美との仲をつづけているという点では、妻を裏切っているのに、それに対しては一向に罪の意識もないらしい。それでいて、自分の妻は貞淑《ていしゆく》でなければならないという。

奈美はいつか、阪田と北海道へ旅をした時のことを思いだした。阪田はその時、九州へ仕事で出張し、その帰りを一気に北海道まで飛行機で飛んで、東京を素通りし、札幌に待機していた奈美と落ち合ったのだった。

阪田の旅程は二日のびただけだったが、日曜と祭日がはさまっていたので、会社の方は一日しかおくれたことになっていなかった。

札幌のホテルから、阪田は家へ電話したいといいだした。

奈美の持っていたウイスキーで阪田の酔いが相当深まっていたせいもあったが、阪田はそれを切りだす時、ごく自然な口調で平然と奈美の顔を見ながらいった。

「ちょっと電話したいんだけど」

奈美はどこへと訊くつもりで阪田を見た。

「九州にいると思っているからね」

「ああ、お宅へね、どうぞ」

奈美はちょっと考えていった。

「あたし、部屋を出ていましょうか」

「えっ、なぜ、いてよ。別にヘンな電話するわけじゃない」

「そう」

奈美は素直にうなずいて窓ぎわの椅子に坐り直した。

窓からは公園が見え、赤いセーターの少女が小牛のように大きな斑《ぶち》のグレートデンをつれて散歩していた。

奈美がその少女と犬を見下している背後で、阪田はベッドのサイドテーブルの電話をつかっていた。

「あ、ぼくだ」

阪田の声がする。奈美はやはり全神経を耳に集めている自分に気づいた。阪田の自分にかけてくる声と、妻にかけている声のちがいを探そうとしている。奈美の耳には、そのよびかけの調子が全く同じに聞えてきた。

「うん、そう……仕事が片づかないんだよ。休みがつづいて、うまく逢えないんだ、いやんなっちまうよ」

奈美は奥歯を嚙みしめて笑うまいとした。

阪田はぬけぬけとまだ嘘をいいつづける。

「う？　こっち？　ああ、そりゃあたたかだな、やっぱり」

奈美がたまりかね、小さく笑った。ふりむくと阪田は案外生真面目な表情をして、受話器を持ったまま、片手でげんこをつくり、奈美を打つまねをしている。

「ああ、いいよ。わかったよ。うん。さがしてみるさ……そう……じゃ、大丈夫だね。気をつけろよ」

受話器をおくと、阪田はすぐ奈美の方へ来て椅子ごと背後から抱きしめ、耳を嚙み、手で乳房を摑む。

「そんなに照れないでいいわ」

奈美はくすぐったそうに身をよじっていった。

「照れてなんかいやしないさ。怒ったのかい？」

「どうして？」

「むくれてる感じだもの」

「ぜえん、ぜん。面白かったわ」

「面白いって、何が」

「だって、北海道にいるのに、九州にいるなんていってるんだもの、あったかいだって」

「それもこれも、きみのためさ」

「どうだか、嘘つきなれてるって感じよ、あなたは昔からこういうことばかりやってきたのね」

「からむのかい」

「あたし、今、何を考えてたかあててごらんなさい」

「わからないよ、そんなの」

「人の女房にだけはなりたくないってこと」

阪田の軽いげんこつが奈美の頭に降ってきた。

あの時の阪田の息のあたたかさや、窓から見た公園の少女のセーターの赤い色や、グレートデンの斑模様まで、まるで昨日のようにありありと思い浮べることが出来る。

奈美は一度ひきだしたそれらの記憶をふたたび脳裡にたたみこみながら、夫に裏切られつづけた阪田の妻が、自分と阪田の長い関係を知って、どんなに絶望的に怒り狂っているか想像してみようとしたが、全く手がかりがない。

その頃佐紀子は、子供たちを実家の母に預けて、はじめての町を番地を書いた紙片を握りしめて歩きまわっていた。

昔は畠地や雑木林だったところに新しく開けた町なので、どの家も似たような建売住宅が並び、番地も飛び飛びで探し難い。

子供の手をひいた同い年くらいの主婦が妊娠した腹を突き出すようにして反り身になって歩いてくるのにゆきあい、佐紀子は小腰をかがめた。所番地をつげて、姓をいうと、女はそばかすの浮んだ人の好さそうな顔をかしげ、

「塚本《つかもと》さんねえ……何だか聞いたことがあるけど……」

とひとりごとをいう。

「あの、トランプ占いの先生のお宅なんです」

「ああ、ああ、あの人ね、わかったわ。その向うに、赤煉瓦《あかれんが》の塀のうちがあるでしょう。あの家の向うを右に曲って、次の通りをまた右へいって、三軒目あたりですよ、

たしか」

「どうもありがとうございます。あのその先生の占い評判いいのでしょうか」

佐紀子はついでのように訊いてみた。

「ちょっと、親類の者の縁談で頼まれて看てもらいにいくんですけど」

「さあ、あたしはいったことないけど……何だかはやってるみたいね。いつも変った服着た、ちょっと風変りな人ですよ。まあ、最初は誰でもびっくりするんじゃないかしら」

女は肩をすくめるようにしていい、またゆったりと腹をつきだして歩いていった。

佐紀子は教えられた道をいそいだ。もうこれで占いに行くのは二度めだった。一度めは、玄関に新聞といっしょにちらしが入っていて、それに「悩み事ある人来れ」とあり、「特別奉仕割引週間」とうたってあったのを見て、ついふらふらと出かけてしまった。銭湯の裏の小さな家に、旧くさい看板が出ていて、占い師は四十前後のやせた貧相な男だった。汚れた衿の白衣によれよれの袴をつけて、ぜい竹を使った末、

「あなたの御主人の浮気は病気でも、何でもない。これは先祖の悪霊のなせるわざですぞ。あなたの先祖に、成仏しない霊があって、その霊の祟《たた》りで、あなたの御主人がふらふら浮気ばかりするのですな。それをとめるにはまず先祖の霊を祀《まつ》って成仏させ

ることです」

佐紀子は愕いて、どうすればいいのかと膝をのりだした。阪田も自分もおよそ宗教心などなく、阪田の仏壇も田舎《いなか》の阪田の家にあって、阪田の母が先祖まつりしているのにまかせきってある。今頃、成仏しない先祖の霊などいわれても思い当る節もない。

「それは、まず、修行をつんだ人に九日間おがんでもらうことです。たとえば私は頼まれればやってあげます。普通二十万円はかかるけれど、今は特別割引週間だから、八万円にしてあげます」

「ええっ、八万円もするんですか」

佐紀子は頓狂《とんきょう》な声をあげてしまった。

男は膝を乗りだして、行をつんだ仲間を三人集めるから、その謝礼だけでも六、七万はとんでしまう、とくどくど説明する。佐紀子はいいかげんに切りあげて帰ってしまった。まさか、聞いたこともない先祖の霊の戒名などしらべる気にもならないし、割引で祈られるような神仏もあてにならないと思う。ただ、男が、佐紀子が男の前に坐っただけで、じっと佐紀子の顔をみつめ、

「御主人の女関係ですな、あなたの顔の背後に女の顔が浮んでいる」

といったのだけが、やはり心にかかった。

馬鹿々々しいインチキだと思う一方、それ以来、佐紀子は新聞や雑誌の占いの欄を見逃すことが出来なくなった。

トランプ占いの麗娥《れいが》女史という占い師が特に恋トラブルはよく当てると、美容院の週刊誌で見た時、ひそかに、その頁を爪で切って家へ持って帰ってきた。

昨夜、夫を捕え、奈美の件でとことん問いつめたものの、阪田はしらを切り通し、あげくの果ては、

「じゃ、どうでもしたらいいじゃないか。きみがぼくの言葉より他人の言を信用するならしたいようにするさ。いいよ、もう俺はどうなってもいいんだから。どんな条件でも、里へいって相談して出せばいいさ」

とやけのようにいい、壁にむかって眠ってしまい、相手にもならなかった。

今朝も、互いに口もきかないまま、佐紀子は食事の支度だけはきちんとして出したが、阪田はそれに見向きもしないで出ていってしまった。

「もうだめだ」

阪田の出ていった家を掃除する気にもならず、佐紀子はさめきったためだま焼きの毒々しい黄身の色をみつめ、涙のあふれるにまかせていた。その時、ふっと、トラン

プ占いに出かけてみようという気持が湧いてきた。

別れるべきか、許すべきか。その方向だけでも見出せたら……佐紀子はもう自分の心をみつめ、自分の心の声を聞きとめる自信が全くなくなっていた。そのくせ、肉親や友人の誰彼にすべてを打ちあけて相談するには自尊心が許さなかった。

占い師の家は平凡な家構えだった。せまい庭に面した縁側の軒下に男物の靴下が三足干してある。

玄関に占い師の表札が男の名前と並んで出ている外、看板もなかった。

インターフォンのボタンを押すと、男の声が、

「予約の方ですか」

と伝ってきた。

「いいえ、あのはじめてなんですけど、予約してありません」

「ちょっとお待ち下さい。先生に伺ってみますから」

男は丁寧にいい、しばらくして玄関のドアが内からあけられた。

土間に女物のはきくたびれた靴が出ている。

男は赤いセーターをジーパンの上に着て髪を長くのばし、顎にヒッピー風の鬚《ひげ》をたくわえている。若づくりのスタイルに似合わず顔は老けていて、年齢がわからない。

インターフォンで聞くより低い声でいう。

「今、ひとり見てもらっていますから、ここで待って下さい」

玄関脇に小部屋があり、医院の待合室のような感じに椅子が並んでいた。旧い週刊誌が何冊か置かれている。

佐紀子は男をふりかえっていった。

「こちらの先生は、予約しておかないといけないんですか」

「ええ、今日は珍しくすいていますが、こんなことはめったにないんです。運がよかったんですね」

男は立ち去りもせず佐紀子といっしょに部屋に入って腰をおろし、煙草に火をつけた。

佐紀子の方へ煙草の箱をさしだし、

「いかがですか」

という。佐紀子は首をふって断った。

「いただきませんの」

佐紀子は男の薬指に結婚指輪がはめられているのに気がついた。

「あなたもトランプなさいますの」

「いやぼくは手先が不器用でカードはだめなんです。易の方です。人相も手相も見ますよ。あなたがなぜここへ来られたかくらいはわかります」

「まあ、そうですか」

「いってみましょうか」

男が上体をのりだして佐紀子の掌をとろうとした時、廊下をはさんだ向いのドアが開き、佐紀子より十くらい年上に見える女が出てきた。見るからに憔悴しきった陰気な表情の女の目許が泣いたように赤くなっている。

男はあわてて席をたち、女の出てきたドアの中へ入っていった。女は佐紀子の方に目もくれず、そそくさと出ていった。

さっきの男があらわれ、佐紀子を招いた。

部屋に入ると佐紀子は入口で立ちすくんでしまった。カーテンも、カーペットも鮮やかな紫で揃えられている。これも紫の長椅子に、衿にスパンコールの光る真紅のガウンを着た肥えふとった女がどっしりと坐っている。髪は染めたような銀髪で櫛目も入るまいと思われるほど、ちりちりとちぢらせてある。どぎつい目の化粧のせいか、女の顔が金魚のらんちゅうのように見える。厚塗りの化粧のせいで、この女も年齢がわからない。

「予約でないと普通はみないのよ。でも主人が見てあげろっていうもんだから」

女が主人という時、丸い顎を男の方につきあげるようにした。

「何が見てほしいの」

女はトランプを掌の中で手品師のように自由自在にあやつりながら訊いた。

「御主人の女問題だ。人相に出ている」

「出ていってよ」

女占い師は甘ったるい声で夫にいう。男が出ていくと女占い師は尚もカードをあやつりながら、

「若い女の客だと居たがるのよ」

という。

一枚佐紀子に札をとらせ、残りのトランプが目の前の広い卓上に円形に並べられた。その中からまた一枚佐紀子が札をとらされた。一枚とらされる度、佐紀子はなぜか迷い、最初とろうとした札をさけて、その次のをひく。

裏がえしに並べたトランプを一枚ずつとびとびにおこしながら、女はなげやりな口調をあらためもせずいった。

「あなたの御主人、この一週間くらいの間に耳が痛いとか、咽喉が痛いとかいわなか

った？」

「耳ですか？」

佐紀子はきょとんとした表情で訊きかえした。

「ええ、よく思いだしてごらん」

女がすっと目を細め、重そうなつけまつげのかげから佐紀子をうかがうように見つめてきた。

目には目を

佐紀子はどう思いかえしても夫が耳とか咽喉の痛みを訴えたとは思いだせない。

「そんなことはなかった？」

女占い師は、目をいっそう細め、佐紀子の顔をうかがっていう。

「ええ……」

「そう、それならやっぱり、女関係ね」

「それはどういう……」

「このね、スペードの6と、クラブの8とハートの2とかが、こういうふうに並ぶでしょ」

女はトランプを赤い爪の先ではねるようにかえしながらいう。

「身にそったトラブルがあるのよ。体のどこかに故障があるとか、女関係……それも、長くつづいた自分の皮膚のようになった関係よね、妻のあなたでないなら、外に女があるとみるしかないわね」

佐紀子は、女占い師の投げやりな口調に自尊心を傷つけられながら、やっぱり彼女のことばに顔色が変っていくのをかくせない。

「長くつづいた女って……年上でしょうか、年下でしょうか、何をする人でしょうか」

「そうね……年は下じゃないの」

女はまた赤い爪でトランプのひとつをはねて開いた。ダイヤのクイーンが出た。

「その女は、あなたの御主人からお金はとっていないようね。お金や着るものに困らない人のようよ」

佐紀子は胸が波立ってきて、今にもそこに倒れそうになった。夫が女に金をしぼられていると思うのも腹が立つが、夫が女に金もださずつづいているということの方がもっと屈辱的なのに気づいた。金銭がさしはさまれない間柄なら、夫と女とは純粋な恋愛関係といえる。養われている自分より女の方が立場が強いかもしれないではないか。

「あの、子供は？　その女に子供は出来ていませんか」

佐紀子はもう恥も外聞も忘れて、女占い師にすがりつくような問い方をした。

女はあっというまにトランプを指先でかきまわし、手許にひきよせ、掌の中でぱらぱらときり直しだした。

「ひいて、一枚」

重ねたままつきだされたトランプの中から佐紀子はおそるおそる一枚ひきぬいた。

女占い師は、ちらとそのトランプを見てすぐ重ねた札の中にさしこみ、今度は十字にトランプを並べ、次々それを開いていった。

「二度、子供は出来たけれど、消えている。つまりおろしたのね」

佐紀子はつきあげてきた吐き気に辛うじて耐えた。

それからはもう、何をどう聞いたかも覚えていない。女占い師はしまいに商売そっちのけのように面白そうに佐紀子にあれこれ質問しはじめた。いつのまにか、さっきの赤いセーターの女の夫が入ってきて、煙草を喫っている。

「回数はどうなの」

佐紀子はぼんやりしていた。

「セックスのことだよ」

男が横から説明する。

「ああ、それは、普通ですけど」

「普通って、どうなの」

「週に二回か……一回か……」

「そんなの、少なすぎますよ」

女はわが意を得たりというように声を高めた。

「昼間の勤めで亭主は神経すりへらしてるんですよ。そこを奥さんがいたわって、精をつけて積極的に誘惑するくらいの気分にならなければ」

「だって、夫婦の間でそんな技巧的なこと」

「そういうふうだから、外に女をつくられるのよ」

それから女占い師は得体の知れない夫の顔にとろけそうな目をむけていう。

「うちなんか、まだ毎日よ」

佐紀子は思ったより金をとられなかったことにほっとして、その家を出た。

後もふりむきたくないような自己嫌悪がつきあげてくる。

誰かに追いかけられているように小路から小路へ走りつづけた。

ようやく郊外電車の駅へたどりつき、がらんとした電車のシートに腰をおろしてから、人心地がついた。まだ軀じゅうに、ねとねとした汚物がまつわりついているような気味悪さがあった。女占い師は佐紀子がとまどって赤くなると図に乗って、夜の夫婦生活のことをいっそう根ほり葉ほりたずね、体位や、媚薬《びやく》の話まで始めるのだった。

あんなところへ行って藁《わら》にもすがるような気分になっていた自分に無性に腹がたってきた。結婚以来、夫を信じ、夫に頼りきってきただけに、いざひとりで行動しようとすると、こうも愚かなことをしてしまうのかとわれ乍ら情けない。

見るともなく見ると週刊誌の吊り広告に、三角関係で女を殺し、妻子と心中した大学教授の話が出ている。もう何週間もそれはあらゆる新聞や週刊誌で取りあげている。

佐紀子はその最初の記事が出た頃、まだ夫の裏切りを知らず、幸福な妻だった自分を思いだした。

あれからまだ一ヵ月とたってはいないのだ。まるで一年も経過したように思う。その間に自分の味った苦しみは誰に話したってわかってもらえそうもない。

二人の子供を産み、家庭の基礎も固って、これからという時に、何という不幸に直面したものだろう。自分は人に不親切にした覚えもなければ、人の恨みを買うようなこともしたことはない。少くとも真面目に正直に、つつましく家庭の幸福だけを生き甲斐に生きてきたつもりなのに。

佐紀子はまた同じことに思いが至り、涙腺がゆるんでくるのを感じた。大きく息をのみこみ、涙をあふれさせまいとして、窓外に目を放った。畠の中に建ちひろがる新しい住宅が、どこまでものびていく。人はこんなにあらゆる土地という土地をつぶして、自分の家を建てたがっている。あの「家」の中にひとつずつ根づく不幸の黒い影を想像すると、佐紀子は不気味さに思わず大きな声をあげたいような衝動にかられた。

自分の夫は、あの大学教授のように妻にせまられて恋人を殺すようなことは絶対あるまいと思う。佐紀子の読んだ話では、夫は妊娠した恋人を殺し、妻と子供と共にガス心中したことになっている。発見された時、夫だけが息があったが、数時間後に絶命したという。枕元にはブランデイの瓶や睡眠薬の瓶がからになって転っていたという。

もし、妻が、夫が恋人を殺したといってもそれを信用しなければどうだろう。殺したから一家心中しようといって、妻と子供を殺し、夫だけが生き残るかもしれないと疑ってみはしなかっただろうか。第一、まだ恋人の死体は発見されていないのだ。恋人はどこかで、夫が妻子を殺してくるのを待っていないともかぎらない。

佐紀子は次第に目が据ってきた。あの教授夫人は夫と情婦の現場をそのかくれ家で押えたと発表してあったが、どんな形の時、それを発見したのだろう。

ふたりは完全に素裸で重っていたのだろうか、鍵をあけられた瞬間、愕いて、夫は情婦からとびのいたのだろうか。

佐紀子の空想の中では、男女の姿はいつのまにか、夫と奈美になってしまう。

自分なら、女を自分で殺してしまう。夫に殺させたりしない。あの裏切者の夫が信用出来るものか。情婦を殺した妻を持てば、もうそれで夫は社会的には葬られよう。それで夫への復讐もなりたつというものだ。

いいえ、だめ、自分が牢に入り、夫が社会から葬られれば、あの女は殺されてもほくそ笑むだろう。自分たちが不幸になってはならないのだ。自分たちは外見《そとみ》にはあくまで瑕瑾《かきん》のない幸福を享受しているように見せかけねばならない。

奈美という女を殺す瞬間に、彼女の存在が如何に自分たち家庭にとってピエロであったかを思いしらせなければならないのだ。

佐紀子は頭の中が次第に真空になってきた。自分の幸福を理不尽に奪いつくした女を恨む憎しみがいっぱいで、いつのまにか夫への不平も恨みもどこかへ消えはてている。

「サキ！　ああやっぱりサキか」

声をかけられて佐紀子は目をあげた。すぐ前に男が立っていて、すぐ横へ坐り直した。

「あんまりすましてるんでちがうかと思ったよ」

「まあ、殿村さん」

佐紀子も声をはずませていった。高校時代の級友の殿村慎二《とのむらしんじ》がすっかり陽やけして、一まわりも二まわりもたくましくなって笑っている。笑うととびだす上歯の八重歯は少年時代のままだった。度の強い近眼鏡がしゃれた型のフレームに変っていて、薄く色がついているので、殿村慎二がどこか垢ぬけて見えるのだった。

「殿村さん……でもないもんだよ。全くすましてるんだもの」

殿村慎二は佐紀子の顔を覗きこむようにしていう。

「久しぶりね、何年ぶりかしら」

「一昨年のクラス会の通知もらった直後から、おれ、外国にいってたからな、二ヵ月前に帰ったばかりなんだよ」

「ああ、どうりで」

「どうりでどうしたの」

「すっかり垢ぬけてスマートになって見ちがえるところだったわ」

「サキもずいぶん、口がうまくなったじゃないか」

昔の殿村慎二は、成績はよかったが青白くて、腕力がなく、男の友人ばかりか、女子学生からもどこかなめられ、軽んじられていたのを思いだす。

学生時代、男の子からもてててボーイフレンドに不自由したことのない佐紀子は、おとなしい殿村慎二を顎でこきつかうようにしていた。そうされるのが嬉しいのか、慎二はいつでも影のように佐紀子の背後について廻り、級友たちに「佐助《さすけ》」というあだ名をつけられていた。佐紀子を春琴抄《しゅんきんしょう》の春琴に見たて、慎二を佐助に見たてたつもりのあだ名だった。慎二はそれさえ甘んじて受け、佐助と呼びかけられてもにやにやしていた。

高校を卒業して、大学に入った慎二から、二、三度ラブレターらしいものをもらったが佐紀子は返事を出した記憶もない。佐紀子が大阪にいた頃、大学を出た慎二が一流の商社に勤めたことを伝えきいていた。

「どうしてこんな線に乗ってるの」

「ちょっと親戚がこの先にあるものだから、あなたこそ、どうして」

「仕事で人をたずねてたんだよ。さっき、乗った時からおやと思ったんだけど、肥ってたし、他人の空似かなと思ってじっとみてたんだ」

学生の頃は今頃のファッションモデル並にやせっぽちだったことを思いだした佐紀子は苦笑した。

「子供を二人も産めば、女もでんとしてくるのよ」

「へえ、二人もいるの」

「あなたは」

「おれ？　独身に見えないかい」

佐紀子は、おやというように慎二を見直した。

「そうね、所帯臭さはたしかにないわね」

「そうさ、れっきとした独り者だもの」

「ほんとう？」

佐紀子は近々と相手の目を大胆に覗きこんだ。昔の癖が出るのか、殿村慎二に向うと、今でも気分が楽で上から見下すように物をいう調子がかえってくる。

「実は、二ヵ月前別れたばっかりさ」

「まあ、離婚したの」

佐紀子の声が思わず高くなった。

「珍しいことでもないだろ」

慎二は照れかくしのようにことさらさりげなくいう。

「それで子供さんは」

「幸いなかったからな、あっさりしたものだ」

「へえ、あなたが浮気したのね」

「とんでもない。そうだとカッコいいんだけど、サキだからいうけど、外国の留守の間にコキュにされてたわけだよ」

「まあ、ひどいのね」

「こっちも向うじゃ適当にやってたしね、五分五分さ、でもさばさばしたよ、当分、独りでいたいな」

そんな話をしているうちに電車は新宿についた。

「まっすぐ帰る？」

いつのまにか満員になっていた乗客に押されて、二人は肩をつきあわせながら一緒に下りた。

「そうね……ちょっと名残り惜しいみたい」

「夕めしでも御馳走するよ。もっとも一刻も早く、帰りたいというなら送るけど」

「いいのよ、うちは出張だから」

すらすらっと出た嘘に、佐紀子はわれながら愕いた。

慎二は機嫌よく指を鳴らした。それは学生時代の慎二の癖のひとつで、佐紀子は思わず笑った。

「ちょっとしゃれたうまいとこ知ってるんだ」

慎二は外国暮しの癖なのか、佐紀子の肩をさりげなく抱き、人群の中を守りながら、タクシー乗場に行き、す早く、タクシーに佐紀子を押しこんで自分も後につづいた。

「近くじゃないの」

「だまってついておいでよ」

車が走りだすと、慎二は当然のように片手を佐紀子の腰に廻し、さりげなく車の動揺にかこつけて締めつけてきた。

佐紀子は目を見開いて天井を眺めていた。ホテルの四角い部屋は壁も天井も白く、大きな水槽の中にとじこめられているような気がする。自分のとけた髪がねっとりと汗ばみ、濃く匂うのが感じられる。

隣に寝ている物体が、何か口の中でうめき、舌を鳴らして、寝がえりをうち、冷い固い肩を佐紀子の肩にすりよせてきた。まだ口の中でねちゃねちゃと舌が鳴っている。佐紀子は反射的に湧いた嫌悪に眉をよせながら、つくづく隣の男を眺めた。さっきかけてやったシーツをふみぬぎ、男は全裸を惜しげもなく佐紀子の目にさらしている。

胸から臍の上までちぢれた体毛がつづき、下腹部の茂みも臍近くまでのびひろがり、愕くばかりさかんな茂り方だった。脚も黒く絵具で描いたように体毛におおわれていた。胸に銀細工のロケットを吊っている。

佐紀子は不思議な想いでその男の寝顔をつくづくと見た。

「おれ、女と堪能するとすぐ眠ってしまうんだ。ぐっすり短く眠るとまたけろっと元気が出る。外国で仲よくしていた女によく叱られてね。ことのあとで男にたちまち眠られるくらい頭にくることはないっていうんだ」

眠りにおちる直前、慎二はもう半分下って来た瞼のかげからとろりとした目で佐紀子を見つめ、甘えるようにいった。

「へえ、外国の女の人って、神経がそんなに細かいの」

「細かいのって、きみ、今時の日本の女なんかよりよっぽど情の深いのがいるよ、近《ちか》松《まつ》の女みたいな女は今ではむしろ外国の娼婦に多いとおれは思うな」

声の終りはもう眠りの中から舌にもつれて聞えてきた。

見れば見るほどそれは夫とは異る軀だった。雅夫はこんなに毛深くはなく、胸も腹もすべすべしていた。

互いの汗が滲みだすと、抱きあった肌は薄い紙をあわせたようにひたと吸いつき、汗と汗がまざりあって蜜のように練られ、軀を離すと、舌打ちのような音が肌と肌の間からおこる。抱擁《ほうよう》の極みでは夫の皮膚と自分の皮膚のけじめもつかなくなった。

今日はじめて接した夫以外のこの肉体はその毛深さのため、佐紀子は肌をあわせた最初の瞬間から、その感触の異様さにぞっと軀をひこうとした。

慎二は佐紀子がはにかんだと勘ちがいして、

「何だ、娘じゃあるまいし」

とからかうようにつぶやき、佐紀子の思いがけない初々しさを発見したように喜んで、そのことにいっそうそそられたようであった。

佐紀子はゆっくり軀を廻し、大きく寝息をする度もり上ったり下ったりする慎二の胸を見つめ、そっと手をのばしてみた。ちぢれたまま汗に濡れいっそう黒々と見える胸毛にそっと指をのばしそれをつまんでひっぱってみた。蚊《か》がとまったような感覚も伝えぬらしく、慎二の寝息に乱れはない。

どうしてこんなことになったのだろう。

佐紀子は思わず深いため息を洩らした。

自分が夫を裏ぎり、昔の級友と、しかも何年ぶりかでたまたま町で出逢ったにすぎない男と、こんなただならぬ関係におちてしまったことがまだ信じられなかった。

慎二につれていかれた小さなフランス料理の店で、食事の間に葡萄《ぶどう》酒をのんだし、食後、慎二にすすめられて、水割のウイスキーをのんだ。それで理性を失くすほど酔ったとはいえない。たしかに酔ったし、きらきら光る星の川のような中に流されていく幻想の中で、慎二に肩を抱かれ、このホテルへ来たことは覚えている。

タクシーの窓外に走り去る灯のついた東京の町が、こんなに美しいとはこれまで思ってみたこともなかった。

「いいね、いいだろう」

ホテルの部屋で、二人きりになった時、慎二は低くつぶやき乍ら佐紀子の肩を抱きよせ、耳を柔かく嚙んだ。

佐紀子は深い身震いをしてしまい、そのことを慎二に全身で感じられたことを恥じて、男の胸に顔を押しあててしまった。

慎二はそれを承諾の表現ととったらしく、ふいに荒々しい激しさで佐紀子を服のまま、ベッドに押し倒し性急にいどんできた。

その期に及んで佐紀子は急に酔もさめるようにあわてふためき、必死に抗《あらが》った。慎二はそれもゲームの一つとしかとらず面白がって佐紀子の抵抗をいっそうそそのかすように、あるいは誘うように、手綱を自在にあやつった。

着たものがすべて慎二の手によってはぎとられると、佐紀子はふいにとどめをさされた魚のようにひくっひくっと軀を震わせたままひっそりとなった。

そのあとの慎二の扱いの優しさは今思い出しても身震いがふたたび湧くようだった。

佐紀子は慎二の体毛を胸から腹、腹から下腹へと撫でおろしたり、指先で螺旋《らせん》を描いたり、また撫であげたりしながら、何故かもうずいぶん前の経験のように思われるすべてを思い出し記憶でなぞりつづけていた。

慎二のやさしさに身をゆだねていると、佐紀子はふっと目の奥が熱く水っぽくなってきた。

夫はこの頃、何という情熱のこもらない、おざなりの愛撫しか与えてくれなくなっていただろう。

ほどこしを受けてるみたい。つい先日の夜、あっけなく終るとすぐ、壁ぎわにくるっとむき、自分の軀を毛布でくるみこんで、まるで二度と触ってくれるなといいたげな寝姿をみせた夫に、憎悪を感じたことを思いだした。

昔、夫に愛された後は、云いあらわしようのないなつかしさと感謝の気持が体内にあふれ、事のあとも、夫の軀のどこかに触れていなければ心が落ちつかぬほどの愛情にあふれていた。

夫もそんな時、夢の中から佐紀子の手を握りかえしてくれていたものだった。

佐紀子が子供のように軀をまるめて夫の懐に身をすりよせていくと、夫も子供をあやすようにそんな佐紀子の背を撫でさすってくれた。

まだあれはついこの間のように思うのに。

佐紀子は夫のベッドの態度がいつから冷淡になったのか思いだせない。それはいつからとはなくある日、ふと気がつけば情熱や輝きを失い習慣的になり、おざなりになっていた。

いつかそのことをそれとなく雅夫に訴えると、

「夫婦ってどんなものか、世間の奥さんたちに訊いてごらんよ。そんなにいつまでもきみみたいに、初恋心地でぼおっとしてなんかいるもんか。家庭ってものは、いつでもさらさらっとしてるのがとりえなんだよ」

という。

佐紀子はそれでも夫の背信を知るまでは、自分の夫への変らぬ想いだけで充分幸福でいられたのだ。

また慎二が口の中でにちゃにちゃと何か噛んでいるような舌の音をさせる。

いやな癖の人だと、佐紀子は手をひいて、自分の軀だけにシーツをもちあげた。

早く帰らなければ、里の母が心配しているだろうと思う。子供たちをあずけっ放しのまま行方不明になったのだから神経質な親なら、あちこちに電話でもして探しはじめている時間だ。

どうせ夫は今夜もおそいにきまっている。

今夜、夫が帰った時、私はどんな表情で彼を迎えるだろう。子供たちはもう寝こんでいる。私は居間の椅子で編物をしているだろう。ただ長編《ながあみ》と短編《みじかあみ》だけの一本針で編むショールだから、目を数える必要もない。もう丈の三分の一は編みすすんでいるのだから、あとはただ機械的にかぎ針を動かせていればいいのだ。

夫はいつものように疲れきった表情でうっそりと入ってくる。だまって帰る夫をだまって迎える習慣もいつのまに出来てしまったのか。

上衣をとり、靴下をぬぎながら、夫は私がつけっぱなしにしていたテレビの深夜劇場に目をあて、大あくびをする。

私は編みかけていた一段の端まで編みきってから、はじめて夫の背に声をかける。夫がテレビの中の西部劇に目を奪われていることが好都合だとちらと思う。顔を見られることが怖いのか。とんでもないと私の中でもう一人の私の声がする。

「ごはんは？」

私は自分でもおどろくようなうるおいのある声をだし何くわぬ顔で訊く。声がなまめいているのは後めたさのせいではなく、単に生理的な正直な現象だと思う。

「一応くったけど……何かあるのか」

「ボルシチがあるけど」

夫はボルシチとかオニオングラタンとかが好物なのだ。あれから母のところに廻り、子供たちをひきとって帰ってから、大急ぎで野菜を刻み鍋に投げこむようにして火にかけておいたスープ。

「じゃ、たべようかな」

「そう」

私はいそいそ立ち、もうこってりと煮こんでいる赤いスープを二つの洋皿にいっぱい盛ってテーブルに並べる。もちろん、夫の好きな黒パンをパン籠にいっしょに出すことも忘れない。

私たちは向いあって深夜のまずしい宴を張る。何を思ったのか、夫がいやに親切に私にもウイスキーをついでくれる。ふっと私は奥歯をかみしめてあわてて下をむく。こみあげてくる笑いを気づかれてはならないのだ。

夫がこんなふうに気まぐれなやさしさを時々見せることをふいにありありと思い出す。なるほど、外で充分快楽を味ってきた時、後めたさと、贖罪《しょくざい》の気持が無意識に働いて、人間は家の者にやさしく親切にしたくなるのだなということをはじめて悟る。なぜなら、今夜の私の心の動きが全くそうだからだ。

もしかしたら、私が慎二とあのあやしげなホテルで夫を裏切っていた同じ時刻、夫も誰かと、いいえ、あの奈美という女と、どこかのホテルで同じことをしていなかったと誰がいえよう。

こちらは帰宅の時間を気にして、そそくさと帰ったけれど夫はあれから、ずっと女と居つづけたのかもしれない。

夫のそばに何気ないふうで顔を近づけ、首すじの匂いを嗅《か》ぐ。石鹸《せっけん》の匂いがほのかにするだけで女の匂いは残っていない。石鹸の匂いがすることだっておかしいのだ。

「サウナへいったの？」

何気なく訊いてみる。案の定、夫はぎくっとして目をあげ、

「どうして？　いかないよ。何でそんなこと聞くんだ」

ととがめるような口調になる。

「あらそう、何だか、さっぱり垢ぬけたみたいな顔してるからよ」

夫は何か適当な応酬をしようとしてことばを探そうとする。

そんな夫の表情を眺めながら、夫が私の体臭など、一向気にもかけていないことを思う。慎二の汗は強く匂い、精液の味も夫のそれとは格段にちがって苦かった。何度めかの時、慎二はふいに位置を変えると、無理矢理私の口中にそれを押しつけて、有無をいわさぬ強引さで苦いものを私の咽喉に流しこんでしまったのだ。私はつきあげる嘔吐に涙を流しながら、それを嚥《の》み下してしまっていた。

家に帰ってレモン水でうがいしてもしてもまだ自分の息に、慎二の匂いがほのかに残っているようで私はさわやかにならないでいる。

「どうした、たべないのか」

夫が一向にスプーンの動かぬ私の手許に気づいてようやく不審そうな目をむける。

「さっきたべてるから」

夫はだまって、空になった自分の皿を押しやり、私の皿をひきよせて、また皿の上にうつむきこんだ。

そんなにおなかをすかせて、どこで何をしていたの、今頃まで。咽喉に出かかることばをのみこんで夫の姿を眺めつづける。

結婚のはじめの頃、夫は、社の帰り、どこへ廻り、誰と逢い、どうしたと、必ずこんな時に話したものだった。いつからそれがやみ、たまに訊けばさもうるさそうに、

「一々出先を報告しなければならないのか、そんなに気になるなら、ついて廻ればいいじゃないか」

と、びっくりするような見幕でどなりつけた。

私ははじめて見るようにしげしげ夫の顔を見る。自分の背信がばれていることも、妻がすでに不貞を働いていることも気づかず、深夜二杯目のボルシチをむさぼりたべている男。


「どうしたの」

いつのまに目をさましていたのか慎二が佐紀子の肩をゆすった。

「何だか、うなされてたよ、いやな夢見てたの」

気づかず眠っていたのかと佐紀子は間近に覗きこむ慎二の顔を見上げた。慎二が顔を近づけて唇をあてにきた。

性欲の匂いのする接吻。佐紀子の躯は早くもすっかり慎二に馴れていて、慎二の唇が唇から咽喉へ、咽喉から乳房へ、そして乳首へと辿りつくまでにはゆたかにあふれうるおっていた。

これで夫を何度裏切ったことになるのだろう。

佐紀子は慎二を受けいれながら、深い息をした。慎二を、夫を、男のすべてを吸いあげ吸いこみ、頭も足もそのことごとくを噛みあげようとするように全身を深い空洞にして声を放って躯をしぼった。

涙でうるんだ佐紀子の目の中に自分が巨大な透明な硝子の瓶に化して映る。中にとじこめられ、出口のない真空の中で小さな虫のようにうずくまっている者は誰なのか。慎二か。夫か。それとも見知らぬ無数の男のひとりなのか。

外に出るとすっかり夜が深くなっていた。

「家の近くまで送るよ」

慎二は佐紀子をかばうようによりそって歩きながらいう。

「いいの、ここでいいわ」

佐紀子は道ばたに立ちどまってタクシーをとめる風情をした。

「でも、送るよ」

「いいんだってば」

佐紀子は怒ったように苛々した声をあげた。

早く、この男と別れたい。ひとりになりたい。

慎二は佐紀子が照れているのだとでも思っているのか、一向に動じる気配もなく、佐紀子の耳に口をよせてきて肩を抱き囁く。

「よかった?」

佐紀子は軀を固くして棒立になっていた。

目の前をすれすれに人をのせた車が走り去る。あの中に、万一、知人が乗っていたらどうだろう。

「よして、離れて」

佐紀子は慎二の軀を肘でつき、自分から飛びのいた。

「今度いつ? ね」

慎二は無神経なのか鈍感なのかまだそんないい方をする。

「電話してもいいかい」

「だめっ、だめよ、電話なんか」

佐紀子の声は悲鳴に近かった。ちょうど走りよったタクシーを止めて飛びこんだ。ドアをしめようとするが自動式ドアは重い抵抗をする。

「ひとりですか？」

運転手がけげんそうに訊く。

「そう、早くやって」

ドアが音をたてて打ちよせられた。

窓の外で、やや鼻白んだ表情で慎二が突っ立っていたが、それでも車が走りだすと、片手をあげて挨拶らしいしぐさをする。

軽佻《けいちょう》なお人好しに見え、佐紀子は背筋が冷えた。今日のことを何の口止めもしていないことが思い出された。ふたりの共通の友人の顔がぐるぐる目の前で廻り、そのどの顔もが嘲笑《ちょうしょう》をうかべている。

家と里の中間の駅前で車を下り、佐紀子は母に電話を入れてみた。出てきたのは弟で、二時間くらい前、子供たちをつれて、母が佐紀子の家へ行ったという。

「連絡がないんで、かあさんぷんぷんだぞ、赤ん坊は泣くしさ、弱ってたよ」

弟の報告を聞いただけで、母の不機嫌が目に見えるようだった。

赤電話のある菓子屋で子供たちに菓子を買い、そこから真直、家へ帰っていった。

玄関をあけたとたん、佐紀子はおやっと立ちすくんだ。夫の靴が母の草履《ぞうり》といっしょに並んでいる。

居間に入ると、夫はテレビを眺め、母の膝の上で誠一が眠っていた。

「只今、おそくなってすみません」

佐紀子が足音をしのばせるようにして入っていったので、母はその声にとび上りそうに愕いて、見ていた週刊誌をとり落した。

「どこへいってたの」

「ちょっと友だちが病気で見舞いにいったらいろんな人に逢っちゃって、次々……」

あんまり喋るとぼろが出ると思い、佐紀子は曖昧にいい、眠って重くなった熱い誠一の軀を母から抱きとった。

「由香は？」

「寝かしてあるよ」

母は声をひそめていう。その間もちらりともふりかえらずテレビを見つづけている夫に遠慮しているようだった。

「それじゃあたしはこれでおいとましますよ」

「あら、もう遅いわ、泊ってってよ」

「いいえ、うちで寝た方が落ちつくよ」

「そう……」

そんな会話の間も夫はふりむかない。

「それじゃ雅夫さん失礼しますよ、さよなら」

母が背に声をかけると、はじめてふりむき、

「あ、そうですか、泊っていって下さればいいのに、今日はどうも……」

口先での挨拶が如何にも空しく、佐紀子は後めたさを忘れ、その瞬間、夫を憎んでいた。

母がひきとってしまうと、重苦しい沈黙だけが家によどんだ。正体もない誠一を寝かせにいき、佐紀子は居間にもどる前に鏡をのぞいた。

あのホテルであわただしい化粧をしただけなのに顔色は冴え、むしろすがすがしい表情をしている。瞳が底のないほど黒く澄み、その表情からは何のやましさの翳《かげ》もうかがえない。白粉を重ね、口紅を明るい色につけ直すと、いっそう顔は華やかにさっぱりと輝いてきた。髪に指をいれ、型を直し、佐紀子は自分の顔に歯を出して微笑ん

でみせた。鏡の佐紀子が屈托もなさそうに華やかに微笑みかえす。

たいしたことはない。わかりやしない。

佐紀子は服だけは着かえることにした。下着をとり、すべてをつけ直すと、とった下着からふっと、慎二の男くさい匂いがただよったように思う。気のせいかもしれないと、脱ぎ捨てたものをかき集め、洗濯機に投げこんでおいてから夫のいる居間へ出ていった。

雅夫はテレビを消し、ソファーでウイスキーをのんでいた。

目は漫画の週刊誌を見ている。チョンまげの劇画を熱心に見ている。大学の仏文を出て、チョンまげの劇画を熱心にみる神経が佐紀子にはわからない。ついこの間までは、いつも偉そうな顔をしているくせに漫画の週刊誌の大好きな夫の癖を、可愛らしいと思っていたのに何という気持のちがいだろう。

うつむいている夫の頭のてっぺんが何だか薄く地肌が見えるような気がする。

「あなた、ね、頭の毛が何だか薄くなったみたい」

「えっ」

急に雅夫は目をはじかれたように顔をあげた。

「何だって」

「すこしはげてきたみたい」

「馬鹿をいえ」

雅夫はあわてて両掌を頭にあげ頭にさわった。

「だって、今、ふっとみたら、とても薄いのよ。気がつかなかったわ今まで。そういえば、お舅《とう》さまだってお義兄さまだってはげたものねえ、遺伝じゃないの、やっぱり」

「はげてなんかいるものか」

雅夫は強くいいかえして、それでも気になるのか、立って台所の壁鏡の前にいってしきりにうつしている。

「何だ、何ともないじゃないか」

「そうお、じゃ、電気のせいね」

佐紀子は余裕をみせて、雅夫のいい分を認めてやった。しかしそれは如何にも、それですむならそうしてあげましょう、といった感じの、なげやりな調子だった。

雅夫はまだ気分のおさまらない顔をしていたが思い直したように、ウイスキーをのみだした。

佐紀子は目を細め、そんな雅夫の頭の先から指の先までみていた。雅夫の、セーターにカーディガンという服装をはぎとって、見馴れなじみきった裸をそこに描いてみる。黄ばんだ皮膚、貧相な体つき、猫背の背、体毛の少いつるりとした手足、水虫で年中かゆがっている足。ああ、どこをとったっていいとこありはしない。佐紀子はいっそう冷い目で空想の夫の裸に辛い点数をつけつづける、それにくらべたら、慎二は……何から何まで夫よりましだと思う。それでいて、事の後の虚しさは何だったのだろう。快楽のひいていった後に残った苦みは、丁度白い浜辺に波がうちよせ、やさしく汀《みぎわ》を愛撫してひきとっていってしまうと、白い汀には汚い死んだ海藻が波のはいた嘔吐のようにこびりついている。その風景に似ていた。

「どこへいってたんだい」

ふいに雅夫が訊き、あいたグラスに佐紀子のウイスキーもついでやった。

「どこだっていいでしょう、一々報告する義務ないわ」

佐紀子は威丈高に夫が日頃自分にいう通りのせりふをかえしてやった。

「へえ、大そうな見幕だね、ま、いいだろう、そういう調子なら」

「そういう調子ならってどういうこと？　いつだって、あなたはあたしの問いに今みたいな答え方してるのよ。わかった？　どう？　気分のいいもの？」

「何をぷんぷんしてるんだい、自分が夜遊びしてきて、たまたま俺にめっかったからって何もそうむきになって照れかくしすることないじゃないか、おかしいよ全く今夜のきみは」

「そうかしら、そりゃ、誰かさんの情婦の名と勤め先がわかったら、誰だって妻たるもの常軌をいっするのが当然じゃないですか」

「へえ、誰かさんの情婦の名って聞かせてもらいたいもんだね」

「ええ、いつでもいってあげるわ、でもそんな大見得《おおみえ》きって大丈夫なの、後であわてたってしらないわよ。人がぼんやりしてるって、馬鹿にしながら、ぼんやりに自分でさせてたのはあなたじゃないの、あたしはみんな知ってるんですからね、奈美って女とあなたが何年間、あたしを馬鹿にしきってきたか」

さすがに雅夫はとっさの表情がとれず、能面のような動かない表情になって死真似している虫のようにひっそりとなった。

「つかっているホテルだって、すぐわかるしくみになってるのよ。奈美さんの勤め先の重役の娘とあたしは同級だったんですからね。復讐の方法はいくらでもあるのよ」

佐紀子はわれ乍ら愕いた。今、夫にむかって、口から出まかせのおどしをかけている女が自分だとは思えなかった。

「別れてほしいんでしょう、あたしを追いだして、奈美と一緒になろうとたくらんでいるんでしょ。しかし、そうは問屋がおろさないから、別れてなんかやるものか、死んだって籍はぬかないから。あなたなんかいつでも出ていっていいわよ。そのかわりサラリーもボーナスもあたしが押えますからね」

雅夫は立つと、さっさと部屋を出ていった。

佐紀子はさすがに疲れきって、椅子に倒れるように坐りこんだ。窮鼠猫《きゆうそねこ》を嚙むとはよくいったと思う。この場合、自分がおどおどしていたら、雅夫の方から詰問されて、とんでもない結果になっていなかったともかぎらない。

佐紀子はほっとして、夫がついでいってくれたウイスキーのオンザロックをぐっと咽喉に流しこんだ。たちまちむせかえったが、灼《や》けつくようなアルコールに舌も咽喉も灼かれるのがいっそ小気味がよかった。

コップのウイスキーを半分ものんだ頃、雅夫があらわれた。きちんと外出の服装をして、小型のトランクをさげている。

「どうしたの」

佐紀子が愕いて腰をあげた。のみなれないウイスキーにすでに脚がとられていて、よろめき、立った拍子に酔いが体内ではじけちったようだった。

「行くよ」

「行くって、どこへいくのよ」

佐紀子の声はもう狼狽をかくしきれない。

「しばらく、頭を冷した方がいいんじゃないのかい。とにかく、話し合いの出来る状態じゃないからね。ヒステリーを相手にものをいうのはごめんだからな」

「卑怯者！　あなた、それでも男なの」

佐紀子は夫の胸にとびかかって、上衣の衿をつかんだ。雅夫がその手を払いのけた。

佐紀子は、よろめいて、立ち直りざま、夫の頰を力まかせに打った。雅夫は愕いて上体をねじまげたが、二たび打ってくる妻の手をさけず、二度うたれてやった。

自分の仕うちに自分で愕き、あえぎながら茫然とつったっている佐紀子の目の前から、雅夫はいやに物静かな動作で出ていった。

「あなたっ、あなたっ」

我にかえって、佐紀子が泣きながら玄関に飛びだしていくと、もう夫の姿はなく、路地の外の大通りに車の走り去る音がしていた。

玄関の板の間にへなへなと佐紀子は坐りこみ、両手を床についてしまった。両腕の間に首を落しこみ、さめざめと泣いた。涙はあとからあとからいくらでも出て、嗚咽が恥しらずなほど大きな声をあげてくる。酔いが佐紀子の激情と惑乱をいっそうそそのかしていた。

いつそうなったのかわからない。

気がつくと、佐紀子は居間の床に、服のまま、ぼろ屑《くず》のようにころがっていた。電灯はつけっぱなしで、卓上には夫がいた時のままのアイスバケットやグラスやウイスキーの瓶が散乱している。

自分の横にタンブラーがひとつ空になって転っている。

グラスに口紅のあとが唇の皺まできざみつけて残っていた。

いつ、残っていたウイスキーをのみほしたのか覚えがなかった。もしかしたら、のみほした上に、またウイスキーをつぎ、氷もいれず、そのままのみ下したのではあるまいか。

頭がずきずきし、思いきってすぱっと刃物でもいれてほしいように痛んでいる。

よろめきながら台所へゆき、水道のカルキ臭い水をたてつづけにコップに三杯のんだ。

少しは頭がはっきりしてきた。ついでに冷い水で顔を洗った。

夫がトランクをさげて出ていった姿がまずよみがえってきた。

寝室へいってみると、子供たちはいつもの通りの無心な寝顔で眠りこけている。

雅夫はどこへいったのだろう。時計をみると、もう午前五時だった。

奈美が上京しているなら、さしずめそのホテルに入ったにちがいない。東京中のホテルというホテルに電話して居所をつきとめてやろうか。

佐紀子は眼を吊りあげて考えているうちに、ふいにがっくりと肩をおとした。夫は、昨夜のようなきっかけを、もうずっと前から、気長く慎重に待ちのぞんでいたのではないだろうか。罠《わな》にかかったのは私なのだ。

旅の終り

腕がしびれて望月は目を覚ました。

真似子の頭が腕の上にのっていて、それが大きな辞典でものせたような重さになっている。真似子の脚も望月の脚にからんでいて重い。

望月は容赦のない強さで真似子の頭を押しやり、腕をひきぬいた。そうされても真似子は目を覚まさず、かえって口を薄くあけて眠りつづけている。

鼻の脇に脂が浮いて汚れた感じがする。

汗でしめった髪がすえくさい匂いを放っている。

望月はさめきった目でそんな真似子をつくづく眺めた。裸の胸の乳房が重々しく望月の胸に押しつけられている。乳首が黒ずんだ赤い隈でふちどられている。望月はそのもう馴れきってしまった手触りの乳房を掌にうけてしげしげとみつめた。

やはり、妊娠していると真似子がいっているのは本当だなと思う。乳首の変化がそれを告げていた。

重い乳房は握ると中に固いしこりのような肉がしこしことつまっていた。

望月はしおりのこれより小さな、これより形のいいもっと柔かい乳房の感触をふいにもの悲しいほどのなつかしさで思いだした。

長い歳月馴れあった間にその乳房は、次第に柔かく、少し軽くなったのではなかったか。

乳首は真似子のよりはるかに小さく薄紅い色がむしろ真似子より初々しい感じがした。

望月はもうひとりの女の、肥え脂でいつでもぬめぬめと光っている乳房を思いだした。それは三人の中で最も大きく、重さで垂れさがっていた。敏感さは小ささの順に鋭敏だった。

乳房とは別のもうひとつの女の場所も望月は三つをつぶさに比較して思い描いてみた。

ずいぶん逢わないせいか、三人の中で最も匂いの淡い、最もつつましい、しかし誰よりもきりきりと身をふりしぼって涙をしとどにあふれさすしおりのそれがやはり今日は一番なつかしかった。

何故か、しおりはここ二、三ヵ月、望月をさけているように、故意としか思えない逃げ方をしている。

はじめは真似子や、新しい棚ぼた式の情事に気を奪われて、いつでも逢えるしおりとの時間を粗末に犠牲にしていた望月も、ふと気がつくと、自分が何度か約束を反故にする以上に、しおりにデートを断られていることに思いいたった。

馬鹿にしてやがると望月は腹の中でつぶやき、それならこっちだって何もお情けで逢ってやることもないさと、またわざとのように、真似子の若い、好奇心にみちた肉体を調練することの優越感と期待に時を費していた。

そのしおりが四、五日前珍しく自分から電話をかけてきた。

「元気?」

「ああ、どうしてた」

「生きてたわ、まだ」

しおりは何か浮き浮きした声で華やかな笑い声をあげた。受話器を通した方が甘く聞えるしおりの声癖をよく知っていて、望月はなぜかしおりの明るい笑い声に嫉妬を覚えた。

「いやに愉しそうじゃないか」

「あら、そうかしら、あなたは何だか不機嫌みたい」

「ああ、凄いヒスだよ。慰めてくれよ」

「おかしいじゃない。忙しい筈じゃないの、あれこれと」

しおりにしては珍しく蓮っ葉《はすっぱ》な、からかうような口調でいう。

「何もないよ。あんたにふられて世の中灰色だ」

しおりの笑い声がまたけたたましいほど華やいで聞える。

いつ逢ってくれるとたたみかける望月に、しおりが旅に出ましょうと誘ってきた。

「いいねえ」

望月はとっさに応じかえした。その瞬間、しおりが、自分を縛っている太綱を、鋭い鋏で音をたてて切ってくれたような爽やかさを感じた。逢えば互いに肉の快楽しか追い需めない真似子との時間が、急に退屈な味気ないものに思われてきた。

話を聞いてくれ、どんな話にもすばやい反応と、気のきいたエスプリとウイットに富んだ返事をかえしてくれるしおりとの対話がしきりになつかしまれる。やっぱり、自分にとって、永遠のふるさととは、しおりではないかと思う。

しおりなつかしさがずいぶんエゴイズムにみちた御都合主義だとは、望月の中で声がする。

いいじゃないか、しおりは一番旧い長い女だもの、女房以上さ。

望月は自分の内部の声に強面《こわもて》でいいきり、いきいきと旅行の企画を相談した。

週末から出て、月曜の夜帰るプランがたてられた。

「場所は？」

「あたしにまかせておいて」

「キップも心配しないでいいんだね」

「ええ、あなたは指定の時間にプラットフォームに来ればいいだけ」

「いいねえ、よろしく頼むよ」

その約束の時間が、明日九時三十分、プラットフォームならぬ羽田《はねだ》空港となっている。

「ね、日曜日どっかへ行かない」

何も知らない真似子はさっき、寝つく前、もう半分とざされかかった瞼の下から甘えていった。

「今度の日曜日はだめだ」

「あらどうして」

「社の連中とサッカーの試合に出ることになっている」

「あら、あたし見たいわ、応援にいっていけない」

「だめだよ、家族なんか来ないしきたりだ」

「そう、つまんないの、じゃあたし、エステにいくわ」

それでも真似子は、家族あつかいされたことですっかり気をよくして、それっきり日曜のデートはあきらめてしまった。

真似子が妊娠して、産みたいとがんばる以上、もうここらで結婚してしまうのが年貢のおさめ時という気もする。真似子は目から鼻へぬける聡明さはないかわり、無邪気で素直なのが取柄だ。それに肉体的にも合性はいいといえるだろう。時々、頭の鈍さに苛々させられるが、それだけ、安心な女ということも出来る。少くともこの女は夫の目をかすめて情事をするような才覚は働かないだろう。

真似子と結婚して、しおりとこれまで通りの関係がつづけられたら理想的なのだ。しかし、しおりはプライドの高い女だから、まさか、そんな二号めいた存在として自分を許さないにちがいない。

望月は勝手な虫のいい空想をしていた。

翌朝、望月は指定された時間にモノレールで正確に羽田に着いた。

下町の銭湯のように人であふれている空港のロビーのどこにしおりがいるのかわからない。ぼんやりたたずんだ望月の前へ、地から湧いたようにしおりが立っていた。望月の見たことのないごわごわした白い木綿のコートを着て、緑色のスーツケースひとつ下げている。

笑って見上げている小柄なしおりが、こういう人ごみの中で見ると、きわだって小粋で優雅でさえあるのに気づいた。久しぶりのせいか、望月には今日のしおりがたいそう新鮮に見える。

待つほどもなく改札がはじまった。

南の島へゆく飛行機のシートに落ちついてから、望月ははじめてしおりに、

「結局どこに決めたの」

と訊いた。

「まだ無目的よ。とにかく、向うへついてからの風まかせにしましょう」

しおりが顔をよせていう。しおりの胸の奥から、香水の匂いがただよってきた。その匂いはいつでも変らなかったしおりの愛用のものとはちがっていた。

望月はおやっというように顔をさりげなくしおりの肩の方へ近づけた。

「何？」

「匂いがちがう」

「ずいぶん敏感になったのね、しばらく逢わない間に」

しおりが冷かすようにいう。そういういい方もこれまでのしおりは決してしなかったと望月は思う。何だかしおりではない別の女と未知の旅へ出てきたような感じがする。見当ちがいの気持は、嬉しいようなくすぐったいような落ちつきのなさを望月の胸にかきたててくる。

ふっと、望月はしおりに逢わなかった時間に刺すような嫉妬を覚えてきた。するとこれまでしおりに対してはおよそ嫉妬をうけこそすれ、したことがなかったのに気がついた。しおりくらい、男を裏切ることがないという感じを与える女はいなかったのだ。

「昨夜眠ってないの、着くまで眠るわ」

しおりは望月にいい、シートを倒して、ハンドバッグから、青い睡眠マスクをとりだし、目の上にかけてひっそりとしてしまった。

望月も、昨夜の真似子との疲れが急に出てぐっすりと眠りこんでしまった。

肩をゆすられて望月は目をさました。

「もう着いてるのよ」

通路を乗客が押しあいながら出口へ歩いている。夢も見なかったので、望月は距離の感覚がなくなり、頭がぼんやりしていた。

南の島の中でも、その空港は最も不便な地方に行く入口だった。望月ははじめてそんな空港に降りた。

「よくこんなとこ知ってるね。来たことあるの」

「ずうっと昔ね。まだ空港が出来たばかりの頃」

誰とと訊くのは野暮なように思い望月はだまった。

しおりは馴れたふうに、空港に待っている、一、二台のタクシーの方へかけより、す早く一台を捕えて望月を招きよせる。

タクシーは秋草の陽にきらめく野の中を駈けぬけて、広い田の海をかきわけていく。

「いいところだねえ」

「でしょう」

しおりは、始終おだやかに微笑していた。

望月にはそんなしおりが、皮膚まで若がえっているように見える。

車がついたのは山の中のわびしい温泉町だった。

町の中に川が流れていて、宿が川にむかって建ち並んでいた。およそ、見るものもない町に見える。決りきった夕食をとってしまうと、することもなかった。

「散歩に出よう」

望月はしおりを誘って外に出た。しおりは丹前《たんぜん》を服に着かえ、望月にも着がえさせようとした。

「これでいいよ」

望月はわざとそのまま宿の焼印を押した下駄をつっかけて出た。一まわりしてしまうのに七分とかからない。パチンコ屋と、土産物屋の外に入りたいようなのみやさえまばらだった。

「これに入ろう」

望月は、けばけばしい看板の出たストリップ劇場の前で立ちどまった。

「あつあつ生《なま》のストリップ、衝撃の大サービス」

望月が声を出して看板を読みあげる横でしおりが真赤になって笑っていた。

「あたし入ったことないのよ」

「だから入ろう」

「だって、女が入ったらおかしくない」

ふたりの会話をどこで聞いていたのか、呼びこみらしいハッピをつけた男がとびだしてきて、しおりの手をとらんばかりにする。

「だからこんな町は宿のきもので歩くんだよ」

望月はいいながら、しおりの肩を抱いてさっさと中へ入ってしまった。

「もう、三分の一すんでいますからね、一割引きでいいですよ」

キップ売場でそんな問答をしているところへ、明らかに酔った客たちが数人、ふたりの背後に立ち並んで、キップを買いだした。

はげちょろのビロードの赤い幕をあけて入ると、案外広い土間の真中に、花道がつき出していてエプロンステージもついている。

客は六分の入りで、ほとんどが宿の浴衣《ゆかた》に丹前という姿だった。花道やエプロンステージのまわりにかたまっていて案外生真面目な表情で見つめている。

しおりの外に三人の女がいた。

「あらベートーベンじゃない」

しおりが声を押えかねて笑った。ひびきの悪いマイクからは第九が流れていて、それにのって、一人のストリッパーが舞台で踊っていた。踊るというより、体操のように手足を動かしているだけで、見ていて悲しいほど下手な動きなのだ。ストリッパーは平ったい顔に大きな鼻と大きな口が目立っていた。

義理にも美しいといえないが、踊りながらぬぎはじめた軀はまだ若さが残っていて、顔よりはるかに魅力があった。

「こんな田舎じゃいい方だよ」

望月がしおりにいった。

「そんなによく見るの」

「ああ、出張なんかでね」

望月は答え、熱心に女に目をそそいでいる。

しおりは舞台の女から身をかくすように望月の背後に小さくなっていた。

ストリッパーは次第に高くなる客たちの声にうながされて、もったいぶりながら、次第に赤いシースルーの服をぬぎすて、全裸になって花道を歩き、エプロンステージに出て、ぺたっと坐りこんでしまった。

しおりはあっといって望月の背に顔をかくした。ストリッパーは誰にともなくにやっと黄色い歯をみせてつくり笑いをすると、両脚を八の字に開き客たちの視線の中に押しつけるようにそれをいっそう開いてみせた。

「出ましょう」

低い声でうながし、しおりはさっさと席を立った。

誰も舞台に目を奪われていて、しおりたちが出て行くのに気づく者もいない。背後で、何か野卑な声が舞台にむけて上っていたが、よく聞きとれない。ビロードの幕をあけて外へ出ると、入口に群れていた人々の中から、

「おや、もうお帰り？　これから面白くなるのに、お金捨てたみたいじゃない」

おかまのような口調で、背の低い赤セーターの男がいう。

「奥さんゆっくりしてらっしゃい」

色の黒いそっ歯の女も口をそえる。本気ではなく、ただ面白がっているような口調だった。

「川原《かわら》へ出たいわ」

しおりはやはり先に立ってずんずん歩いていく。

「ほんとにお金捨てたみたいじゃないか、あんなの前座だよ」

望月は未練らしくいった。

「だって、見ていられないわ。何だかあわれで」

「あれで結構、やってる方だって愉しんでるんじゃないかな、踊りは度し難い下手さ

だけど、軀は案外よかったよ」

望月はまだ舞台が目の中から消えないらしい。

「でも看板の出血大サービスはよかったな、本ナマストリップだってさ」

しおりは返事をしなかった。川原へ出ると月が川水に映っていた。

どこかの宿で、三味線の音がして炭坑節を大勢で唄っている。

「酒がのみたいな、バーでもいってみない」

望月が退屈そうにいう。

「それでもいいけど……」

しおりは気乗りのしない声でいい、ふっとさり気なく訊いた。

「あなた、話があるんじゃないの」

「話って」

望月は不意をつかれて、狼狽をとっさにかくしきれなかった。いつしおりに別れ話をきりだすべきかと迷いつづけている心のうちをしおりにとうに見抜かれていたらしい。

「別に……」

「そうかしら」

しおりが月明りの中で笑ったように見える。

望月はたてつづけにくしゃみをした。

「風邪をひいたかな」

「宿へ帰りましょうか」

ふたりの泊っている宿はその川原から三分とかからなかった。玄関で白い上衣をつけたマッサージ師に出逢った。濃い化粧をして、髪を高くふくらませたしおりより若い女は、す早くふたりに流し目をくれ出ていった。

「マッサージとろうか」

望月は何でも味わなければ損だとでもいうようにいう。

「じゃ頼んでおきましょう」

しおりはすぐその足で帳場へマッサージを申しこんできた。

部屋にはもうふとんが二つ並べて敷いてあった。

望月はかけ蒲団をめくりもせずその上に大の字になると、鏡台の前に坐ったしおりにいった。

「おいで、早く」

しおりは鏡の中から、そんな望月を眺めていた。すぐそこに手をのばせば触れる近さに望月はいるのに、鏡の中が灯にそむいて昏いせいか、望月は遠くの沼に漂ってい るように見える。

しおりはタオルをとり、あわてて鏡面を拭いた。濡れタオルでぬぐわれて、鏡はか えって曇り、望月の寝姿は霧に包まれた溺死体《できしたい》のように見える。

「早くおいでよ」

しおりはゆっくり髪のピンを抜き、望月の傍に横たわった。

「久しぶりだね、逢いたかったよ」

望月がしおりに愛語を囁くというより、自分で雰囲気を盛りあげる目的のようにつ ぶやく。しおりは目をとざし、全身を柔かくして、望月に背中をあずけた。

意識が冴えかえっていて、軀が望月の誘いについていけない。波が打ちよせてくる のに、つい足許までしのびよりながら、もうひと息のところで、さっと引きあげてい く。またすぐうちかえしてきて今度こそと待ち望むのに、波はまた足に届かない。も どかしさが全身をむず痒《がゆ》くするが意識は常に置きざりにされる。自分がくさりかけた ひとでのように思われてくる。汚れた藻《も》といっしょにまぎれて、灰色の汀にしがみつ いている赤いひとで。

望月の手順がかつての習慣通り、しかし微妙に前とちがう動きでしおりの官能をうながそうとする。

望月が声をあげ、しおりをそそのかしながら、いさぎよく果ててしまった時、しおりも波に置きさられまいとして必死の声をあげ、望月にしがみついた。声を放ってみたが、やはり官能はとり残されていた。

望月は汗に濡れ、いっそう若々しく照り輝く軀を見せびらかすように立て、しおりを見下した。

うかがう目の中に、すでにやさしさがあふれている。

「やっぱり、しおりがいちばんいいよ」

臆面もなくいいきり、すぐよみがえってくるものをたしかめるように試みる。

しおりはようやく、波に足がなまあたたかく撫でられるのを感じた。つくった声ではない自然の声が、どこか無限に深い井戸の底から湧き上るように上り、つきあげてきて、しおりの全身をひきつらせた。

弓のようにそりかえるしおりの細い小さな軀にこめられた力の強さに、あやうく望月はふりおとされそうになった。

疲れがとけあい、匂いがとけあい、体液がとけあい、部屋に濃密な空気が重くこもってゆれた。

しおりは、目を閉ざしたまま静かに涙を流していた。

「そんなによかった？」

望月はしおりの表情を見下しながら満足そうにつぶやいた。

自分の力で、女が射殺された獣のように身動きも出来なくなるのを眺めるのは、男にとっては無上の快楽だった。

望月はしおりの横に並んでゆっくり軀をのばしながら、しおりがつけてくれた煙草をもの臭そうに吸った。

「さっき話があるだろうっていってたね」

「ええ」

しおりも煙草の煙をはきながら天井を見上げたまま答えた。

「実は、若い女がいて、困ってるんだ……軽い気持だったんだけど」

「………」

「怒ってるのかい」

「いいえ……とにかく話してしまって」

「まるで子供で、どうってことないんだよ。ただつい、あんまり子供っぽくて頼りないのでつい、捨てておかれなくなって、一度が、二度になり、二度がまた重って、深間に入ってしまった」

「どれくらい若いの」

「ええと……いくつだったけかな」

「あたしに遠慮しないでいいのよ」

「そういうつもりじゃないけど……でもわかってほしいな、きみに対する気持は全く変らないんだよ、誤解されたら困るんだ。あっちは、つい、手をつけてしまったので、何だか責任が出来てしまって」

「責任？」

「何もかもいっちまうよ。子供が出来たんだ」

「子供が？」

しおりの目が大きく見開かれた。

「そう……それで産ませるの」

「いや、そうしないでくれっていっているんだけど、はじめてだからわからなくて、もう遅すぎるんだっていうんだよ」

「今時の娘さんが、そんなことに無知な筈ないでしょう。まさか」

「それが信じられないくらいとっぽい娘なんだ」

しおりは黙りこんだ。

「怒ったのかい」

「怒るわけないでしょう。でも、どうしてほしいの、はっきりいったら、こうなってごそごそしたらかえってもたつくだけよ。別れてほしいなら、ほしいっていってちょうだい。人間の愛情なんて、どうせ、移るし、変るんですもの。今まであたしたちよくつづいた方だと思ってるの、これまでの思い出がいいんだから、あんまりみじめな別れ方したくないのよ。男と女の間の別れ方だって、何とか美しい方法があるんじゃないかしら。その人とあなたはたぶんお似合いのカップルなんだと思うわ。結婚したら。ただ、あなたからあたしに、はっきり別れてくれって宣言してよ。それであたしの気持にきまりがつくと思うの」

「だって、別れたくないんだもの、そうはいえないよ」

しおりに逢うまで、今度こそ、別れ話をきりだそうと心に決めこんでいたのに、逢ってみれば、やはりまたとは得難い女のような気がしてくる。

ふたりだけしか知らない時間の蜜のしたたりの甘さが、今更のように望月の胸をみたしてきた。

どうして人間はひとりしか愛してはいけないというきまりがあるのか。しおりの好さと真似子のよさは全く異質のものだ。藤の花のかぐわしさと艶やかさは、カーネーションの華やかさと可愛らしさとはちがう。ふたつ一緒に部屋に置いてどこが悪いだろう。

真似子の若さと無邪気さに、しおりのこまやかさと、優雅さを両手にとってどうして悪い。

望月は、自分がイスラムの掟《おきて》の国に生れなかったのを月並に悔《くや》んだ。愁嘆場《しゅうたんば》は嫌いだからな……心の中につぶやきながら、この雲行をどう切りかえようかとした時、襖の外にマッサージ師の声がした。

すくわれたと思って入れてみると、目はあいているが見えないらしい。

まだ五十にはなっていないだろうと思われる女で、マッサージ師には惜しいような女だった。

望月は、マッサージ師に軀をまかせているうちに次第にうとうとしてきた。

女が、自分の生いたちを話してきかせたようにも思う。

亭主が失業して、内職の玩具つくりに出ていたら、薬品糊《のり》が目に入って、一晩で失明してしまった。亭主は、妻を見捨てて、半年めに、女をつくって出奔《しゅっぽん》してしまった。

「どうせもう、捨ててもいい命だけれど、死んでも人さまの迷惑になると思って生きているんです。人間も象のように、死場所がきまっていて、誰の面倒にもならず死ねたら、どんなにいいでしょうねえ、旦那さん、そうは思いませんか。旦那さんなんか、そんなこと思う筈ありませんよね、そんなにお若いし、こんなにはりきっていらっしゃるんだもの」

女がふいにみだりがましい手つきになったのも夢だったのだろうか。

目を覚ますと、部屋の灯りはすべて消しつくされて、濃い闇にとり囲まれていた。

望月が、宿の女に起されたのは明け方だった。

「お客さん、おつれはどこかへいらっしゃいましたか」

訊かれて望月は愕いて隣りの寝床を見た。

女がひねったスイッチの蛍光灯の下に、しおりの蒲団はきちんと整えられ、寝乱れたあともなかった。

よく見ると、しおりのスーツケースがない。

あわてて、押し入れの服かけを覗くと、望月の服以外はすっかり消えていた。

「いったい、どうしたんだい。いないよ」

望月は夢をみているような表情でいった。

「ちょっと……」

女の背後から、男が入って来た。手帳を見せられるまでもなく、警察の男だとすぐわかる目付をしていた。

「自殺がありましてね」

「自殺……」

「ちょっと来ていただけませんか、おつれかどうか」

「つれったって」

望月はあっけにとられると同時に、背中が切りさかれたような冷さを感じた。

「遺書でもあったんですか」

「小さな温泉場ですからね。同じ宿にあなたたちが入ったストリップの客がいましてね、自殺者をみてこの人ならつれがあるっていって、すぐわかったんです」

望月は覚悟した。

「もう完全に死んでるんですか、未遂じゃないんですか」

「薬の上に、ガスをひねってますからね」

望月は黙々と服をつけた。

あんな昨夜のような短い対話だけで、女はそんなに簡単に死ねるものなのだろうか。

勝手にしやがれと思い、次第に腹がたってきた。

何の因果で、こんな面倒にまきこまれるのかわからない。こういうことはわかりきっているのに、自分を窮地に追いこんで自殺するなんて、あの女は結局、口ほどにも俺を愛してなんかいなかったのだ。あわれさよりも、怒りの方がこみあげてくる。

服を着終った望月を、男は、当然のようにせかせて、体をぴったりとくっつけ、長い廊下を歩いていく。

望月が連れて行かれたのは町も外れらしい山ぎわの小さな宿だった。

そこだけぽつんと、川べりの温泉宿から離れていて、建物も安っぽい洋館ふうのホテル式になっていた。

そこに行きつくまでに、望月はもう眠気もすっかり覚めはてていた。

玄関にたどりつくと、強いガスの匂いが鼻をついた。

数人の見知らぬ男が右往左往していたが、望月の目には何も入らなかった。

押されるようにして入った部屋のベッドの上にしおりが寝ていた。望月はとっさに後ずさりしていた。その背を望月をここに連れて来た男が押しかえした。

「この人を知っていますか」

男がさっきとは打ってかわった重い口調で訊いた。

「ええ」

といったつもりなのに、声は咽喉でかすれ望月はただうなずいた。

「一緒に旅行していたあんたの連れですか」

「そうです」

「名前は」

望月はためらった。

「女の名前は」

男がけわしくなった声で再度訊いた。望月の名も訊かれた。宿帳《やどちょう》に、望月は本名をつかっていたが、しおりは妻として、年は望月と同年にしてあった。

「死んでるんですか」

望月はかすれた声で訊いた。

男がうなずいた。

それを見ると望月は人目も忘れて、ベッドにかけよった。しおりはガス自殺者の特徴をみせ、薔薇《ばら》色の頰をして、日頃よりむしろ若々しい顔をして眠っているとしか見えない安らかな表情だった。

睡眠薬をウイスキーの小瓶一瓶つかってのみ、その上でガスストーブのゴム管を外していたのだった。いつ用意していたのか、窓ガラスやドアのすきまも、梱包用の太いテープで張りめぐらせてあった。

遺書はなかったが、望月と泊っている宿のマッチをテーブルのハンドバッグの横に出してあった。

「ほんとに何も書いたものなかったんでしょうか」

望月はすがりつくように訊いてみた。

「なぜ、こんなことした、なぜ」

望月はしおりの死体をゆさぶり動かしたいような想いにかられた。

──馬鹿な、ぼくは、あんたを好きだったのに、誰よりも好きだったのに、わかってるじゃないか、そんなこと、ね、わかってたんだろう。どうしてこんな早まったことしてしまったんだ。どんなことがあったってあんたを捨てるようなことしないのに──。

望月はしおりの死体にとりすがってかきくどきたかったが、背後に立って動かない人の目を感じ、ただ、その死顔だけを喰いいるように眺めるばかりだった。

「ちょっと、きていただけますか」

男にうながされ、望月はしおりの傍から離れた。

「もうこれで逢えないんでしょうか」

「いや、あんたに始末してもらわないと困るから、もう一度ここへ帰ってもらいます。しかし、ちょっと聞いておくことがあるから」

それでも万一のことを思って、望月はしおりの手を握った。その瞬間、予期した以上の冷さが伝って、ぞっと鳥肌が立った。するとと急に、目の前の死体が、気味の悪いものになり、一刻も早くそこから逃げだしたくなった。

警察は、しおりといったストリップ劇場の裏側にあった。望月はそこで、しおりとの間柄を訊かれた。しおりの年齢を訊かれ、答えた時、男は、細い無表情な目を押しひろげるようにして望月の顔をまじまじと見直した。

「ほんとかね」

黙っていると、ひとりで喋った。

「若く見えたね、信じられんね。しかしあんたもえらい年増《としま》趣味やないか」

自殺の原因はと問われても望月は答えられる筈がなかった。

「けんかしてたわけじゃないし、わからないです」

「しかし、昨夜、何かあったんとちがうかね」

「何もありません」

「ふたりで一応寝たんだろう」

望月は黙って床をみていた。

「その時、決定的な口争いでもあったのとちがうのかな」

「ぼくはマッサージを頼んで眠ってしまったから何もしらないんです」

「せっかくふたりで温泉に来て何もしないで眠ってしまうのかね」

「だって、仕方がないでしょう。その通りなんだから」

望月は次第に腹が立ってきた。しおりはひとりであのホテルに行き、ひとりで死んでいたのだから、他殺であり様がない。何をこれ以上調べられるのか。男はまだ根掘り葉掘り、何時からの関係だとか、月に何回逢っているとか、金銭的にはどっちの負担が多かったかとか尋問する。そのうち望月は男が退屈しのぎに興味本位ののぞき気分で訊いているとしか思えなくなったので、何を訊かれても、黙りこんで返事をしなくなった。

漸く、宿に帰してくれたのは三時間も後のことだった。

宿でも専らその噂で持ちきっているらしく、誰もが望月の顔を見てあわてて視線をそらす。

しおりの家からは、しおりの兄嫁が来た。しっかり者だと生前しおりから聞かされていた女だった。望月とは初対面だったが、硬ばった表情できっぱりという。

「生前のことは、故人とあなたの間にどういういきさつがあったかは存じませんが、もう無関係にして下さい。遺書はなくてもこの自殺があなたにお別れを告げていると思いますから」

「でも、火葬場へくらい見送らせてくれてもいいでしょう」

「お断りします。本来は主人が始末に来る筈でしたがどうしても勤めの関係でぬけられないので私が来たのです。主人からこのことをくれぐれも申し渡されてきましたから」

望月もそれ以上はいえなかった。ふたりで出た旅で、ひとり死なせてしまったということは、男としてどう弁解しようもない不体裁な事だった。

望月は好奇心をおしかくした愛想のよさで見送る宿の人の目を背に感じながらひとりで出発した。

東京へつくまで、ずっと夢を見ているようだった。最後に見たしおりの薔薇色の顔と冷い手の感触が次第になつかしいものとして記憶に定着してくる。ガスで死んだ者はあの後黒い醜い色になるということを誰からか聞いたのを思いだした。そんなしおりを見なかったことは幸せだったように思う。

飛行機の中で望月はともすればあふれそうになる涙をのみ下すのに苦労した。しおりが如何に自分の中で重い位置をしめていたかを思い知らされた。しおりとの長い歳月のすべてが、目の前を駈けぬけていく。いつでもしおりはにこやかに望月を迎えてくれたし、いつでもしおりは望月を拒んだことがなかった。

「一度くらい、いやだといえないの、あんたみたいにいつでも自由にさせてくれると、かえってはりあいがないよ。男って、征服欲があるから、いやだっていうのを無理に思い通りにしたいって願望もあるんだよ」

無いものねだりで望月がそんな勝手なわがままをいった時、しおりはびっくりしたように目をみはって、

「あら、あたし、そんなに拒まないかしら」

といい、小首をかしげていたが、

「だって、あなたとはいっしょに暮してるわけじゃないでしょう、こうして今日だって逢えたからいいけれど、もしかしたら、今日別れたら、今度逢えるかどうかわからないでしょう。人間の命なんて、はかないものだし、災厄《さいやく》なんてどこにかくれているかわからないんだもの、あなたか、でなければあたしが、明日にも死んでしまうかわ

からないでしょう。だからあたしはいつだって一期《いちご》一会《いちえ》の心境で、あなたとの時間には全力をかたむけているのよ」

という。

望月はそんなしおりの一途さに、その時はやはり感動させられたが、表面にはそしらぬ顔をして、

「へえ、じゃ、一期一会で、もう一回お願いしましょうか」

などふざけちらしてしまった。

しおりはいつでも自分を迎え、いつでも自分を待ち、どんなことをしても自分を許してくれるという安心感があった。しおりとの長い歳月の間に望月は何度かしおりを裏切っていたが、それをしおりにかくすだけの神経はあった。その神経を望月はしおりに対する自分の愛情というより義理だと感じていた。さすがに、しおりの無償の愛し方に対して、自分の愛がその半分も報いていないことは自覚していた。

しかし、あいつの方が惚れているんだからな、惚れた女に尽させて何が悪いんだ、俺の方からは一度だって、金をよこせとか、物を買ってくれとかいった覚えはないんだからな。あいつは俺に小遣いをくれたり、セーターやズボンを買ってくれることが喜びだったんだ。そうそう、あんなこともあった。

望月はスチュワーデスがのみものを運んできたのを気配で感じながら、眠ったふりをしつづけていた。目をあけると、せっかく瞼いっぱいによみがえっているしおりの俤がたちまち消えてしまいそうな不安があった。

あれは、しおりとの仲がはじまってまだ二年とたたない頃だった。

その日、しおりは約束の時間に十五分ほどおくれて来た。いつも待ちあわせる喫茶店でじりじりしていた望月は、入口からコートの衿をたて、風にふきさらされたような白い顔で駈けこんできたしおりに、不機嫌をつくろわず、露骨に示した。

「ごめんなさい、おくれて」

しおりは席に坐るなりあやまり、泣きそうな表情をみせた。実際、しおりの目に涙が光っているのを望月は認めた。それでやや気持はなごんだが、まだ望月は機嫌の悪い表情を崩さず、しおりにのみものもとってやらず、

「帰ってもいいんだよ」

といった。

「だって……せっかく逢ったばかりなのに」

「俺は何もあんたの男妾《めかけ》じゃないんだからな、三十分も待たされて、こんなところでぼんやりしているほど閑じゃないんだ」

「ごめんなさい……急いだんだけど……」

しおりはこんな時、三十分じゃないわ、十五分おくれただけじゃないの、など決していわない女だった。

「ねえ、お願い、せっかく来たんだから機嫌直して、時間が惜しいならすぐ行きましょう」

しおりはもう立ち上って、伝票をとりあげている。ふたりはそこから歩いて五分とかからないホテルに行った。いつもの通りの動きだった。

部屋に入ると、望月は鬱憤をなだめるふりをよそおって、わざといつもより乱暴にしおりをさいなんだ。しおりはどうされても耐えていたが、しまいに息もたえだえになって、うち伏してしまった。

気がつくと、しおりが泣いている。その泣き方は、五度に一度くらいみせる官能のきわまりからくる甘い泣き方とはどこかちがっていた。

心身ともに爽快になって煙草を吸っていた望月は、しおりの頭を片掌でつかんでゆさぶった。

「おい、どうした」

そのとたん、しおりは望月がびっくりするような哀切な悲鳴をあげた。あわてて手を放した望月の前に、しおりが両手で顔をおおい、素裸のまま坐り迷い子の幼児のようにひたむきな泣き声をふりしぼった。

「どうしたんだ、いったい」

「歯が痛いの、来る前から痛みだして、ちょっとさわられてもとび上るように痛いの」

「馬鹿な、そういえばいいじゃないか、何て馬鹿なんだ、がまんしてたのか」

「だって……あなたがあんまり機嫌が悪いから、いいだせなくって……」

望月が抱こうとすると、しおりはまた身をきられるような悲鳴をあげた。

「さわらないで！　痛い！」

その晩からしおりは高熱をだし、倒れてしまった。骨髄炎《こつずいえん》になりかかっていたとかいう虫歯のため、それから一ヵ月近くしおりは仕事も出来なかった。

思いだせばそれに似たようなしおりのエピソードはいくらでもあった。

はじめの頃、望月はそんな全身を投げだしきったしおりの奉仕を得意になってうけていたが、そのうち、馴れてしまうと、うっとうしくなってきた。

「あんたみたいな押しつけがましい愛情はうるさいよ。さも犠牲奉仕でございっていう態度はいやらしいよ」

酔うと望月はそんな悪態をつくようになっていた。しおりはそんな時、世にも情けなさそうな顔をするだけで、黙ってしまう。

真似子と深くなってから、望月は面倒をみられる居心地よさから、面倒をみる男の優越感の方が愉しくなっていた。

「あんたはほんとにいい女さ、だけど、息苦しすぎるよ。誰だってあんたとは暮せないんじゃないかな、まあ、誰かとためしてみな」

そんなことを平気で寝物語りにいったりした。そんな時もしおりは深いため息をはくだけで、何もいいかえしはしなかった。

何て残酷なことばかりいったのだろう。

望月は瞼の中のしおりの白い小さな俤に向って、深い後悔をかきたてられた。

本気じゃなかったんだよ、わかってるじゃないか、本気であんなことというものか。

呼びかけても呼びかけても、しおりの俤は白い表情をかえず、次第に遠のいていく。

望月は肩をゆさぶられ目をさました。スチュワーデスが、近々と顔をのぞきこんでいた。

「着きました」

雅　歌

「あんた、電話、起きてよ」

　松崎良夫は肩をこづかれて目を覚ました。

　二ヵ月前から自分が面倒を見ている木屋町のバー「塔《あららぎ》」の雇われマダム蘭子《らんこ》の部屋だった。顔も容姿も大したことないのに、およそ利口ぶらないので男たちは蘭子と逢うと誰でも気が安らぐという。うちはどうせ阿呆やからと二言めにはいうのが蘭子の口癖だが、阿呆を売物にすることが、男の優越感を一番くすぐり、どんな男でも心がなごむのだと信じきっているように見える。

　松崎良夫は、千尋の情事を発見し、淳子の弁護士から法外な金をふっかけられた直後、悪酔して、気がついたら蘭子の部屋で目をさましたのだった。何も覚えていなかったが、泥酔《でいすい》して、何もかも泣いて喋ったと蘭子から聞かされた。蘭子に同情された形で、かえって蘭子の面倒を見るはめになっている。しかしこの頃の松崎にとっては、蘭子がいてくれることでどれだけ慰められているかわからない。もうけものは蘭子が顔や容姿とはけたちがいに女として性能のいい軀だったことだ。

「何だ」

松崎は夢を破られて機嫌の悪い声をだした。目を覚まして気がつくと、今の夢は千尋と新婚の夏、泳ぎにいったことを夢みていたのだった。紀州《きしゅう》の海辺で、松崎は千尋との結婚記念に、そこに別荘を建てた。千尋の好みをいれ、スペイン風の白い壁の別荘だった。着物ばかり着ている千尋の水着姿の豊満さに松崎は目をみはり、海辺の客がいっせいに千尋の純白の水着姿に目を奪われるのを得意になっていたものだ。

夢の中の千尋はあの時の水着を着て、海の中へ駈けこみ、水しぶきをあげてクロールで沖へ向って泳ぎだした。松崎は千尋の名を呼びながら、その後から自分も海に飛びこんだ。泳ぎは千尋の方が松崎よりはるかに上手でどうしても最初の距離がちぢめられないばかりか、泳いでも泳いでも追いつかない。千尋は時々、ふりかえって、からかうように松崎に笑いかけては、またさっと抜き手を切って遠ざかる。次第に息切れがしてきながら、松崎は必死になって千尋に追いつこうとする。

追いつかなければ、千尋が永久に自分の手のとどかないところに逃げ去っていくような不安があった。

「秘書からよ」

蘭子が寝乱れ顔や髪をつくろおうともしないでいう。

松崎は、何であんな夢をみたのだろうと、こだわりながら、まだ、宿酔《ふつかよい》の重い頭を一振りして受話器をとった。

「社長、今、おかしい奴が舞いこんできてますねん。週刊トラブルいう週刊誌の記者やいうて名乗るのが、社長と奥さんのあらゆるスキャンダルのネタを全部握ってるけど、どないしまひょういうてますわ」

「週刊トラブル？　そんな週刊誌聞いたことないで、お前知ってるか」

「いえ知りまへん。もぐりとちゃいますか」

「週刊誌のもぐりなんて聞いたことないわ。どうせ、スキャンダル売りの脅しやろ、ほっとけ」

「ほっといてよろしおすか？」

安川の声は妙にねっとりとからみついてくる。

「何でや」

「念のため、ぼくが下見させてもらいましたけど、ようまあ、どないしてここまで調べよったかと思うほど、徹底的に正確に調べあげてますわ」

「お前なんで、そない力いれて徹底的に、正確にというのや」

松崎は苦りきっていう。

「へえ、そやけど、餅《もち》は餅屋ですなあ、感心しまっせ、社長や奥さんの悪さしてはること、ぼくよりずうっと知ってますわ。たとえば……」

安川は、そこで息もつかせず、松崎のここ二年ばかりの女関係を洗いざらい総ざらえした。中には確かに、東京や、旅先での出来事で安川にも打ちあけていない不始末も暴露されている。愕いたのは、つづいて安川が読みあげる千尋の行動だった。松崎の想像も及ばない千尋がそこにいた。千尋が白《しら》を切る度、やはり千尋の言葉を信じてきたのは、自分の自尊心だったのだとはじめて覚らされた。千尋はもうとうに自分を裏切っていたのだ。

千尋と月仙の使ったホテルの部屋番号から、その時間まで克明に調べあげてある。千尋に問いただしてみたところで、白状はしないと思えるが、これだけのことが、想像や、臆測で書けるものではないと思われた。

松崎は煮えくりかえる胸を押えて訊いた。

「いい値は何ぼや」

「五本というてます」

「五百？　阿呆ぬかせ」

「へえ、ところがえらい向うが強気でんねん。お宅では五百や六百の金ははした金でっしゃろというてますわ。社長がちょっと気いゆるめて遊んだら一晩やないかいうてまっせ」

「お前、どっちの味方や」

「すんまへん」

松崎は、安川に、その男との交渉をのばすように命じ、電話を切った。

蘭子が、火のついた煙草をさしだしてくれた。

「聞いてたのか」

「うちの電話、性能がよすぎて、みな聞えるのが欠点なの、都合の悪いこともあるわ」

「阿呆らしいて話にならん」

蘭子はあくびを嚙み殺して目に涙をためた。

「美人で才女の奥さん持つと苦労もあるなあ」

「何いうてる。お前まであんなでたらめ信じてるのか」

「信じるも信じんも、うちには関係ないことやわ。けど、こんな時、昔からいうてるやないの、知らぬは亭主ばかりなりって。相当京都の上流社会では広まってる話やなかったかしらん」

松崎はことばにつまった。急に胸にさしこみが来て、呼吸が苦しくなった。

「あら、気分が悪いの、冷汗がたらたらやないの」

蘭子に扶《たす》けられてベッドに横たわると目の前がすっと昏くかげってきた。

千尋が安川の報せを受けて蘭子のアパートについた時は、もう松崎はこときれていた。

蘭子が呼んだ近所の町医者から、心臓がよほど弱っていたのではないかと説明を聞かされながら、千尋の頭は空白だった。

はじめて逢う蘭子に敵意も嫉妬も感じないのが不思議なくらいだった。

医者がひきとった後で、千尋ははじめて、ゆっくり夫に対面した。背後でドアのあく音がする。ふりむいた千尋がいった。

「あの、出ていかないで下さい」

「へえ、そやけど、ゆっくりおひとりで御主人と逢わはりたいのとちがいますか」

「ありがとう。でもそんなに気をつかっていただかなくていいんです。もうそんな仲じゃなかったんですから」

蘭子はそこだけが美しい長いまつ毛をまたたかせて、目をみはった。

「びっくりしてらっしゃるのね。でも、こういう夫婦も世の中には多いんじゃないかしら」

「へえ……でも何というても死なはったんですから」

「ええ、でも、このことが世間に伝われば、おそらく、主人は、あなたのアパートでどんな死方したと伝えられるか、あなたにも想像がつくでしょう。でも事実は違うでしょう。秘書の安川に脅迫されたそのショックで主人は死んだのです」

「奥さん……奥さんはそれを、どうして」

「私もあの直後、安川から同じように脅迫されました。私の方は電話じゃなくて、面とむかってです。あんな電話で、私は主人のようにだまされる人間じゃないことを安川は知っていますから」

千尋はちょっとことばをきって、ケントをとりだした。反射的に蘭子がライターの火をさしだした。職業的習慣が、こんな場合も蘭子の手を無意識に動かせるようだった。

　千尋は形のいいポーズで煙草をゆっくりふかせてから話をついだ。

「安川からあなたは何もかも聞いていらっしゃるのでしょう。私が安川に脅迫される理由も」

　蘭子の方が蒼白になった。

「そんなに愕かなくていいのよ。安川のことですもの、あなたとだってとうに軀の関係がつけてある筈ですよ、あなたがこの脅迫事件を全部先刻御承知だってことはもうあの男に白状させてあります」

　蘭子がこきざみに震えてきた。

「私が鬼に見えるのですか」

　千尋は気味の悪いほどの美しい笑顔をみせた。

「蘭子さん……とおっしゃったわね。あなたは人が好すぎたのよ、安川に頼まれて、主人を前後不覚にさせ、ここへつれてきて、こんなような関係になった。主人から逐一、主人の心境や計画を聞くのはあなたには苦もないことだった。それを安川はあなたから買う約束だった。そして前後の大芝居で得たお金もあなたには分配があることになっていた。そんなに震えないでちょうだい。私が脅迫しているような錯覚がするじゃありませんか。私はあなたに何の恨みもないんです。ただ、あなたとだけしか、こんなほんとのこと話せないでしょう。主人は最後までおっちょこちょいだったわ。女を口説くしか能のない人だったわ。悪人じゃないんだけど、自分に責任をもてない人だったのよ。安川はもう首にしました。どうしてそんなに愕くの。あんな脅迫材料、何ひとつ出るところに出れば役にたたないものなのよ。だって、みんなでたらめなんですもの。私たち、自分の本名をつかって、ホテルをとったりするものですか。安川の調書には私たちの偽名も書いてないのよ」

「奥さんは……」

蘭子はあえぐようにいった。蘭子の顔は恐怖でひき歪《ゆが》んできた。

「安川は退職金さえとり損ねたわ。自業自得でしょう。分を守ってれば、私は少くとも生涯面倒をみてやったのに」

「か、かなしくないんですか、御主人が死んだのに」

「悲しい人間が、こんな場合、こんなことべらべら喋るかしら」

「かわいそうに……」

蘭子が呻くようにいい、その場に膝をついて泣きだした。恥も外聞もない泣き方だった。

誰がかわいそうなのかとは、さすがに千尋は訊かなかった。

その翌日、新聞には松崎良夫の死亡広告が出た。

葬儀は二晩の通夜を経て行われた。

通夜の時の千尋の着物が弔問者の女たちの目をみはらせた。銀鼠《ぎんねず》色の色喪服の上前の裾に銀糸で蓮《はす》の刺繍《ししゅう》がしてあり、歩く時、ちらっとひるがえる下前には、観音が蓮上に立っていた。それも銀糸のしっとりとした精巧この上ない刺繍であった。

帯はチャコールグレイの地に西陣織《にしじんおり》で古鏡《こきょう》を織り出してある。紅をとった千尋の端正な顔はいつもよりいっそうあでやかに見えた。

「さすがやなあ」

「もちろん仕立下しどすなあ、まさか用意しておかはったわけでもないでしょうけど、見事ですなあ」

女客たちは圧倒されたように人ごみの隅々でささやきあっていた。

九歳になる喪主の長男が、黒紋付に仙台平《せんだいひら》の袴をつけているのにも人々は愕かされた。これもまるで、用意してあったような見事さだった。

葬式の日は、千尋は白鷺《しらさぎ》のような純白の喪服を身につけていた。水晶の数珠《じゅず》の紫の房だけがただひとつの彩りだった。

通夜の時も葬式の日も、千尋は一滴の涙もこぼさなかった。

式のあと、松崎の伯父の口から、良夫なき後は、千尋が社長の席につくという発表があった。

参列者は息をのんだが、その時も千尋は眉ひとつ動かさなかった。

喪服の時以上に動かない千尋の顔からは、何の感情も読みとることが出来なかった。

阪田雅夫は大阪のホテルのロビーで奈美を待つ間に、何気なく開いた新聞に松崎良夫の死亡通知を見た。

目を疑ったがやはり、あの松崎良夫だった。

とっさに、車中で逢った可憐な娘の泣き顔が浮んできた。

世の中には何億という数えきれない人間がいながら、一生の間に何等かの関わりを持つというのは何の縁なのかと思う。阪田雅夫は偶然列車内で隣の席に乗りあわせただけにすぎない娘の秘密にかかわりあうことになった不思議さを、今改めて思い直した。

あの娘はあの時の子を無事産んだだろうか。あの時の様子では、この死んだ男との仲はもう終っていたように思えたが……あの娘もこの死亡通知を新聞ではじめて見ているのだろうか。

「どうしたの、深刻な顔して」

いつのまにか奈美が前の椅子に坐っていた。

「うん、これ、もう知ってるかい」

阪田雅夫は拡げていた新聞を奈美の方にさしだしてやった。

阪田の指さすところに目をやった奈美は、

「まあ、死んじゃったの」

と、短い声をあげた。奈美の記憶の中に松崎が性愛の時に示す息の激しさがなまなましくよみがえってきた。

「人間って、はかないものなのね」

奈美がため息をついてつぶやいた。

「ところで俺、家を追いだされたよ。どうだい、本気でいっしょに暮さないか」

奈美の顔が見る見る硬ばっていく。松崎良夫の死亡広告を見た時よりはるかに蒼ざめた硬い表情が面《めん》のように奈美の顔をおおっていった。

阪田雅夫は、奈美のこれまで見たこともない表情に心が冷えた。自分の顔も糊をつけたように硬ばるのが感じられる。

「冗談だよ」

なぜそんな嘘をいったのかわからない。とっさに阪田はそういってしまった。

「で、しょう。いやだわ。まるで本気みたいな顔してみせるんだもの、どきっとしちゃった」

奈美はくつろいではじめてゆっくり椅子に坐り直した。

ふたりが逢う時は、このホテルのロビーで待ちあわせはするが、必ずしもこのホテルで泊るとは決めていない。

奈美がすでにどこかの宿に予約してあったり、その場の相談で、紀州や京都や、時には奈良《なら》に出かけていくこともあった。

今日、奈美は、ここにしようといいだした。

「今夜、あたし、どうしても出なければならない会があるの、二時間ばかり顔出してくるから、ここで待っていて」

阪田は、否も応もなく承知させられた。いつもは当然のことと思うのに、今日は奈美の一方的な決め方に、ふっと心が抵抗するのを感じた。

佐紀子といい奈美といい、女なんて、みんな勝手な動物だと思う。

「お部屋へいきましょう。とってくるわ」

奈美は返事もまたず、さっさとフロントへ行き、部屋をとってきた。

いつでも、てきぱきと事を運び、無駄な労力をはぶいてくれる奈美の行動力に、阪田は感心もし、感謝もしていた。ところが、今日は、奈美が部屋の鍵をもらって、阪田の傍にもどってきたのを見ると、女だてらにということばがふっと胸にわいた。

男との昼間の情事の部屋を女がつくってくる。そんなことは男の領分じゃないか。いつでも、外で働いている時の癖で、雑用は一切、自分で片づけるものと決めている奈美を知っていて、阪田はやはり奈美のそんな行動にいつにない不快を感じる自分がいぶかしかった。

部屋に入ると、奈美は、ベッドに急いだ。よほど、次の会へ出ることが気がかりになっていて、阪田をなぐさめるのはまずそのことを急ぐことだとでも思っているらしい。

阪田は久しぶりの奈美の軀を抱くと、その柔軟さやリズミカルな動きや、繊細な表情の変化は、やはり妻にはない奈美の個性で、心より軀がたかぶってくる。

「でも、どうして家を出たなんていうのよ」

奈美は、終って上気した頬を阪田の肩のくぼみにあずけながらいった。

「嘘じゃないさ。一応出たんだよ」

「だってそんなこと、子供がいるし、出来っこないじゃないの」

「なぜ出来ないんだい。第一、家庭なんて、一方的に一人が維持しようったって相手のあるものだもの、壊れる時はどうしようもない」

「あなたの奥さんて、自分からそんな破壊的なことをする人じゃなかったでしょう」

「そう思ってたけど、きみのことを何かで知って以来、全く人が変ってしまった。度し難い猛妻に変ったよ」

「そんなことってあるかしら、あたしのことなんか何ひとつ証拠があるわけじゃなし、白をきり通せばいいじゃないの、どうして認めるのよ」

奈美はとたんに、これまで見せたことのない不快な表情になった。

「そうはいかないよ。何でも、使ってるホテルまで知っているっていうし……」

「馬鹿ねえ、何が使ってるホテルよ。あたしたち、一所しか使わないわけじゃなし、そんなこと、かまかけられたにきまってるじゃないの、どうしてそんなつまらないおどしにひっかかるのよ」

奈美は心《しん》から腹だたしそうにいう。

「しかし相手がきみだってことも知ってるようだし」

「知っててどうなのよ。自分は一日じゅう、子供のお守りだけで遊んでるんじゃないの、亭主が少々浮気したって、三食昼寝つきで養われててどこに文句があるのかしら」

「どうしてそう毒づくんだい」

阪田は急に、激しい口調でまくしたてる奈美の顔を呆れてみつめ直した。

まるい鼻の頭に脂が浮いて光り、しゃくれた顎が意地悪く張ってきて、眉がけわしくなり、いつもの奈美と別人のようになっている。心が顔をこうも変えるのかと、阪田は不気味になってきた。

家を出る前の、いきりたってつっかかってきた佐紀子の顔も醜かった。

女はやはり心に鬼を棲《す》まわせていて、それが突如として仮面をはがしてあらわれる時があるのだと阪田はさとった。

考えてみれば、佐紀子のあの夜遊びだって何をしてきたかわかりはしない。およそ、所帯くさくなっている自分の妻に男がいいよるなど思ってもみなかったが、他人の目には、佐紀子もまだ魅力のある女として映るのかもしれない。万一、佐紀子が、自分以外の男と寝て帰ったとしたら……阪田はそんな場面を思い描いただけで、吐き気がもよおしてきて、胃が痛くなった。

この頃、神経性胃炎がひどくなっているが、妻の浮気を想像することが、こうまで内臓にひびくとは思いもよらなかった。

「あたしは、本当をいうと世の中の妻という妻はみんな嫌いだわ、怠惰で、ごうまんで、こずるくって」

「よせっ」

阪田がいきなり強い声を出した。びくっと奈美が全身をふるわせて、阪田の軀から離れた。

「みっともないよ。自活しているきみはそれはそれでいいじゃないか。だからって、何も家庭に入ってる女という女を口汚くののしる権利はきみにないよ。きみは偉そうなことというけど、まだ一日だって主婦業についたことがないんだぜ。きみが選り好みしたともいえるけれど、見方によれば、売れ残ってるともいえるんだ。女が働いているのが、そう自慢らしくいえることかね。きみは男女同権論者らしいけど、そんなら女が外で働いてるのなんか当然じゃないか。なぜそんなに自分が女房族よりすぐれているような見下したいい方が出来るんだ」

阪田は、なぜ自分が今日の奈美に、こんなにいきり立ってくるのかわれながらわからなかった。

奈美の方が、はじめから虫の居所が悪かったのが反映しているのかもしれないし、奈美にいわせたら、はじめから今日の阪田の方が神経過敏だったともいえる。

「あなたから、家庭の主婦の擁護を聞かされようとは思わなかったわ。そんなに奥さんに理解があるなら、家庭にしがみついて、マイホームにいそしめばいいじゃないの、おかしな人ねえ、情婦と逢ってて、主婦擁護論をぶつ人なんているかしら」

阪田はうんざりしてきた。何故今日はこうも奈美とことごとく感情が対立するのだろう。

これまで奈美とつきあった歳月にかつてないことだった。

佐紀子のヒステリーをてこにして、自分はあの瞬間、潜在的に抱いていた家庭脱出を夢みて、その実現への機を捕えようとしたことはなかったか。

奈美が喜んでくれるとばかり思っていたのに。つい今しがた、自分の軀の下で、あれほど激しい喜悦を表現した女が、この神経のささくれきったヒステリーの女なのだろうか。

「あたしはいやよ。あなたが夫婦げんかだか痴話げんかだかして、そのおこぼれみたいにあなたをひきうけるなんて。売れ残りだか何だかしらないけど、あたしはあなたたちの作ってるような嘘だらけの家庭なんかに全く興味がないからこそ、ひとりで自由にいたんだから、もっと好きなことして暮すわ」

「もうわかったよ。たくさんだ」

いったい俺たちは何年こうして逢っていて、この程度しか理解しあえていなかったんだろう。この女のすべてを自分だけは識っていると思っていたのは錯覚だったのだろうか。

子供まで産んだ妻だって、本当はどこまで理解していたのかしれたものでない。人間どうしは所詮、自分のめがねでしか物は見えないのだ。

阪田は、急に背中が冷くなるような淋しさを感じた。

奈美がこれ以上、いがみあうのは愚だとでもいうように、さっとベッドをおり、バスルームに入っていった。

湯のはじける音が静まっても、いつものように、

「いっしょに入りましょうよ」

と声はかからなかった。水音もさせず、奈美も浴槽でひっそりと目を閉じているのだろう。

阪田は今、立っていって、黙って、浴槽の奈美を片すみにおしやり、自分もそこに身を沈めて、奈美の軽い軀を背中から自分の脚の間に抱きとってやればいいのだと思

った。そう思うのに、軀は動こうとしない。

煙草を吸おうとしたら、煙草がきれていた。奈美の口紅のついたすいさしの煙草を灰皿からとりあげ、火をつけた。

裸の奈美がバスルームから出て、阪田の目の前を横ぎり、下着をつけはじめた。うつむいてパンティをはく奈美の腹にくっきりと横じわがよっている。もう軀の線が崩れはじめているのを阪田ははじめての想いで観察した。あらゆる場所で、あらゆる時に、様々な表情で、肉欲を共有しあった時の奈美との想い出が、阪田の胸に熱いものをかきたててきた。

しかし、もう終ったのだと、何かが囁いている。

奈美は服をつけ終ると、最後に時計を巻きつけていった。

「じゃいってくるわ、二時間か、三時間ね。その間、どこかバーにでもいっていて」

「ああ、いいよ、好きなようにしてるから」

奈美は、全身を鏡に映し、髪に指をいれて形をつけ直すと、ハンドバッグをとり、扉口へまっ直進んでいく。ドアの前で肩ごしにふりかえり、ひとつうなずいてドアをあけ、後手にドアを閉めた。

奈美の姿がドアにかき消されるのを見定めて阪田もベッドをおりた。

奈美が帰ってくるのを待つ気はなくなっていた。

書き置きを残す必要もあるまいと思う。

プライドの高い奈美は、部屋に阪田がいなく、荷物がなくなっているのを見ただけですべてを察するだろう。

契約のない恋の終りはこういう形もあり得るのだ。

阪田はフロントで支払いをすませ、ボーイにタクシーを頼んだ。妻のいる家に帰る気もしない。勤めは三日ほど休暇をとってきている。せめてその三日を女なしですごしたくなった。もしかしたら、そのまま、蒸発してしまってもいいではないか。

阪田はボーイにうながされ、ホテルの外へ出ていった。旧式な回転扉がゆっくり廻る中にはさまれて、阪田は鈍痛を訴えつづけている胃の重さを味っていた。

三輪淳子は病院のベッドで生れた赤ん坊に乳をふくませていた。三日前生れた赤ん坊はもう力強く乳首を吸いたててくる。

難産で、一昼夜も苦しんだけれど、帝王切開はせず、ともかく生み落した赤ん坊だった。

力強い泣き声が股間から起きた時、もう半死の状態になっていた淳子は電気をかけ

られたように上体を起そうとした。看護師に肩を押えられた淳子は、

「見せて、早く見せて」

と叫んでいた。女の子だと聞かされて、涙があふれでてきた。男でも女でもいい、ただ元気な赤ん坊でさえあればと、祈ってきたが、女の子と聞いたとたん、淳子は、ほっとする自分を感じた。子供の父にそっくりの男の子が生れ、年と共に子供が似てきたらやはり気持はおだやかでいられないかもしれない。

赤ん坊の顔はまだ目鼻立も個性がなく、誰に似ているともわからなかった。

病院に来た父が、

「淳子の赤ん坊の時そっくりだよ」

といってくれたのを聞いて、淳子はまた涙をあふれださせた。

父が気をつかって、個室をとってくれたので、赤ん坊の父親が見舞いに来なくても気がねはいらない。

しゅっ、しゅっと、赤ん坊は力をこめて乳を吸う。まだ痛々しい小さな指で、それでも本能的に乳房を押すことを知っている。

淳子の乳はゆたかで、あふれるようにあった。

吸われているうち、胸から背中へ重くしこっていたこりが急速にやわらげられてい

く。まるでナイフでこそぎとるような軽やかさがあとに残る。

赤ん坊にまだ名がなかった。迷いすぎて、結局つけられないまま入院したのだ。父も兄も、事情が事情だけに、かえって、この子に不憫《ふびん》さがつのるらしく、生れる前から、いとしがっていた。

未婚の母などという気負った気持は全くなかった。自分の体内に宿った命の不思議さにうたれ、その縁の重さにひかれて、生まずにいられなかっただけなのだ。

「ねえ、お前、ママのようなおばかちゃんになってはだめよ。いい恋人をみつけなければだめよ」

淳子は乳をのみたりて、口のまわりに白い乳を光らせたまま、もうはや眠りこんでいる赤ん坊の顔につぶやいていた。

今朝、見舞いによった兄が、持って来た新聞を、思い直してまた持ちかえったことに淳子は全く気づいていない。その新聞に赤ん坊の父の死亡通知が出ていたことを淳子はまだ知らないでいる。

新装版　あとがき

瀬戸内寂聴

この小説は、私が出家する直前に書き残したものである。

一九七三年、五月から十二月まで「週刊現代」に連載したものであった。

連載中の十一月十四日、私は奥州《おうしゅう》平泉《ひらいずみ》の中尊寺《ちゅうそんじ》で、今東光《こんとうこう》師を師僧として出家得度《とくど》をした。よく思案して、何年も考えたあげくの出家であったが、世間では非常に唐突な事と受け取って、社会的にある種の衝撃を与えた。

出家して小説を書くのを止《や》めるのではなく、考えに考え抜いた末、私は死ぬまで小説を書きつづける為、出家という道を選んだのであった。

自分の書くものに満足しておらず、もっと質の高い純文学といわれるものに憧《あこが》れていた。

その頃、私はようやく筆力を認められ、週刊誌や新聞の連載までこなすようになっていた。小説で食べてゆけると、先行《さきゆき》の見込みがついてみると、私の欲望は自分の書くものを、もっともっと質の高いものにしたいとあせってきた。

自分の書いたものを、見知らぬ読者が喜《よろこ》んでお金を出して買って読んでくれるという有難さに馴れて、それが当然のように思ってきた。物語はペンを下すと、すらすらと人物が動き、考え、喜んだり、悩んだりする。私はペンで、それをせっせと書き写すだけであった。いわゆる流行作家という名で呼ばれるようになっていた。そうなってみて、私は何か空《むな》しかった。その空しさの根元を考えつめて、私の目の前に「出家」という言葉が浮んできた。この小説を書き終えてすぐ、私は書斎を片づけ、中尊寺へ向った。

そんな次第で、私にとっては、非常に想い出の深い作品である。この小説の中には暗さがない。暗さのない明るさと、空しさが、当時の私の悩みであった。

出家して、もう四十五年になっている。出家しても小説を書きつづけて、現在九十六歳になっている。いつまで生きるかわからないが、今夜死んでも、不思議ではない歳になってしまった。まだ書いているのは仏《ほとけ》がそれを許して下さっているからだろう。

最期にどんな小説を書くのか自分でもわからない。

ペンを握ったまま机にうつ伏して死んでゆきたい。

このような小説は、もう二度と書かないだろうと思うと、久しぶりで読み返して、なつかしさが湧いてきた。

本作品は、一九七五年十二月、小社よりロマン・ブックスとして刊行され、一九八七年一月に講談社文庫で刊行されたものを、本文組み、装幀を変えて、新装版として刊行したものです。

|著者|瀬戸内寂聴　1922年、徳島県生まれ。東京女子大学卒。'57年「女子大生・曲愛玲」で新潮社同人雑誌賞、'61年『田村俊子』で田村俊子賞、'63年『夏の終り』で女流文学賞を受賞。'73年に平泉・中尊寺で得度、法名・寂聴となる（旧名・晴美）。'92年『花に問え』で谷崎潤一郎賞、'96年『白道』で芸術選奨文部大臣賞、2001年『場所』で野間文芸賞、'11年『風景』で泉鏡花文学賞を受賞。1998年『源氏物語』現代語訳を完訳。2006年、文化勲章受章。また、95歳で書き上げた長篇小説『いのち』が大きな話題になった。近著に『花のいのち』『愛することば あなたへ』『命あれば』『97歳の悩み相談 17歳の特別教室』『寂聴 九十七歳の遺言』『はい、さようなら。』『悔いなく生きよう』『笑って生ききる』『愛に始まり、愛に終わる 瀬戸内寂聴108の言葉』『その日まで』など。2021年逝去。

新装版《しんそうばん》　蜜《みつ》と毒《どく》

瀬戸内寂聴《せとうちじゃくちょう》

2018年９月14日第１刷発行
2022年６月15日第４刷発行

発行者――鈴木章一
発行所――株式会社　講談社
東京都文京区音羽2-12-21　〒112-8001
電話　出版（03）5395-3510
　　　販売（03）5395-5817
　　　業務（03）5395-3615

Printed in Japan

講談社文庫
定価はカバーに
表示してあります

KODANSHA

デザイン―菊地信義
本文データ制作―講談社デジタル製作
印刷―――株式会社KPSプロダクツ
製本―――株式会社KPSプロダクツ

ISBN978-4-06-512932-6

講談社文庫刊行の辞

二十一世紀の到来を目睫に望みながら、われわれはいま、人類史上かつて例を見ない巨大な転換期をむかえようとしている。

世界も、日本も、激動の予兆に対する期待とおののきを内に蔵して、未知の時代に歩み入ろうとしている。このときにあたり、創業の人野間清治の「ナショナル・エデュケイター」への志を現代に甦らせようと意図して、われわれはここに古今の文芸作品はいうまでもなく、ひろく人文・社会・自然の諸科学から東西の名著を網羅する、新しい綜合文庫の発刊を決意した。

激動の転換期はまた断絶の時代である。われわれは戦後二十五年間の出版文化のありかたへの深い反省をこめて、この断絶の時代にあえて人間的な持続を求めようとする。いたずらに浮薄な商業主義のあだ花を追い求めることなく、長期にわたって良書に生命をあたえようとつとめるところにしか、今後の出版文化の真の繁栄はあり得ないと信じるからである。

同時にわれわれはこの綜合文庫の刊行を通じて、人文・社会・自然の諸科学が、結局人間の学にほかならないことを立証しようと願っている。かつて知識とは、「汝自身を知る」ことにつきていた。現代社会の瑣末な情報の氾濫のなかから、力強い知識の源泉を掘り起し、技術文明のただなかに、生きた人間の姿を復活させること。それこそわれわれの切なる希求である。

われわれは権威に盲従せず、俗流に媚びることなく、渾然一体となって日本の「草の根」をかたちづくる若く新しい世代の人々に、心をこめてこの新しい綜合文庫をおくり届けたい。それは知識の泉であるとともに感受性のふるさとであり、もっとも有機的に組織され、社会に開かれた万人のための大学をめざしている。大方の支援と協力を衷心より切望してやまない。

一九七一年七月

野間省一

下村敦史　闇に香る嘘
下村敦史　生還者
下村敦史　叛《はん》徒《と》
下村敦史　失踪者
下村敦史　緑の窓口〈樹木トラブル解決します〉
九把刀　阿井幸作／泉京鹿 訳　あの頃、君を追いかけた
神護かずみ　ノワールをまとう女
四戸俊成　芹沢政信　神在月のこども
篠原悠希　霊獣紀〈獲麟《かくりん》の書(上)〉
篠原悠希　霊獣紀〈獲麟《かくりん》の書(下)〉
杉本苑子　孤愁の岸(上)(下)
鈴木光司　神々のプロムナード
鈴木英治　大江戸監察医
杉本章子　お狂言師歌吉うきよ暦
杉本章子　大奥二人道成寺〈お狂言師歌吉うきよ暦〉
諏訪哲史　アサッテの人
菅野雪虫　天山の巫女《みこ》ソニン(1)　黄金の燕
菅野雪虫　天山の巫女《みこ》ソニン(2)　海の孔雀
菅野雪虫　天山の巫女《みこ》ソニン(3)　朱鳥《あけぼのがらす》の星
菅野雪虫　天山の巫女《みこ》ソニン(4)　夢の白鷺
菅野雪虫　天山の巫女《みこ》ソニン(5)　大地の翼
鈴木みき　日帰り登山のススメ〈あした、山へ行こう!〉
砂原浩太朗　いのちがけ〈加賀百万石の礎〉
アトナサリ・デヴィ・スカルノ　選ばれる女におなりなさい〈デヴィ夫人の婚活論〉
瀬戸内寂聴　新寂庵説法　愛なくば
瀬戸内寂聴　人が好き［私の履歴書］
瀬戸内寂聴　白道
瀬戸内寂聴　寂聴相談室人生道しるべ
瀬戸内寂聴　瀬戸内寂聴の源氏物語
瀬戸内寂聴　愛する能力
瀬戸内寂聴　藤壺
瀬戸内寂聴　生きることは愛すること
瀬戸内寂聴　寂聴と読む源氏物語
瀬戸内寂聴　月の輪草子
瀬戸内寂聴　新装版　寂庵説法
瀬戸内寂聴　死に支度
瀬戸内寂聴　新装版　蜜と毒
瀬戸内寂聴　新装版　花《か》怨《えん》
瀬戸内寂聴　新装版　祇《ぎ》園女御《おんにょうご》(上)(下)
瀬戸内寂聴　新装版　かの子撩乱
瀬戸内寂聴　新装版　京まんだら(上)(下)
瀬戸内寂聴　いのち
瀬戸内寂聴　花のいのち
瀬戸内寂聴　ブルーダイヤモンド〈新装版〉
瀬戸内寂聴　97歳の悩み相談
瀬戸内寂聴・訳　源氏物語　巻《まき》一《いち》
瀬戸内寂聴・訳　源氏物語　巻《まき》二《に》
瀬戸内寂聴・訳　源氏物語　巻《まき》三《さん》
瀬戸内寂聴・訳　源氏物語　巻《まき》四《し》
瀬戸内寂聴・訳　源氏物語　巻《まき》五《ご》
瀬戸内寂聴・訳　源氏物語　巻《まき》六《ろく》
瀬戸内寂聴・訳　源氏物語　巻《まき》七《しち》
瀬戸内寂聴・訳　源氏物語　巻《まき》八《はち》
瀬戸内寂聴・訳　源氏物語　巻《まき》九《く》
瀬戸内寂聴・訳　源氏物語　巻《まき》十《じゅう》
先崎　学　先崎 学の実況!　盤外戦
妹尾河童　少年H(上)(下)

瀬尾まいこ　幸福な食卓
関原健夫　がん六回　人生全快
瀬川晶司　泣き虫しょったんの奇跡　完全版〈サラリーマンから将棋のプロへ〉
仙川　環《たまき》　幸福の劇薬〈医者探偵・宇賀神晃〉
仙川　環　偽装診療〈医者探偵・宇賀神晃〉
瀬木比呂志　黒い巨塔〈最高裁判所〉
瀬那和章　今日も君は、約束の旅に出る
蘇部健一　六枚のとんかつ
蘇部健一　六とん2
蘇部健一　届かぬ想い
曽根圭介　沈底魚
曽根圭介　藁《わら》にもすがる獣たち
田辺聖子　ひねくれ一茶
田辺聖子　愛の幻滅(上)(下)
田辺聖子　うたかた
田辺聖子　春情蛸の足
田辺聖子　蝶花嬉遊図
田辺聖子　言い寄る
田辺聖子　私的生活

田辺聖子　苺をつぶしながら
田辺聖子　不機嫌な恋人
田辺聖子　女の日時計
谷川俊太郎訳　和田誠絵　マザー・グース　全四冊
立花　隆　中核VS革マル(上)(下)
立花　隆　日本共産党の研究　全三冊
立花　隆　青春漂流
高杉　良　労働貴族
高杉　良　広報室沈黙す(上)(下)
高杉　良　炎の経営者(上)(下)
高杉　良　小説　日本興業銀行　全五冊
高杉　良　社長の器
高杉　良　その人事に異議あり〈女性広報主任のジレンマ〉
高杉　良　人事権！
高杉　良　小説消費者金融〈クレジット社会の罠〉
高杉　良　小説　新巨大証券(上)(下)
高杉　良　局長罷免―小説通産省
高杉　良　首魁《しゅかい》の宴《うたげ》〈政官財腐敗の構図〉
高杉　良　指名解雇

高杉　良　燃ゆるとき
高杉　良　銀行大合併〈短編小説全集(上)〉
高杉　良　エリートの反乱〈短編小説全集(中)〉
高杉　良　金融腐蝕列島(上)(下)
高杉　良　勇気凜々
高杉　良　混沌《こんとん》　新・金融腐蝕列島(上)(下)
高杉　良　乱気流(上)(下)
高杉　良　小説　会社再建
高杉　良　新装版　懲戒解雇
高杉　良　新装版　大逆転！〈小説　三菱・第一銀行合併事件〉
高杉　良　新装版　バンダルの塔
高杉　良　第四権力〈巨大メディアの罪〉
高杉　良　巨大外資銀行
高杉　良　最強の経営者〈アサヒビールを再生させた男〉
高杉　良　リベンジ〈巨大外資銀行〉
高杉　良　新装版　会社蘇生
竹本健治　新装版　匣《はこ》の中の失楽
竹本健治　囲碁殺人事件
竹本健治　将棋殺人事件

講談社文庫　目録

竹本健治　トランプ殺人事件
竹本健治　狂い壁　狂い窓
竹本健治　涙《るい》　香《こう》　迷《めい》　宮《きゅう》
竹本健治　新装版ウロボロスの偽書(上)(下)
竹本健治　ウロボロスの基礎論(上)(下)
竹本健治　ウロボロスの純正音律(上)(下)
高橋源一郎　日本文学盛衰史
高橋克彦　写楽殺人事件
高橋克彦　総　門　谷
高橋克彦　炎《ほむら》立つ　壱　北の埋み火
高橋克彦　炎立つ　弐　燃える北天
高橋克彦　炎立つ　参　空への炎
高橋克彦　炎立つ　四　冥き稲妻
高橋克彦　炎立つ　伍　光彩楽土
〈全五巻〉
高橋克彦　火　怨(上)(下)
〈北の燿星アテルイ〉
高橋克彦　水　壁
〈アテルイを継ぐ男〉
高橋克彦　天を衝く(1)～(3)
高橋克彦　風の陣　一　立志篇
高橋克彦　風の陣　二　大望篇

高橋克彦　風の陣　三　天命篇
高橋克彦　風の陣　四　風雲篇
高橋克彦　風の陣　五　裂心篇
髙樹のぶ子　オライオン飛行
田中芳樹　創竜伝1〈超能力四兄弟《ドラゴン》〉
田中芳樹　創竜伝2〈摩天楼の四兄弟《ドラゴン》〉
田中芳樹　創竜伝3〈逆襲の四兄弟《ドラゴン》〉
田中芳樹　創竜伝4〈四兄弟《ドラゴン》脱出行〉
田中芳樹　創竜伝5〈蜃気楼都市《ミラージュ・シティ》〉
田中芳樹　創竜伝6〈染血の夢《ブラッディ・ドリーム》〉
田中芳樹　創竜伝7〈黄土のドラゴン〉
田中芳樹　創竜伝8〈仙境のドラゴン〉
田中芳樹　創竜伝9〈妖世紀のドラゴン〉
田中芳樹　創竜伝10〈大英帝国最後の日〉
田中芳樹　創竜伝11〈銀月王伝奇〉
田中芳樹　創竜伝12〈竜王風雲録〉
田中芳樹　創竜伝13〈噴火列島〉
田中芳樹　魔　天　楼
〈薬師寺涼子の怪奇事件簿〉
田中芳樹　東京ナイトメア
〈薬師寺涼子の怪奇事件簿〉

田中芳樹　巴里《パリ》・妖　都　変
〈薬師寺涼子の怪奇事件簿〉
田中芳樹　クレオパトラの葬送
〈薬師寺涼子の怪奇事件簿〉
田中芳樹　黒蜘蛛島《ブラックスパイダー・アイランド》
〈薬師寺涼子の怪奇事件簿〉
田中芳樹　夜　光　曲
〈薬師寺涼子の怪奇事件簿〉
田中芳樹　魔境の女王陛下
〈薬師寺涼子の怪奇事件簿〉
田中芳樹　海から何かがやってくる
〈薬師寺涼子の怪奇事件簿〉
田中芳樹　タイタニア1〈疾風篇〉
田中芳樹　タイタニア2〈暴風篇〉
田中芳樹　タイタニア3〈旋風篇〉
田中芳樹　タイタニア4〈烈風篇〉
田中芳樹　タイタニア5〈凄風篇〉
田中芳樹　ラインの虜囚
田中芳樹　新・水滸後伝(上)(下)
田中芳樹／幸田露伴 原作　運　命〈二人の皇帝〉
田中芳樹／土屋守　「イギリス病」のすすめ
田中芳樹ほか 文／皇名月 画・文　中国帝王図
田中芳樹／赤城毅　中欧怪奇紀行
田中芳樹 編訳　岳　飛　伝(一)〈青雲篇〉
田中芳樹 編訳　岳　飛　伝(二)〈烽火篇〉

講談社文庫 目録

講談社文庫 目録

講談社文庫　目録

講談社文庫　目録

濱　嘉之　新装版院　内　刑　事〈ブラック・メディスン〉
濱　嘉之　院　内　刑　事〈フェイク・レセプト〉
濱　嘉之　院内刑事　ザ・パンデミック
濱　嘉之　院内刑事　シャドウ・ペイシェンツ
馳　星周　ラフ・アンド・タフ
畠中　恵　アイスクリン強し
畠中　恵　若様組まいる
畠中　恵　若様とロマン
葉室　麟　風　渡　る
葉室　麟　風　の　軍　師〈黒田官兵衛〉
葉室　麟　星　火　瞬　く
葉室　麟　陽《かげ》炎《ろう》の門
葉室　麟　紫　匂　う
葉室　麟　山月庵茶会記
葉室　麟　津　軽　双　花
長谷川　卓　嶽《がく》〈上・白銀《しろがね》渡り〉〈下・湖底の黄金〉神《じん》
長谷川　卓　嶽神伝《がくじんでん》　鬼哭《きこく》(上)(下)
長谷川　卓　嶽神列伝　逆渡《さかわた》り
長谷川　卓　嶽《がく》神《じん》伝《でん》　血　路
長谷川　卓　嶽《がく》神《じん》伝《でん》　死　地
長谷川　卓　嶽神伝　風花(上)(下)
原田マハ　夏を喪くす
原田マハ　風のマジム
原田マハ　あなたは、誰かの大切な人
畑野智美　海の見える街
畑野智美　南部芸能事務所 season5 コンビ
早見和真　東　京　ド　ー　ン
はあちゅう　半径5メートルの野望
はあちゅう　通りすがりのあなた
早坂　吝《やぶさか》　○○○○○○○○殺人事件
早坂　吝　虹　の　歯　ブ　ラ　シ〈上木《かみき》らいち発散〉
早坂　吝　誰も僕を裁けない
早坂　吝　双《そう》蛇《じゃ》密　室
浜口倫太郎　22年目の告白〈―私が殺人犯です―〉
浜口倫太郎　廃　校　先　生
浜口倫太郎　A　I　崩　壊
原田伊織　明治維新という過ち〈日本を滅ぼした吉田松陰と長州テロリスト〉
原田伊織　列強の侵略を防いだ幕臣たち〈続・明治維新という過ち〉
原田伊織　虚像の西郷隆盛　虚構の明治150年〈明治維新という過ち・完結編〉
原田伊織　三流の維新　一流の江戸〈明治は「徳川近代」の模倣に過ぎない〉
葉真中《はまなか》顕《あき》　ブラック・ドッグ
原　雄一　宿　命〈國松警察庁長官を狙撃した男・捜査完結〉
平岩弓枝　花　嫁　の　日
平岩弓枝　はやぶさ新八御用旅(一)〈東海道五十三次〉
平岩弓枝　はやぶさ新八御用旅(二)〈中仙道六十九次〉
平岩弓枝　はやぶさ新八御用旅(三)〈日光例幣使道の殺人〉
平岩弓枝　はやぶさ新八御用旅(四)〈北前船の事件〉
平岩弓枝　はやぶさ新八御用旅(五)〈諏訪の妖狐〉
平岩弓枝　はやぶさ新八御用旅(六)〈紅花染め秘帳〉
平岩弓枝　新装版はやぶさ新八御用帳(一)〈大奥の恋人〉
平岩弓枝　新装版はやぶさ新八御用帳(二)〈江戸の海賊〉
平岩弓枝　新装版はやぶさ新八御用帳(三)〈又右衛門の女房〉
平岩弓枝　新装版はやぶさ新八御用帳(四)〈鬼勘の娘〉
平岩弓枝　新装版はやぶさ新八御用帳(五)〈御守殿おたき〉
平岩弓枝　新装版はやぶさ新八御用帳(六)〈春月の雛〉
平岩弓枝　新装版はやぶさ新八御用帳(七)〈寒椿の寺〉
平岩弓枝　新装版はやぶさ新八御用帳(八)〈春怨　根津権現〉

講談社文庫　目録

2022年 3月 15日現在